Mirjam Wicki

Die Aussicht auf BUNT

Mirjam Wicki

Die Aussicht auf

BUNT

Roman

Bibliografische Information der Deutschen Nationalbibliothek:
Die Deutsche Nationalbibliothek verzeichnet diese Publikation in
der Deutschen Nationalbibliografie; detaillierte bibliografische
Daten sind im Internet über http://dnb.dnb.de abrufbar.

© 2021 Mirjam Wicki

Covergestaltung: Heiko Hentschel
Lektorat/Korrektorat: iris-texte.ch, Iris Pfammatter
Sensitivity Reading: sensitivity-reading.de, Jessica Bradley
Autorinnenfoto: foto-studio-gioia.ch, Loredana Gioia

Herstellung und Verlag: BoD – Books on Demand, Norderstedt

ISBN: 978-3-7534-5462-7

Für euch, die ihr nach dem Lesen von

«Die andere Seite von SCHWARZ»

gefragt habt: «Und dann?»

.

Zum Inhalt

Dies ist der zweite Teil der Geschichte von Ian und Alexa. Der Roman kann als Einzelband gelesen werden. Informationen zu den Personen und ihrer Vorgeschichte «Die andere Seite von SCHWARZ» finden sich hinten im Buch.

In diesem Roman kommen folgende sensitive Themen vor: Depressionen, Missbrauch, Kindheitstrauma, Selbstverletzung, Suizidversuch, Alkohol, Drogen, Schwangerschaft, Geburt, Tod.

Die schweizerdeutschen, norwegischen und französischen Ausdrücke werden im Glossar erklärt.

Im Text wird, wie in der Schweiz üblich, statt ß generell ss verwendet.

Inhaltsverzeichnis

Prolog   9

Geburtstag   13

Der kleine Ritter   41

Neues Leben   68

Familienleben   93

Auszug aus der Burg   121

Jahreswechsel   148

Unterwegs   179

Stillstand   206

Veränderungen   232

Neue Träume   258

Bevor du gehst   288

Personen und ihre Vorgeschichte   289

Glossar   292

Danke   294

Die Autorin   297

Weitere Bücher   298

Prolog

«Du?»

Erstaunt schaue ich vom Schreibtisch auf, an dem ich sitze und mich einmal mehr bemühe, Alexa zurückzuholen. Ich weiss, dass sie mir noch viel zu erzählen hat, aber sie zeigt sich seit Monaten immer nur für ein paar Seiten, um dann wieder in den Tiefen meiner Laptoptastatur zu verschwinden und mich alleinzulassen mit meinen Fragen über sie, Ian und Krümelchen.

Und jetzt das: Es ist nicht Alexa, die sich zu mir gesellt, sondern Ian!

Natürlich, denke ich, jetzt geht es um seine Geschichte. Wer sonst könnte sie mir erzählen?

«Hei!», begrüsse ich ihn, und meine Stimme klingt genauso erleichtert, wie ich mich fühle. «Kaffee?»

«Hei Mirjam. Für mich einen Espresso, bitte.»

«Keinen norwegischen Filterkaffee?»

Ian schüttelt den Kopf.

Sein Schmunzeln wärmt mein Herz. Beschwingt gehe ich in die Küche und starte die Kaffeemaschine.

Als ich mit einem Espresso und einem Cappuccino zurückkomme, steht Ian vor meinem Whiteboard mit den Projektskizzen und betrachtet die Notizzettel, Fotos, Zitate, Stichworte und Liedtexte, die die Wand zieren. Er hebt eine Augenbraue und fragt: «Du bist also stecken geblieben?»

«Ja», seufze ich und setze mich im Schneidersitz auf eines der Sitzkissen, die mein Büro seit Neuestem bereichern.

«Wo?», fragt er, nachdem er sich vorsichtig und ein

bisschen ungelenk auf das zweite Kissen nieder-gelassen hat. Natürlich – seine versehrte Hüfte, eines der vielen Themen, von denen ich nicht weiss, wie sie sich weiterentwickelt haben.

«Geht das für dich?», frage ich zurück.

Ian nickt knapp, trinkt einen Schluck Espresso und schaut mich interessiert an.

«Wo ich stecken geblieben bin? Überall und nir-gends», gebe ich zu. «Hilfst du mir?»

«Weshalb sonst sollte ich hier sein?»

Na ja ... Vielleicht einfach, weil es schön ist, mit ihm unter der Dachschräge zu sitzen und Kaffee zu trin-ken? Ich dachte schon immer, dass ich mich in seiner Gegenwart wohlfühlen würde, und so ist es. Dennoch hat er natürlich recht: Er ist hier, weil seine Geschichte erzählt werden will.

«Wie ging es weiter», frage ich also, «nachdem du mit Alexa auf der Veranda standest und wusstest, dass ein neues Leben beginnt?»

Ein Lächeln umspielt seine Lippen. Er schaut mich an, und ich denke daran, wie oft Alexa von seinen Augen erzählt hat. Es stimmt, was sie sagt: Man kann sich in ihnen verlieren.

Ian scheint es zu merken, jedenfalls senkt er den Kopf leicht und lässt dabei die Stirnfransen über die Augen fallen, bevor er antwortet: «Ich war gar kein Prinz. Ich war ein Trolljunge, der durch den Fluch eines bösen Zauberers in einen Prinzen verwandelt worden war. Die Liebe des Trollmädchens und der Mut des Trolljungen haben den Fluch gebrochen. Von diesem Tag an lebten sie glücklich und zufrieden in ihrer Höhle und bekamen Unmengen an Trollkindern. So hat Doris uns das Ende unseres ganz persönlichen Märchens erzählt. Und sie hatte zumindest teilweise recht.» Er hebt den Kopf und schaut mich an. «Wir standen auf der Veranda, Alexa hatte den Kopf an meine Brust gelegt. Ganz deutlich spürte ich das Kind, das zwischen uns wuchs. Ich legte das Kinn an ihre Stirn und wünschte mir, ewig so zu stehen, die Zeit anzuhalten, den Moment zu bewahren. Denn wer wusste schon, was die Zukunft bringen mochte für einen Prinzen, der keiner mehr war?»

«Was brachte sie?»

Ian überlegt einen Moment und sagt dann: «Eine Party!»

Geburtstag

17. Mai 2016

Die Kerzenflamme flackert.

Ian hält den Atem an und wartet, bis sie sich wieder beruhigt hat. Erst dann drückt er die Türklinke nach unten und trägt den Muffin mit der brennenden Kerze ins Schlafzimmer.

«Happy Birthday, mein Trollmädchen!», sagt er, darauf verzichtend, Alexa seine Singstimme zuzumuten. Schmunzelnd sieht er zu, wie sie vorgibt, gerade erst aufzuwachen, sich theatralisch streckt und die Haarsträhnen, die sich aus ihrem langen Zopf gelöst haben, aus dem Gesicht streicht.

Ian weiss, dass Alexa schon lange wach ist. Kurz bevor er aufgestanden ist, ging sie aufs Klo, aber sie haben beide das Spiel durchgezogen. Er nimmt an, dass sie die letzte Stunde lesend im Bett verbracht und das Buch schnell zugeschlagen hat, als sie ihn auf der Treppe hörte.

Nun gähnt sie übertrieben. Ihre Augen leuchten verschmitzt, als sie sich aufsetzt und die Kerze auf dem Muffin ausbläst, den Ian ihr hinstreckt.

Er setzt sich neben sie, und sie legt mit einem kleinen Seufzer den Kopf an seine Schulter. «Sag es ruhig», nuschelt sie. «Zum vierzigsten Geburtstag! Dein Trollmädchen wird vierzig.»

«Alles Gute zum vierzigsten Geburtstag», wiederholt Ian folgsam. «Mögen solch alte Frauen noch Kaffee zum Frühstück?»

«Mehr denn je!» Alexa lacht. Bevor sie aufsteht,

nimmt sie Ian den Muffin aus der Hand, entfernt die Kerze und beisst ein grosses Stück des Küchleins ab. «Hier», sagt sie mit vollem Mund und streckt ihm den Rest entgegen.

Ian schüttelt lächelnd den Kopf und zieht Alexa die Bettdecke weg. «Komm. Der Kaffee wartet!»

Alexa schiebt sich an den Bettrand, was mit dem dicken Bauch etwas unelegant aussieht, und lässt sich von Ian auf die Füsse helfen.

Er führt sie aus dem Schlafzimmer, die Treppe hinunter und hinaus auf die Terrasse, wo er den Tisch mit dem Goldrandgeschirr von Grossmama Ida gedeckt und mit einem Strauss Wiesenblumen geschmückt hat. Das reichhaltige Frühstück wurde von der Haushälterin seiner Eltern geliefert, die es liebt, Alexa und ihn zu verwöhnen. Am liebsten würde sie dies täglich tun, seit Alexas Schwangerschaft so gut sichtbar ist. Oder geht es um mehr? Was mag Sophia mitbekommen haben von den Geschehnissen der letzten Wochen, und wie viel weiss sie über ihn, seine Eltern und seine Schwestern? Ian schliesst kurz die Augen und verbietet seinen Gedanken, bei dem Thema zu verweilen. Stattdessen schiebt er Alexa galant einen der schlichten Holzstühle nach hinten. «Bitte sehr!»

«Danke.» Mit einem wohligen Seufzer setzt sie sich, lässt dabei aber seine Hand nicht los.

Ian bleibt stehen und ermöglicht es ihr, sich an ihn zu lehnen und für ein paar Augenblicke den Atem anzuhalten, um auf seinen zu achten. Er bemüht sich, ihn tief und gleichmässig fliessen zu lassen. Zu oft hat sie in den letzten Wochen miterlebt, wie sein Atem stockte, weil er sich unvermittelt in den dunklen Erinnerungen wiederfand, die seinen Körper abwechselnd in Alarmbereitschaft oder Schockstarre versetzen.

Schliesslich löst er sich sachte von seiner Frau, greift auf den Stuhl neben sich und reicht ihr ein in blaues Papier eingewickeltes Paket.

Sie nimmt es begeistert entgegen, beschwert sich aber gleichzeitig: «Ein weiches Päckli? Du hast mir doch nicht etwa Socken gestrickt wie Grossmama früher?»

«Wären etwas grosse Socken, oder?»

«Ich habe auch grosse Füsse zurzeit», kichert Alexa.

Ian setzt sich ihr gegenüber an den Tisch und schaut ihr zu, wie sie das samtene schwarze Band löst und das Papier aufreisst.

Sie faltet den Hoodie, der darin eingepackt war, auf und lächelt. «Wonder inside? Das stimmt!» Sie zieht ihre Strickjacke aus und streift den dunkelroten Hoodie über. «Er passt perfekt! Obwohl – über dem Bauch spannt er schon ein bisschen.»

«Das habe ich befürchtet.» Ian schmunzelt. «Aber ich wollte, dass du ihn auch nach der Schwanger-schaft noch tragen kannst.»

«Auch wenn das Wunder dann ausserhalb ist?»

«Mein Trollmädchen, wenn du ihn trägst, wird im-mer ein Wunder drin sein.»

Alexa bricht auf der Stelle in Tränen aus. Das tut sie oft und gern in letzter Zeit, und vor Kurzem drohte Doris damit, ihnen von nun an die Geschichte vom Trolljungen und seiner Wassernixe zu erzählen.

Alexas neue Verletzlichkeit berührt Ian tief, und so greift er über den Tisch, nimmt ihre Hand und ver-sucht, ihren Blick mit dem seinen einzufangen.

Sie schaut auf und lächelt unter Tränen. «Takk», flüstert sie. «Er ist schon jetzt mein Lieblingspulli.»

«Ich weiss», flüstert Ian zurück. «Und nun iss,

damit er gleich noch etwas mehr spannt.»

Sie schaut ihn streng an. «Aber nur, wenn du auch isst.»

Er nickt gehorsam. Alexa zuliebe wird er sich bemühen, ihr Geburtstagsfrühstück zu geniessen, auch wenn ihm so vieles wortwörtlich schwer im Magen liegt und auf den Appetit schlägt.

Erneut schiebt Ian die dunklen Gedanken zur Seite, richtet den Blick auf seine Frau mit dem wunderschönen Babybauch, dem ansteckenden Lachen und dieser Wärme im Blick, die ihn erreicht, wo immer er sich befindet. Wenn sie wüsste, was sie heute noch erwartet!

«Was grinst du so?», fragt Alexa, der er noch nie etwas vormachen konnte.

«Vor Glück?», schlägt er vor.

Er glaubt, auch über ihr Gesicht den Schatten ziehen zu sehen, der ihn schon den ganzen Morgen bedrohen will. Sie glaubt ihm seine Antwort nicht.

«Ich freue mich, mit dir und Krümelchen zu frühstücken», präzisiert er. «Ich freue mich, dass ich wieder arbeiten kann. Ich freue mich auf das Nachhausekommen nach der Arbeit.»

Alexa nickt. «Darüber freue ich mich auch», sagt sie leise. «Und über diesen superschönen und kuscheligen Hoodie!» Das Lachen kehrt in ihre Augen zurück.

Ian atmet auf.

Eine halbe Stunde später lehnt Alexa sich auf dem Stuhl zurück und streckt sich. «Ich glaube, das war das beste Frühstück meines Lebens! Danke an dich und Sophia.»

Ian schmunzelt und schaut auf die Uhr. «Hast du gesehen? Es ist bald Zeit für deinen Videocall mit Kenia.»

Alexa lacht. «Das klingt aber nach einem wichtigen Termin!»

«Sehr», bestätigt Ian. «Und es ist ja auch wichtig, dass du dir von deinem Vater und Noomi zum Geburtstag gratulieren lässt!»

Langjährige Erfahrung hat sie gelehrt, dass das WLAN auf der Veranda vor dem Häuschen am stabilsten ist, also richtet Alexa sich mit Laptop und Wolldecke auf der Verandabank ein, obwohl die Sonne hier noch nicht hinreicht.

Ian bringt ihr einen Holzschemel, auf den sie ihre Füsse legen kann. Am liebsten würde er sich neben sie setzen, doch für ihn wird es Zeit, zur Arbeit zu fahren.

Nach seinem Zusammenbruch vor einem Monat war er für zwei Wochen krankgeschrieben. Seither arbeitet er wieder wie zuvor halbtags in der Praxis für Physiotherapie, in der er seit vielen Jahren angestellt ist, allerdings nicht mehr morgens, sondern nachmittags. Das gibt ihm die Möglichkeit, trotz Albträumen und schlaflosen Nachtstunden ausgeruht zur Arbeit zu fahren. Jeden Wochentag beginnt er die Arbeit um halb zwölf, und es hat sich bereits herausgestellt, dass die Termine über den Mittag sehr beliebt sind bei den Patientinnen und Patienten.

Auch wenn Ian dankbar ist für seine Arbeit, fällt es ihm jeden Tag schwer, sich von Alexa und Krümelchen zu verabschieden. Heute wünscht er sich noch mehr als sonst, hierzubleiben. Er hofft so sehr, dass seine Überraschungen gelingen werden und hält es fast nicht aus, dass er nicht dabei sein wird! Doch er küsst Alexa auf den Mund und dann auf den Bauch und geht langsam die Verandatreppe hinunter. «Bis bald!» Immer wieder dreht er sich auf dem Weg zum Auto um und winkt Alexa zu.

Sie winkt lachend zurück.

Kaum ist Ian vom Grundstück weggefahren und biegt auf die Landstrasse Richtung Dorf ein, stellt sich sein Kopf auf die Arbeit ein. Es verblüfft ihn jedes Mal, dass es funktioniert, aber es ist genau so, wie er es mit Frau Bischof, seiner Psychologin, besprochen hat: Wenn ihn zu Hause das Gefühl überkommt, es nicht auf die Arbeit zu schaffen, fährt er einfach los und schaut, was passiert. Bisher passierte immer dasselbe: Er merkte, dass er es sehr wohl schaffen würde.

Die Fahrt in die nahe Stadt dauert nur eine Viertelstunde. Ian stellt das Auto auf den Parkplatz und schaut beim Aussteigen unwillkürlich nach oben, zum Fenster seines ehemaligen Praxiszimmers. Seine Gedanken flackern zurück zu dem Tag, als er die Hand an den Fenstergriff legte, weil er die Bilder nicht ertragen konnte, die sein Unterbewusstsein so plötzlich freigegeben hatte. Auch jetzt drohen sie wieder, über ihn hereinzubrechen. Er hält sich an der Autotür fest, zwingt sich zu atmen und den Blick auf den blühenden Löwenzahn am Strassenrand zu richten. Die gelben Blüten überdecken das Bild der Hände, die nach ihm greifen. Die Stimme seines Onkels verschwindet hinter dem Gezeter der Spatzen im kümmerlichen Gebüsch neben dem Parkplatz.

Vorsichtig löst Ian die Hand vom Auto und macht einen Schritt. Seine Beine tragen ihn. Weder seine Psychologin noch Tobias, sein Chef, wissen, wie nahe er wirklich dran war, das Fenster zu öffnen und auf diesen Parkplatz hinunterzuspringen. Wenn er ehrlich ist, weiss Ian es nicht einmal selbst. Er weiss nur, dass es eine gute Idee von Tobias war, danach die Praxiszimmer zu tauschen, auch wenn er sich ansonsten beschwichtigen liess. Eine aufwühlende

Familienangelegenheit aus der Vergangenheit, die Ian mit Frau Bischof aufarbeite. Ja, es werde Zeit brauchen. Tobias müsse sich keine Gedanken machen. Das Gute ist, dass Ian das selbst glaubt, sobald er die Praxis erreicht hat.

Wenn er sie erst einmal erreicht hat. Im Treppenhaus angekommen, wirft er einen raschen Blick über die Schulter. Ein leichter Schweissfilm bildet sich auf seinen Handinnenflächen. Die Entscheidung Lift oder Treppe verlangt ihm nicht jeden Tag gleich viel ab, doch heute könnte es schwer werden. Das Treppenhaus ist eng, und die Praxis liegt im dritten Stock. Wenn ihm jemand begegnet, ist Ausweichen schwierig. Noch unangenehmer wäre es, im Lift zu sein, wenn jemand zusteigen würde, der sein Unterbewusstsein wegen eines Geruchs, eines Kleidungsstücks, eines Blickes oder einer kleinen Geste in Alarmbereitschaft versetzen würde. Seiner Hüfte täte Bewegung gut, andererseits sollte er seine Kräfte gut einteilen. Ian schliesst die Augen und kämpft gegen den Nebel an, der es ihm verunmöglichen will, eine Entscheidung zu treffen. Er ballt die Hände zu Fäusten und bohrt die Fingernägel in die Handflächen. Dann streckt er die rechte Hand aus und drückt den Liftknopf. Gleich wird er den Arbeitsweg geschafft haben und bereit sein für seine Patienten und Patientinnen.

Alexa streckt die Beine aus und legt sie auf den Holzschemel. Sie ist sehr zufrieden mit dem bisherigen Verlauf ihres Geburtstags, auch wenn sie viel zu viel gegessen hat. Ihr ständiger Appetit macht ihr ein bisschen Sorgen, aber sie war schliesslich noch nie schlank, warum sollte sie es ausgerechnet als werdende Mutter anstreben? Ihre Gedanken wandern zurück zum Frühstück mit Ian. Er hat mehr gegessen, als in letzter Zeit für ihn üblich ist, was Alexa sehr freut. Überhaupt war heute Morgen viel zu sehen von dem hübschen, ruhigen, wunderbaren Mann, der er immer für sie ist, wenn es ihm gut geht. Alexa ist froh, dass er endlich weiss, was seinen Depressionen zugrunde liegt, aber seine neue Unberechenbarkeit ist anstrengend. Sie kann nie wissen, wann sich seine Augen verdunkeln, wann er beginnt, zu flach zu atmen, sich von ihr abwendet und diesen völlig verlorenen Ausdruck bekommt, der ihr das Herz bricht. Um von einem Moment auf den anderen wieder zurückzukommen und ihr ein etwas klägliches und dennoch verwegenes Lächeln zu schenken. Überlebende eines Missbrauchs sind Helden, hat sie kürzlich gelesen, und sie weiss genau, was damit gemeint ist. «Weisst du, ich liebe den Trolljungen, wie ich den Prinzen liebte, aber ich muss mich noch ein wenig an ihn gewöhnen», erklärt sie ihrem Kind, das mit einem schmerzhaften Kick in ihre Blase antwortet. «Vergiss es, ich geh nicht schon wieder aufs Klo!» Alexa schmunzelt beim Gedanken daran, dass sie zweimal vom Videoanruf mit ihrem Vater und seiner Partnerin davonlaufen musste, weil ihre Blase ihr keine Ruhe liess. Der leicht überforderte Gesichtsausdruck ihres Vaters war Gold wert!

Eine Bewegung lässt Alexa aufschauen. Mit seinem neuen Elektroroller kann sich der Postbote dem Häuschen sogar an ihrem Geburtstag unbemerkt nähern, obwohl sie so ungeduldig auf ihn gewartet hat. Sie hofft auf Post aus Finnland, von Doris und Sanna. Oder soll sie lieber hoffen, dass kein Brief von ihnen dabei ist und ihr der Paketbote später ein Geschenk von den beiden bringt?

Alexa steht auf, geht vorsichtig die drei Stufen der

Verandatreppe hinunter und den Kiesweg entlang zum Gartentor.

«Bitte sehr, Alexa.» Der Postbote streckt ihr ein Bündel Briefe entgegen.

«Vielen Dank!» Sie lächelt und vertieft sich gleich in die Post.

Der Pöstler wartet noch einen Moment. Das Häuschen ist das letzte Haus des Dorfes, weshalb er immer erst gegen Mittag vorbeikommt und gern noch eine Weile mit Alexa plaudert. Schliesslich scheint er zu verstehen, dass sie heute keine Lust auf ein Schwätzchen hat, und verabschiedet sich.

Es ist ein enttäuschend dünnes Bündel Post, das Alexa in der Hand hält. Drei Briefe, die wohl Rechnungen enthalten, und der Katalog eines skandinavischen Modelabels, mehr ist da nicht. Enttäuscht lässt Alexa die Arme sinken, als ein Couvert zu Boden fällt, das sich offenbar zwischen den Katalogseiten verfangen hat. Sie bückt sich mit einem kleinen Ächzen und hebt den cremefarbenen, gepolsterten Briefumschlag auf. Sie erkennt Marits Schrift sofort. Niemand sonst schreibt solch akkurate und dennoch energische Buchstaben wie ihre Schwägerin. Alexa klemmt die uninteressante Post unter die linke Achsel und öffnet das Couvert, während sie durch den Vorgarten zurück zum Häuschen geht. Vor der Verandatreppe bleibt sie stehen und greift in den Umschlag. Ihre Finger berühren kühlen Stein, und sie zieht eine Armkette aus schlichten türkisen Steinen aus dem Couvert. Nachdem sie die Post auf die Verandastufen gelegt hat, streift sie die Kette über ihr Handgelenk, schüttelt unwillkürlich die Hand und lauscht auf das feine Klimpern. Ein Lächeln zieht über ihr Gesicht. Die Kette gefällt ihr, aber irgendwie will sie nicht recht zu Marit passen. Neugierig zieht sie die

Karte aus dem Couvert und liest die wenigen Worte, die ihre Schwägerin geschrieben hat: «Ich habe mir sagen lassen, Amazonit helfe bei einer Geburt. Alles Gute zum Geburtstag und für das, was kommt. Ich liebe dich! Marit.»

«Ich liebe dich auch, Marit.» Alexa drückt die Karte an ihre Brust und legt dann die linke Hand auf ihren Bauch. «Spürst du es, Krümelchen? Wenn die Steine allein nicht helfen, dann bestimmt die guten Wünsche deiner Tante!» Sie schluckt, nimmt die Post von den Stufen und geht zurück zu ihrem Platz auf der Verandabank. «Wir machen jetzt nicht auf Wassernixe», erklärt sie ihrem Kind, «sondern geniessen einfach nur meinen Geburtstag!» Sie klimpert noch einmal mit den Steinen an ihrem Handgelenk und schliesst dann mit einem zufriedenen Seufzer die Augen.

«Hallo Trollmädchen!»

Alexa schreckt auf. Offenbar ist sie für kurze Zeit eingeschlafen, das hier fühlt sich jedenfalls verdächtig nach Aufwachen an. Sie öffnet die Augen und sieht direkt in das lachende Gesicht von Doris. «Geh weg», murmelt sie. «Ich will nicht, dass ich mir einbilde, Doris sei hier und dann ist es nur ein Traum.»

«Kein Problem, ich träume dasselbe.»

«Du bist wirklich schon wieder ohne Vorankündigung hergekommen?» Misstrauisch beäugt Alexa die Freundin.

«Das nennt man eine Geburtstagsüberraschung!»

Endlich steht Alexa auf und fällt ihrer Freundin lachend um den Hals. «Und Sanna hast du auch mitgebracht!», stellt sie kreischend fest und nimmt diese in die Umarmung mit dazu.

«Und ein Mittagessen», fügt Doris hinzu, was Alexa ein Stöhnen entlockt.

«Ich kann nicht noch mehr essen, sonst kann ich mich gar nicht mehr bewegen.»

«Ach was, Mamas brauchen Speck auf den Rippen», winkt Doris ab, «damit das Baby es schön bequem hat.»

«Na, dann ... Was habt ihr mitgebracht?»

«Falafel vom Libanesen!»

«Überredet! Und was habt ihr denn da noch alles dabei?» Alexas Blick fällt auf den Bollerwagen, der vor der Veranda steht.

«Ach, so dies und das halt. Du wirst schon sehen. Erst essen wir.» Doris holt die Tüten mit dem Essen und verteilt alles auf der Verandabank.

«Wir haben auf der anderen Seite des Hauses eine Terrasse mit Tisch», wirft Alexa ein.

«Essen auf der Veranda ist aber cooler.»

Sanna holt aus einer Kühltasche drei alkoholfreie Biere und winkt mit ihnen. «Und du weisst, dass wir cool sind, Lady!»

Alexa schiessen die Tränen in die Augen. «Es ist so schön, dass ihr hier seid!»

«Und wir bleiben für eine ganze Weile», verrät Sanna. «Stell dir vor, wir werden einige Wochen bei Doris' Eltern wohnen.»

«Warum denn das?», wundert sich Alexa.

«Mami muss den grauen Star operieren lassen und ist froh, wenn in den Tagen danach jemand zu Hause nach dem Rechten schaut.» Doris verzieht das Gesicht. «Und zu meinem Vater, der nie gelernt hat, sich etwas zu essen zu kochen.»

Alexa schmunzelt. «Und das bringt dich dazu, ins Haus deiner Eltern zu ziehen? Gemeinsam mit deiner Frau? Wer hätte das gedacht?»

«Na ja, ...» Doris' Blick fliegt zu Sanna, doch die ist offenbar in die Betrachtung von Alexas Post vertieft.

Doch dann schaut sie auf und sagt: «Es ist eine gute Gelegenheit, wieder einmal für längere Zeit Schweizer Luft zu schnuppern und dabei ein wenig an die Zukunft zu denken.»

Alexa kann den Blick, den die Freundinnen austauschen, nicht deuten, aber sie wundert sich, dass die freiheitsliebende Sanna sich offenbar überzeugen liess, auf unbestimmte Zeit bei Doris' Eltern zu wohnen. Sie löst den Blick von den Freundinnen und schaut in den Vorgarten, um den beiden Gelegenheit zu geben, sich wieder zu sammeln. Dabei sieht sie, dass sich von der Brücke her eine Wanderin dem Häuschen nähert. Alexa kneift die Augen zusammen. Der Gang, die dreiviertellangen Hosen und der unangemessen grosse Rucksack auf dem Rücken lassen keine Zweifel offen. «Mama?»

Regina winkt. «Alles Gute zum Geburtstag!», ruft sie.

Alexa steht auf und geht ihr bis zum Gartentor entgegen. So verschwitzt, wie ihre Mutter aussieht, könnte man meinen, sie habe schon eine lange Wanderung hinter sich, und wahrscheinlich ist dem auch so. «Schön, dass du da bist, Mama! Hast du gewusst, dass du nicht die einzige Besucherin sein wirst?»

Regina lacht nur verschmitzt und streckt ihrer Tochter einen Strauss Waldblumen entgegen.

Nachdem er den letzten Patienten verabschiedet hat, geht Ian zurück in sein Behandlungszimmer, um aufzuräumen. Wie mit der Psychologin und Tobias abgesprochen, lässt er die Tür offen stehen, wenn er allein im Raum ist. Er versteht die Sicherheitsmassnahme und mag sie trotzdem nicht, denn obwohl er weiss, dass Tobias ihn nicht kontrollieren will, fühlt es sich so an. Noch unangenehmer ist allerdings das Wissen, dass jederzeit jemand ins Zimmer kommen kann, ohne sich anzumelden. Ian hat den Eindruck, dass sein Körper sich deswegen in einer Dauerspannung befindet, die ihm nicht guttut, und die sich gern als Spannungskopfschmerz hinter seiner Stirn festsetzt.

Auch jetzt ertappt er sich dabei, wie er zu schnell atmet und die Aufräumarbeiten hastiger erledigt, als er es sich gewohnt ist. Er zwingt sich, tief einzuatmen und die Luft bewusst wieder aus seinem Körper strömen zu lassen, während er sich noch einmal die Hände wäscht. Als er nach dem Handtuch greifen will, erstarrt er. Ohne sich umzublicken, weiss er, dass jemand hinter ihm steht. Er spürt den fremden Blick auf seinem Rücken, und seine Nackenhaare stellen sich auf. Sein Puls beschleunigt sich, das Blickfeld wird eng. Ian zwingt sich, ruhig zu atmen und trocknet in gespielter Ruhe die Hände, bevor er sich umdreht. Er ist sich ziemlich sicher, dass Tobias ihm nicht ansieht, dass sein Herz bis zum Hals schlägt. Es gelingt ihm sogar, seinem Chef mit einem Lächeln zu begegnen, das dieser arglos erwidert.

«Führst du deine Frau heute Abend zum Essen aus?», fragt Tobias. Bevor Ian antworten kann, fährt er mit einem verlegenen Lächeln fort: «Übrigens … Das ist für Alexa.» Er streckt Ian ein quadratisches Päckchen entgegen.

«Du hast ein Geburtstagsgeschenk für Alexa?», wundert sich Ian. «Da wird sie sich aber freuen.»

Tobias schmunzelt. «Ich hoffe es. Ich konnte einfach nicht widerstehen, als ich es gesehen habe.»

«Da bin ich aber gespannt!» Erleichtert stellt Ian fest, dass sein Körper in der Zwischenzeit verstanden hat, dass ihm keine Gefahr droht. Die Anspannung ist gewichen, der Atem geht normal. «Und wegen deiner Frage zum Essen: Nein, wir bleiben zu Hause und weihen zusammen mit Regina, Doris und Sanna unseren neuen Garten ein.»

«Ihr habt einen neuen Garten?»

Ian schmunzelt. «Er ist in diesen Minuten am Entstehen. Hoffe ich ...» Als er Tobias' neugierigen Blick bemerkt, stockt er kurz und fragt dann zu seiner eigenen Überraschung: «Hast du Lust mitzukommen und ihn dir anzusehen? Wir werden grillieren, und es hat bestimmt auch vegetarische Sachen. Sanna isst nämlich auch kein Fleisch. Alexa würde sich bestimmt freuen, wenn du mit uns feiern würdest. Und ich auch.» Er sieht, dass Tobias kurz davor ist abzulehnen und wappnet sich dafür. Die Erkenntnis, dass ihn ein Nein enttäuschen würde, kommt genauso überraschend wie die Einladung selbst. Obwohl Tobias und er sich seit vielen Jahren kennen, ist ihre Beziehung nie über eine lockere Freundschaft hinausgewachsen. Sie schätzen einander, verabreden sich aber nicht in ihrer Freizeit.

«Meinst du das wirklich ernst?» Tobias' Mundwinkel zucken. «Du lädst mich zu einer Party in euer legendäres Häuschen ein?»

Ian grinst ein wenig verlegen und zuckt die Schultern. «Hast du Zeit?»

«Leider nicht. Ich bin heute Abend bereits verabredet.» Das glückliche Lächeln, das Tobias' Lippen umspielt, mindert Ians Enttäuschung.

«Dann hoffe ich, du wirst einen wunderbaren Abend haben!»

«Das hoffe ich auch. Und gleichfalls.»

Ob Tobias erwartet, dass er Näheres wissen will zu dessen überraschendem Date? Ein Blick auf seinen Chef und dessen verklärten Gesichtsausdruck sagt Ian, dass es wohl keine Rolle spielt, was er in diesem Moment sagt oder nicht sagt.

Gemeinsam gehen sie aus dem Zimmer, und Ian verlässt die Praxis mit einem vorsichtigen Hochgefühl. Ohne zu zögern drückt er auf den Liftknopf.

Es ist ein spontaner Entscheid, dass er auf dem Heimweg im Dorfzentrum in die Dreissigerzone abbiegt und Richtung Villenviertel fährt.

Nicht nur die Geschwindigkeitsbeschränkung hat sich geändert, seit er nicht mehr hier wohnt, sondern auch die Stimmung im Quartier. Einige der grossen Villen wurden umgebaut und beherbergen heute mehrere Wohnungen. In einem der Nachbarhäuser seiner Eltern wohnt eine bunte, laute WG, und eine weitere Villa steht seit fast einem Jahrzehnt leer. Soweit Ian weiss, hat all dies seine Eltern nie gekümmert. Sie leben abgeschieden, grüssen ihre Nachbarn, wenn sie sie selten einmal sehen, zahlen ihre Steuern und scheinen ansonsten nichts zu tun zu haben mit dem Dorf, in dem sie seit beinahe vierzig Jahren leben. Natürlich versteht Ian nun auch das. Dass seine Eltern auf ihrer Flucht vor dem Geschehenen in der Schweiz landeten, war wirtschaftlichen Zufällen geschuldet, sie hatten nie ein Interesse daran, hier eine Heimat zu finden. Auf Ians Gesicht stiehlt sich ein Lächeln. Aber er hat eine Heimat gefunden, bei Ida und Alexa. Nie war ihm dies bewusster als jetzt, wo er diese Heimat bald mit seinem Kind teilen wird, und an dem Tag, an dem sein Zuhause noch schöner gemacht wird.

Die Villa kommt in Sicht, und Ian bremst ab. Es schmerzt überraschend stark, dass seine Eltern auch dieses Jahr am 17. Mai nach Oslo gereist sind. Eine Weile dachte Ian, Alexas vierzigster Geburtstag könnte wichtiger sein als der Nationalfeiertag in

Norwegen, aber für Anne und Magnus schien sich diese Frage nicht einmal zu stellen. «Ob sie sich nicht davor fürchten, Erik zu begegnen?», fragte Alexa, als sie wegfuhren. Ian lächelte grimmig. «Warum sollten sie? Sie wussten es immer schon, für sie hat sich nichts geändert.» Doch auch ihn irritierte es, wie selbstverständlich seine Eltern nach Oslo reisten.

Ian drückt auf den Sensor, der an seinem Schlüsselbund hängt. Das breite Eingangstor öffnet sich. Noch immer weiss er nicht, was er auf dem Anwesen seiner Eltern eigentlich will, aber es fühlt sich richtig an, ohne sie hier zu sein. Er parkt das Auto im Carport und steigt aus. Der Gegensatz zum Häuschen könnte kaum grösser sein. Dort das schlichte Holzhaus mit seiner einladenden Veranda inmitten des Gartens, der immer mehr verwildert. Hier das grosse, helle Haus mit der wuchtigen Vortreppe und den hohen Fenstern, umgeben von gepflegten Blumenrabatten und akkurat geschnittenem Rasen. Ian schüttelt den Gedanken, dass beides gleichermassen zu seinem Leben gehört, ab und geht auf den Eingang zu. Beinahe ärgert ihn die Sicherheit, mit der seine Füsse den Weg finden.

Doris und Sanna haben trotz Alexas Protest Grossmamas Sessel in den Garten getragen, und nun sitzt sie da wie eine Königin auf dem Thron. Ihr Bauch ist härter, als er sein sollte, aber sie macht sich keine Sorgen. «Hören Sie gut auf Ihren Körper und Ihr Kind, und vertrauen Sie ihnen», hat ihre Frauenärztin letzte Woche gesagt und Alexa findet, dass sie das sehr gut macht.

Der Nachmittag war der pure Wahnsinn! Kurz nach Reginas Ankunft fuhr der Lieferwagen einer Gartenbaufirma vor und brachte vier Hochbeete, die von starken Männern rund um die Terrasse verteilt und mit einem perfekten Gemisch aus Erde und irgendeinem natürlich-biologischen Zaubermittel gefüllt wurden. Währenddessen schliffen Regina und Doris das Gestell der alten Hollywoodschaukel ab, und Alexa begann aus purem Übermut damit, die Holzstühle auf der Terrasse ebenfalls abzuschleifen. Danach half sie Sanna beim Bepflanzen der Beete und weinte ein paar Tränen der Rührung, als Regina ihr einen Beutel voll kleiner, hellbrauner Samen überreichte mit den Worten: «Das sind Samen von Moltebeeren aus Saskias Garten. Von Tuula, Lauri und Elin gepflückt, eingepackt und in die Schweiz geschickt». Moltebeeren – für Alexa die norwegischsten aller Pflanzen – in der Schweiz! Sie hofft von ganzem Herzen, dass die neuen Hochbeete ihnen ein gutes Zuhause bieten werden und die Erntearbeit von Saskias Kindern nicht umsonst gewesen ist. Natürlich folgte auf dieses wundervolle Geschenk gleich der nächste Videocall, diesmal nach Norwegen, wo Ians Schwester ihre ganze Familie zusammentrommelte, um Alexa «Gratulerer med dagen» vorzusingen und ihr damit ein paar Tränen zu entlocken.

Nun erstrahlt das Gestell der Hollywoodschaukel in sattem Blau, und die Hochbeete sehen aus, als hätten sie schon immer hier gestanden. Alexa hat vergessen, dass Sanna Gärtnerin gelernt hatte, bevor sie Dolmetscherin und Weltenbummlerin wurde, und es machte grossen Spass zuzusehen, wie sie sich in ihrer ursprünglichen Leidenschaft austobte. Nun hilft Sanna Doris dabei, die Streben der Gartenstühle regenbogenfarben anzustreichen, während Regina sich ins Badezimmer zurückgezogen hat und sich eine Dusche gönnt. Die neuen Kissen für die Hollywoodschaukel werden morgen geliefert, das haben

Anne und Magnus in einem kurzen, herzlichen Telefonat aus Oslo versprochen.

Alexa ist überwältigt von dem grossartigen Teamwork, mit dem die Verschönerung ihres Gartens zustande gekommen ist. Nur zu gern würde sie deshalb aufspringen und Ian um den Hals fallen, als er nun um die Ecke des Häuschens in den Garten geschlendert kommt, ein breites Grinsen auf dem Gesicht und in den Armen einen Strauss Pfingstrosen, die verdächtig denen in Annes Blumenrabatten gleichen. Aber leider ist sie viel zu erschöpft dazu. Deshalb bleibt sie sitzen und ruft Ian nur zu: «Du hast das alles gewusst, oder?»

Er grinst, und Doris ruft: «Gewusst und organisiert. Hat er gut hingekriegt, oder? Vier Frauen, die für ihn die Arbeit erledigen, während er ein paar Blümchen pflückt!»

Ians Lachen wärmt Alexas Herz.

«Und offenbar bin ich gerade noch rechtzeitig gekommen, um zu verhindern, dass ihr die ganze Terrasse zu einem Regenbogen macht!»

«Ach was, wenn schon würden wir auf der Vorderseite des Hauses weitermachen und die Veranda pink streichen.» Doris geht ihm entgegen und küsst ihn auf die Wange.

«Hier für dich, tapfere Malerin.» Ian überreicht Doris einen Teil seiner Blumen und verteilt die anderen an Sanna und Regina, die mit tropfenden Haaren auf die Veranda kommt. Als er bei Alexa ankommt, hat er nur noch eine einzige Pfingstrose in der Hand, die er ihr mit einem Handkuss überreicht.

«Das passt», meint sie schmunzelnd. «Ich habe klar am wenigsten gearbeitet heute Nachmittag.»

«Dachte ich's mir doch. Du kriegst aber trotzdem noch ein Geschenk! Von Tobias.»

«Tobias hat ein Geburtstagsgeschenk für mich?»

Ian nickt und streckt ihr das in schwarzes Seidenpapier eingewickelte Quadrat entgegen. «Er sagt, er habe nicht widerstehen können.»

Ungeduldig reisst Alexa das Papier auf. Auch das, was darunter zum Vorschein kommt, ist schwarz. Sie dreht die Kartonhülle um und beginnt laut zu lachen. «Tobias schenkt mir eine CD von Europe! Woher weiss er denn, dass ich darauf stehe? Und seit wann machen die wieder Musik?»

«Die Antwort auf die zweite Frage kenne ich nicht», meint Ian. «Aber die auf die erste schon: Erinnerst du dich an die Zeit, als Tobias nach meinem Unfall regelmässig in die Villa kam, um mich wieder auf die Beine zu bringen? Du warst oft dabei und durftest Musik auflegen. Leider warst du eine sehr einseitig auflegende DJane ...»

Alle lachen, aber Alexa sieht den Schatten, der über Ians Gesicht zieht. Sein Unfall ist mehr als zwanzig Jahre her, doch heute erscheint er – wie so vieles aus seiner Vergangenheit – in einem neuen Licht. Als Ian mit seinem Mofa kopflos aus dem Tor der Villa und direkt in ein Auto fuhr, hielt sein Onkel sich im Haus auf. Wie ist es Anne und Magnus nur gelungen, diese scheinbare Normalität aufrechtzuerhalten? Wie oft mochten Ian und Erik einander begegnet sein? Wie musste Ian sich dabei gefühlt haben, und wie kann es sein, dass ihm niemand den Grund für seine Gefühle erklärt hat?

Alexa schüttelt die verstörenden Gedanken ab und fragt: «Bringt mir jemand einen CD-Player? Ich hätte Lust auf ein wenig DJane-ing!»

Ian hört den bemüht unbeschwerten Unterton in Alexas Stimme, und es schmerzt ihn, dass es auch am heutigen Tag notwendig ist, die Schatten ein ums andere Mal bewusst zurückzudrängen. Doch ihre Worte helfen ihm, die Gedanken an die Vergangenheit abzuschütteln und zu verhindern, dass sie alles zerstören, worauf er hingearbeitet hat: Ein unbeschwertes, unvergessliches Geburtstagsfest für Alexa!

Er legt seiner Frau eine Hand auf die Schulter und widerspricht: «Ich denke eher, es ist Zeit für den Grill. Der ist übrigens auch neu und noch nicht zusammengesetzt. Irgendeine tüchtige Frau sollte mir dabei helfen.»

Doris verdreht die Augen, steht jedoch auf und salutiert. «Aye-aye, Captain!»

Doch Sanna schüttelt den Kopf. «Danke für die Einladung zum Abendessen. Aber es war ein langer Tag. Ich glaube, ich gehe lieber nach Hause und lege die Füsse hoch.»

«Mit ‹nach Hause› meinst du aber nicht das Haus meiner Eltern, oder?», wundert sich Doris.

Ian entgeht der ungnädige Blick nicht, den Sanna ihrer Frau zuwirft. «Ihr seid wohl alle müde nach diesem Nachmittag», stellt er fest.

«Das stimmt nicht.» Alexa schüttelt den Kopf. «Ihr seid gar nicht müde, ihr wollt bloss, dass ich mich ausruhe!»

«Und wenn es so wäre, Trollmädchen?», fragt Doris.

«Dann ...» Alexa zögert.

Ihre Mutter beendet den Satz für sie: «Dann wäre auch das ein guter Grund, die Party zu beenden, wenn es am schönsten ist. Aber mir geht es wie Sanna: Ich war heute lange auf den Beinen und finde die Idee, mich auf meinen Balkon zu setzen und die Füsse hochzulegen, auch sehr verlockend.»

Alexa öffnet den Mund, um zu protestieren, lässt es dann aber sein.

Ians Herz zieht sich zusammen. Seine Frau ist es sich nicht gewohnt, dass man auf sie Rücksicht nimmt und ganz offensichtlich behagt es ihr nicht. Wie viel davon mag damit zu tun haben, dass sie ihr Leben seit Jahren seiner Gesundheit anpasst?

Doris reisst ihn aus seinen Gedanken, indem sie ihm auf die Schulter klopft. «Statt den Grill zusammenzuschrauben, könntest du deiner Frau eine schöne Massage schenken. Das liegt dir sowieso mehr, oder?»

Ihre Worte lassen ihn schmunzeln, und er gibt ihr in allen Punkten recht.

Während Alexa ihre Gäste zum Abschied umarmt und dabei wieder ein wenig zur Wassernixe wird, lehnt Ian sich mit dem Rücken an den Rand eines Hochbeets und geniesst das wohlig warme Gefühl in seinem Bauch. Seine Überraschung ist gelungen, Alexa ist glücklich.

Alexa wacht davon auf, dass ihr Kopf an etwas Hartes stösst. Verschlafen tastet sie über ihr Kissen und findet das Buch, über dem sie offensichtlich eingeschlafen ist. Nach einem einfachen Abendessen und Ians Massage ging sie ins Bett und wollte sich dem Roman widmen, den Regina ihr geschenkt hatte. Allerdings kann sie sich an keine Zeile mehr erinnern, die sie gelesen hat. Offenbar hat der Schlaf sie übermannt, kaum dass sie im Bett lag. Sie legt das Buch auf den Nachttisch und bemüht sich, beim Herumrollen nicht zu stöhnen. Ihr Bauch scheint von Nacht zu Nacht hinderlicher zu werden! Aufmerksam lauscht sie Ians Atemzügen und merkt erst jetzt, dass keine zu hören sind. Dennoch tastet sie nach seiner

Hand, nur um festzustellen, dass er wirklich nicht neben ihr liegt. Ihr Körper schreit danach, wieder einzuschlafen, aber ihr Geist ist plötzlich hellwach. Ein Stechen im Bauch, das nichts mit Krümelchen zu tun hat, erinnert sie an die vielen vergangenen Nächte, in denen Ian aus seinen Albträumen aufschreckte und in ihren Armen Trost suchte.

Alexa setzt sich auf und wartet, bis ihr Kreislauf stabil ist. Ein Frösteln überzieht ihre Arme. Sie angelt den neuen Hoodie vom Stuhl, schlüpft hinein und geht erst auf die Toilette, bevor sie sich die Treppe hinunterwagt.

Ian ist weder im Wohnzimmer noch in der Küche. Terrasse oder Veranda? Veranda, entscheidet Alexa. Wieder fröstelt sie, doch dieses Mal ist es nicht wegen der kühlen Nachtluft, sondern wegen dem, was sie vor dem Häuschen antreffen wird. Die Verandabank war schon so oft Ians letzter Rückzugsort, an dem er den Kampf gegen die Depressionen verloren hat und einfach sitzen geblieben ist. Kann es sein, dass Alexa die letzten Tage Anzeichen einer depressiven Phase übersehen hat? Hat Ian sich zusammengenommen, bis die Überraschung zu ihrem Geburtstag gelungen war, und nun hat er keine Kraft mehr? Wird es ihr gelingen, Verständnis aufzubringen, wenn er sich lieber in die Dunkelheit sinken lässt, als seinen Erinnerungen und Albträumen ausgesetzt zu sein?

Vor der Haustür bleibt Alexa noch einmal stehen, voller Angst vor der Leere in Ians Augen. Aber es hilft ja nichts, es hinauszuzögern. Als sie den Arm ausstreckt, um die Klinke hinunterzudrücken, klimpert die Steinkette an ihrem Handgelenk. Alexa schliesst kurz die Augen, dann macht sie sich mit einem tiefen Atemzug Mut, öffnet die Haustür und tritt auf die Veranda hinaus.

Ian sitzt auf der Bank, die Beine weit von sich gestreckt, den Kopf an die Wand gelehnt. Im Licht der Strassenlampe, die vom Gartentor herüberleuchtet, wirkt sein Gesicht gespenstisch blass. Doch er dreht den Kopf, als er die Tür hört. Wagt ein Lächeln.

Alexa wird schwindlig vor Erleichterung. Er ist noch bei ihr! Sie setzt sich neben ihn und nimmt seine eiskalte Hand in die ihre. Prüfend legt sie die andere Hand an seine Wange. Auch sie ist kalt und fühlt sich wächsern an. Sie schaut in seine Augen und sieht das Grauen darin. Ganz vorsichtig zieht sie ihn an sich, und als er es geschehen lässt, nimmt sie ihn fest in die Arme.

Er vergräbt das Gesicht in ihren Haaren. Er weint nicht. Er zittert nicht. Er lässt sich einfach von ihr festhalten.

Alexa wünscht sich sehnlichst, sie könnte noch mehr für ihn tun.

«Hei», sagt Ian plötzlich erstaunt und löst sich von ihr. Mit einem kleinen Lachen in der Stimme fährt er fort: «Krümelchen hat mich in den Bauch geboxt!»

Die Erleichterung, die Alexa durchfährt, als sie sieht, wie Leben in Ians Gesicht zurückkehrt, lässt auch sie leise lachen. «Bilde dir nur nichts darauf ein. Das macht es bei mir andauernd!»

Er legt beide Hände auf ihren Bauch, und tatsächlich tritt Krümelchen noch einmal dagegen, was Ian ein erneutes Lachen entlockt. Dann lässt er die Hände sinken und schaut Alexa kopfschüttelnd an. «Es ist alles immer so schrecklich nahe beieinander, nicht wahr?»

Alexa nickt. «Ich glaube, so ist das Leben.»

Ian lehnt den Kopf wieder an die Wand. «Ich war heute in der Villa.»

«Du hast Annes Pfingstrosen geklaut, ich weiss.»

«Nicht nur.» Er schweigt.

Alexa lässt ihm Zeit.

«Hast du dich nie gewundert, warum es in der Villa keine Fotos von uns gibt?»

Alexa runzelt die Stirn. Nein, sie hat sich nie gewundert. Die Abwesenheit jeglicher Erinnerungen an die Zeit, als Marit, Saskia und Ian klein waren, war und ist so offensichtlich, dass sie Alexa nie aufgefallen ist. Fragend schaut sie Ian an.

«Mamma hatte Fotoalben vom Dachboden geholt. An dem Morgen im April, als wir alle in der Villa waren. Du weisst schon. Ich habe mich geweigert, sie anzuschauen. Aber heute, als ich wusste, dass Anne und Magnus nicht da sein würden, da habe ich es gewagt.»

«Und?» In Alexas Hals hat sich ein Kloss gebildet. Die Vorstellung, dass Ian sich in der riesigen Villa ganz allein auf seine Vergangenheit eingelassen hat, macht ihr Angst.

«Sophia war da», nimmt Ian ihre Gedanken auf.

Die Haushälterin der Villa, unsichtbar wie die Dienstboten aus früheren Zeiten. Etwas in Ians Stimme lässt Alexa glauben, dass sie heute nicht unsichtbar war. Dass sie es möglicherweise für ihn nie war. «Was hast du auf den Fotos gesehen?», fragt Alexa leise.

«Dass Mamma eine begeisterte und talentierte Fotografin war. Offenbar hat Saskia ihre bildnerische Begabung von Anne geerbt. Ich wusste das nicht. Ich wusste so vieles nicht.» Die Frustration in Ians Stimme ist unüberhörbar. Es scheint, als sei die Tatsache, dass er nichts von der Leidenschaft seiner Mutter wusste, fast so schmerzhaft wie das Schweigen um den Missbrauch.

«Was hat Anne fotografiert?», fragt Alexa.

«Uns. Die meisten Fotos hat sie gemacht, wenn wir im Wochenendhaus im Oslofjord waren.»

«Ein Haus im Fjord?», fragt Alexa.

«Ja, offenbar hatten wir ein Haus in den Schären.»

«Du erinnerst dich nicht?»

Er streckt in einer untypisch ausladenden Geste die Arme von sich. «Keine Ahnung! Ich nehme an, sie haben auch dieses Haus verkauft, als wir in die Schweiz gezogen sind, und ich weiss verdammt wenig über das, was vor und direkt danach geschah.»

«Schade, dass sie es verkauft haben.» Alexa weiss, dass es dumme Worte sind, aber offenbar sind es dennoch die richtigen, jedenfalls lächelt Ian und atmet tief durch.

«Ja, das ist es wohl.»

«Was habt ihr denn so gemacht, draussen im Fjord?», fragt sie vorsichtig.

«Offenbar hauptsächlich geangelt.» Ian schaut zu ihr, plötzlich mit einer erstaunlichen Lebhaftigkeit in den Augen. «Stell dir Magnus vor, jünger, als wir es heute sind, in weissen Shorts, mit nacktem Oberkörper und einer Angelrute. Marit mit viel zu langen Beinen und Schneidezähnen, die noch keine Zahnspange gesehen haben. Saskia, die aussieht wie eine perfekte Mischung ihrer drei Kinder. Und ...» Ian schluckt. «Und dann ist da dieser kleine Junge. Immer an vorderster Front, frei und ungezähmt. Fremd. Er scheint so fröhlich ...» Er stockt, sein Blick verliert sich irgendwo in der Dunkelheit. «Es gibt kein einziges Bild aus der Zeit, nachdem wir in die Schweiz gezogen sind. Anne muss aufgehört haben zu fotografieren. Das glückliche Familienleben, das es offenbar gegeben hat, war von einem Moment auf den anderen zu Ende.» Ian holt tief Luft. «Alexa, ich will, dass unser Kind fröhlich ist.»

Seine Worte bleiben zwischen ihnen hängen. Ian erkennt in Alexas Gesicht, dass sie darüber nachdenkt, und er glaubt, den Moment zu sehen, in dem sie versteht.

«Hast du mir deshalb diesen perfekten Geburtstag organisiert?», fragt sie, die haselnussbraunen Augen wachsam auf ihn gerichtet. «Soll er ein Grundstein sein für unser glückliches Familienleben? Damit unser Kind die Chance hat, fröhlich zu sein?»

Es klingt unsinnig, wenn sie es so sagt, aber es ist genau das, was er gewollt hat: für Alexa und sich zumindest eine Illusion von Glück erschaffen. Er hat es so satt, sich vor der Dunkelheit zu fürchten. Er hat die Albträume satt und die Angst. Warum kann das Leben nicht immer so sein wie heute Nachmittag, als er mit den verdammten Pfingstrosen auftauchte und alles rund um das Häuschen bunt und unbeschwert war?

Doch Alexa lässt sich von ihm nicht einlullen. Sie steht auf, lehnt mit dem Rücken ans Verandageländer und verschränkt die Arme vor der Brust. «Ian?»

«Hm?»

«Ich will nicht, dass du dich allein aufs Glatteis deiner Erinnerungen begibst.» Ihr Gesicht liegt im Dunkeln, und er hört nur ihre Stimme, als sie weiterspricht: «Was, wenn Sophia nicht da gewesen wäre? Wenn du allein gewesen wärst mit diesen Alben und all den Gefühlen, die sie auslösen?»

Er öffnet den Mund, doch sie bringt ihn mit einer Handbewegung zum Schweigen. «Weisst du, wie oft ich davon träume, dass ich zu spät komme?», bricht es aus ihr hervor. «Weisst du, wie oft ich dich schon verloren habe, weil ich nicht da war, als du aus diesem verfluchten Fenster springen wolltest? Ich komme nicht darüber hinweg, dass du lieber sterben wolltest, als mit den Bildern aus deiner Vergangenheit zu leben!»

Ian hört Alexas Worte, und ohne Vorwarnung verliert er jeden Halt. Er fällt hinab in die Dunkelheit, in die Nebel jenseits von Worten, Gedanken und Gefühlen. Fällt, an den vertrauten Ort, an dem ihn weder Alexas Angst noch sein Schmerz erreichen können. Er spürt ihre Arme um seinen Körper, hört, wie sie Worte flüstert, die ihn nicht erreichen.

Doch!

Er will, dass sie ihn erreichen. Er will, dass Alexa weiss, dass es nicht stimmt, was sie gesagt hat. «Ich wollte nicht sterben», stösst er hervor. «Ich wollte nur … weg von den Bildern.»

«Ich weiss.» Mehr sagt sie nicht. Erst als er den Kopf hebt und sie ansieht, flüstert sie: «Es tut mir leid. Ich will doch nur, dass du bei mir bleibst.»

Ian lässt den Kopf sinken, presst seine Stirn an Alexas. Er hat keine Ahnung, wie lange es dauert, bis er sich stark genug fühlt, den Kopf erneut zu heben und sie anzuschauen. Er sieht die Wärme in ihrem Blick, die stärker ist als ihre Angst, und ein erleichterter Seufzer kommt über seine Lippen. «Ich will bei dir und Krümelchen bleiben», versichert er Alexa. «Und das werde ich. Denkst du, ich lasse zu, dass es weitergeht? Es reicht, dass meine Kindheit zerstört wurde. Ich lasse nicht zu, dass …» Er schaudert. «… dass die Tat meines Onkels auch Krümelchens Leben kaputtmacht.» Aufseufzend zieht er Alexas Kopf an seine Brust. «Und nun lass uns schlafen gehen, mein Trollmädchen. Morgen sieht alles wieder leichter aus.»

«Morgen streiche ich die Veranda bunt», murmelt sie.

Ian ist beinahe versucht, ihr zu glauben.

Er schaut mich an, und wieder denke ich daran, was Alexa über seine Augen gesagt hat: Man wünscht sich, er würde nie mehr wegschauen, und gleichzeitig ist sein Blick eigentlich zu eindringlich, um ihn zu ertragen.

Ian steht auf, geht zum Fenster und schaut in die Weite. «Wir fuhren am nächsten Tag in die Villa», erzählt er, «und holten die Alben ins Häuschen. Stundenlang habe ich sie mir angeschaut auf der Suche nach dem Kind, das ich gewesen war. Auf der Suche nach dem kleinen neugierigen Jungen auf der Insel und dem verängstigten kleinen Jungen, der seinem Onkel nicht hatte entfliehen können. Ich wollte wissen, wer er gewesen war, um bereit zu sein für unser Kind, das in Alexas Bauch heranwuchs. Kannst du das verstehen?» Er wartet meine Antwort nicht ab. «Ein Teil von mir wollte nichts anderes, als mit meiner Familie zu brechen, aber noch stärker war der Wunsch des anderen Teils, mehr über meine Vergangenheit zu erfahren. Ich wollte verstehen und das neue Wissen einordnen können, um bereit zu sein für die Zukunft. Also sprach ich mit Saskia, Marit und Anne und fand mithilfe von Frau Bischof Erinnerungen an die Zeit – danach. Willst du davon hören?»

Ich weiss es nicht, aber ich antworte: «Ich habe gesagt, dass ich deine Geschichte hören will. Also ja.»

Ian zögert. Schliesslich fragt er: «Du erinnerst dich an den Tag, an dem Anne und Magnus nicht mehr wegschauen konnten?»

Beklommen nicke ich.

«Ich jetzt auch.»

Der kleine Ritter

Frühling 1978

Er hatte das Geheimnis niemandem erzählt. Er hatte gemacht, was sein Onkel wollte. Weil grosse Jungs das so machten. Er war gross. Aber Mamma hatte es gesehen. Seither schrie sie, und Papa schlug Onkel Erik.

Ian wollte ihnen sagen, dass es ein Spiel war.

Sie hörten ihn nicht.

Marit kam, und sie schrie auch.

Sie sollten aufhören!

Es war ein Spiel!

Sie hörten nicht auf.

Ian ging. Zurück in den Nebel, wo es nicht wehtat.

September 1978

«Was spielst du, Ian?»

Ian sah auf.

Saskia stand an der Tür und schaute neugierig in sein Zimmer. Es war plötzlich sein Zimmer geworden. Sie waren nicht mehr in Norwegen, sie waren in der Schweiz. Ian wusste nicht, was Schweiz war. Da war das Haus, und in dem Haus wohnten Marit, Saskia, Mamma, Pappa und er. Saskia mochte das Haus nicht. Es war zu kalt, sagte sie.

Ian fror nicht. Er sass auf dem Boden, um ihn herum eine Mauer aus Stofftieren. Seine alten und die neuen, die Pappa ihm ständig brachte.

«Burg», sagte er leise.

Saskia kam näher und setzte sich vor den Tieren auf den Boden. «Sind die Stofftiere deine Burg?», fragte sie.

Ian nickte und legte sich hin.

«Bist du ein Ritter?», fragte Saskia.

Ian wusste es nicht.

Saskia wartete eine Weile und sagte dann: «Du bist ein Ritter. Und du brauchst eine richtige Burg. Komm mit.» Sie stand auf und streckte ihm die Hand entgegen.

Ian blieb liegen.

Saskia stieg vorsichtig über die Mauer und kniete sich neben ihn. «Wir bauen dir eine bessere Burg, aus Schachteln und mit Klebeband. Und Farbe. Wir holen uns alles, was wir brauchen.»

Wieder streckte sie ihm die Hand hin. Diesmal nahm Ian sie und liess sich auf die Füsse ziehen. Saskia zog ihn hinter sich her aus dem Zimmer, die grosse, weisse Treppe hinunter in die kalte Halle und dann in die Küche.

Am Tisch sass Helena, die Frau, die ihnen Essen machte. Sie schnitt Karotten.

«Hast du Schachteln?», fragte Saskia.

Helena hatte dunkle Haare und fast schwarze Augen. Sie sprach ein langsames und lustiges Norwegisch. «Nein, ich habe keine Schachteln. Aber ich weiss, wo es Schachteln hat. Ich sage es euch.»

Ian versteckte sich hinter Saskia und wartete darauf, dass Helena noch mehr sagte.

«Wo?», fragte Saskia.

«Wozu braucht ihr Schachteln?», fragte Helena.

«Wir bauen eine Burg für Ian.»

Helena schaute ihn an. Es war schön.

Ian lächelte ein bisschen.

Sie lächelte auch. «Das ist eine gute Idee», sagte sie. Dann sprach sie in der Sprache weiter, die manchmal am Fernsehen kam. Englisch. Ian verstand nicht alles, aber Saskia schon.

Sie bauten den ganzen Nachmittag an seiner Burg. Einmal brachte Helena Tee und Kuchen. Am Abend kam Marit und half mit. Die Burg wurde so gross, dass Ian und alle Stofftiere darin Platz hatten. Saskia brachte Kissen für den Boden und sagte, Ian sei jetzt ein Ritter. Er schlief in seiner Burg. Er war gern ein Ritter.

Dezember 1978

Marit zögerte, bevor sie die Tür des Wohnzimmers öffnete, in dem ihre Eltern den Abend verbrachten. Sie hätte eigentlich im Bett sein müssen wie ihre jüngeren Geschwister, doch sie wusste, dass das hier ihre letzte Chance war. Wenn Mamma und Pappa jetzt nicht verstanden, worum es ihr ging, würde es zu spät sein. Marit fürchtete sich. Vor Pappas abweisendem Blick, vor dem Gefühl, dass Mamma weit weg war, obwohl sie gleich neben einem sass. Früher, bevor sie krank geworden war, hatte sie immer zu Marit gesagt, sie solle kämpfen für das, was sie wolle. Deshalb war Marit hier. Um für ihren Wunsch zu kämpfen, von dem sie im Grunde ihres zehnjährigen Herzens wusste, dass es der Wunsch der ganzen Familie war. Mit diesem Gedanken klopfte sie leise an die Tür und öffnete sie, ohne eine Antwort abzuwarten.

Pappa sass in dem hellen Sessel, Mamma lag auf dem Sofa. Wenn sie in Oslo gewesen wären, wären sie im Kaminzimmer vor dem Feuer gesessen, vielleicht sogar auf dem Teppich. Doch in der Schweiz gab es kein Kaminzimmer und nicht einmal einen Ofen, nur eine moderne Fussbodenheizung, ohne jede Möglichkeit, sich irgendwo anzuschmiegen und zu wärmen.

«Marit.» Pappa schaute von seinem Buch auf. «Kannst du nicht schlafen?» Es schien, als müsste er sich das Lächeln aufs Gesicht zwingen. Er, der immer ein Lächeln für seine Älteste gehabt hatte. «Bist du aufgeregt wegen Weihnachten?»

Marit machte einen grossen Schritt ins Zimmer hinein und ging weiter, bis sie genau zwischen dem Sofa und dem Sessel stand. Sie schaute zwischen ihren Eltern hin und her. Auch Mamma hatte ihr den Kopf zugewandt. Sie hatte tatsächlich die Aufmerksamkeit von beiden.

«Ich will nicht hier Weihnachten feiern.» Ihre Stimme war viel zu dünn für die Wichtigkeit des Anliegens, dennoch redete Marit hastig weiter: «Ihr habt gesagt, dass wir nicht für immer hier wohnen werden. Wir können jetzt zurück. Zurück nach Oslo.» Als sie sah, wie sich auf der Stirn ihres Vaters Falten bildeten und ihr die Aufmerksamkeit ihrer Mutter zu entgleiten drohte, rief sie: «Oder nur für Weihnachten! Wir können ja nachher wieder hierherkommen, aber ich will zu Hause sein, wenn ...» Marit senkte den Blick, um die dummen Tränen zu verstecken, die so plötzlich aus ihren Augen schossen. Sie wollte nicht heulen wie ein kleines Mädchen! Sie wollte, dass sie, ihre Geschwister und ihre Eltern ein schönes Weihnachtsfest feiern konnten. Nicht hier in diesem kalten Haus, nicht in dem Land, in dem es keinen Fjord gab, keine grossen Schiffe, viel zu wenig Schnee und eine Sprache, die Marit nie würde verstehen können.

«Nein!»

Die Endgültigkeit in Pappas Stimme hätte ihr das

Herz brechen müssen, doch noch war sie nicht bereit aufzugeben. «Warum nicht?», fragte sie trotzig, hob den Blick und schob den Vorhang ihrer langen, blonden Haare zur Seite.

Ihre Eltern gaben ihr keine Antwort. Über Mammas Augen lag der Schleier, der sie seit dem Frühling umgab. Pappa musste nicht einmal den Kopf schütteln, seine ganze Körperhaltung war eine einzige Absage an Marits Herzenswunsch.

«Dann gehe ich eben allein.» Die Worte kamen leise und scharf. «Dann bleibt ihr halt hier und tut so, als könnte man hier Weihnachten feiern. Ich rufe Ellen und Erik an und sage, dass ich mit ihnen feiern werde!»

Auch wenn Mammas Schrei nur leise war, gellte er überlaut durch den Raum und schnitt tief in Marits Herz.

Pappa war aufgestanden und machte einen grossen Schritt auf Marit zu. Er kauerte sich vor ihr nieder und zog sie mit sich, bis sie beide am Boden knieten. «Halt dich von deinem Onkel fern, Marit», sagte er atemlos und so ernst, wie er noch nie in ihrem Leben mit ihr gesprochen hatte.

Marits Herz zog sich zusammen. Ihre Erinnerung flatterte zurück zu dem Tag im Frühling, an dem alles kaputtgegangen war. «Er ist schuld», sagte sie mit trockenem Hals. «Wir sind nur wegen ihm hier. Oder?»

Pappa nickte so knapp, als würde er sich wünschen, es wäre nicht wahr. Bestimmt wünschte er sich das auch. Aber er hatte genickt.

Marit wusste noch nicht, dass es das erste und letzte Mal gewesen war, dass ihre Eltern zugaben, dass etwas Schreckliches geschehen war in ihrer Familie, aber sie ahnte bereits, dass es das letzte Mal gewesen war, dass sie sich trotzig gegen ihren Vater erhoben hatte. Nie mehr wollte sie diesen Schmerz in seinem Gesicht sehen.

Pappa stand auf. «Geh ins Bett, Marit.»

Sie nickte. Vermied den Blick auf ihre Mutter und wandte sich hastig von ihrem Vater ab. Sie würden Weihnachten in der Schweiz feiern. Sie würden nie mehr nach Oslo zurückkehren. Erik war ein böser Mann. Ihre Geschwister sollten nichts davon erfahren. Ihre Eltern brauchten ihre Hilfe. Sie war gross genug dafür.

Silvester 1978

Saskia wachte von einem Knall auf. Noch einer. Und noch einer. Feuerwerk? Sie sprang aus dem Bett und schob den Vorhang zur Seite, doch sie konnte nichts sehen. Also lief sie barfuss aus dem Zimmer, den Flur entlang und hinaus auf die Terrasse. Mamma und Pappa standen Arm in Arm da und schauten auf das grosse Feld hinter der Villa, von dem aus vereinzelt Raketen in die Luft geschossen wurden.

Saskia lachte begeistert auf. Wer hätte gedacht, dass die Schweiz solche Überraschungen bereithielt?

«Geh sofort zurück ins Haus und zieh dir etwas Warmes über!»

«Ja, Pappa!» Saskia merkte selbst, dass es viel zu kalt war, um ohne Jacke draussen zu sein, und gehorchte widerstandslos. Nachdem sie ihren Anorak geholt hatte, lief sie in Marits Zimmer und weckte sie auf. «Und Ian?», fragte sie, als Marit wach genug war, um zu verstehen, was passierte.

Marit schüttelte den Kopf. «Er schläft bestimmt tief.» Sie klang traurig.

Ja, der kleine Ritter schlief tief und verbrachte zu

viel Zeit mit Schlafen, seit sie in der Schweiz lebten. Saskia hatte auch herausgefunden weshalb: Helena schüttete ihm Tropfen in den Tee. Sie hatte sich deswegen mit Pappa gestritten. Mutige Helena, aber natürlich hatte sie verloren. Niemand gewann gegen Pappa. «Du hast keine Ahnung», hatte er gesagt, gefährlich und leise. Helena hatte die Stirn gerunzelt und geschwiegen.

«Ich versuche, ihn zu wecken», beschloss Saskia und lief in Ians Zimmer, Marit hinter ihr her.

Ian lag im Bett, zusammengekuschelt wie ein Baby. Wahrscheinlich hatten Mamma oder Pappa ihn schlafend aus seiner Burg gehoben. Er schlief immer dort ein. Ob er sich beim Aufwachen jeweils wunderte, wie er ins Bett gekommen war? Jedenfalls schien er sich nicht zu wundern, mitten in der Nacht aus dem Bett geholt zu werden.

Marit und Saskia halfen einander, ihren halb schlafenden Bruder in seine Jacke und warme Stiefel zu zwängen, und lotsten ihn auf die Terrasse. Kaum war er draussen in der kalten Nachtluft, wachte Ian ganz auf. Er stellte sich an die Brüstung der Terrasse und sah sich verwirrt um. Alles war still, und Saskia fürchtete schon, dass sie zu spät gekommen waren, doch dann erklang das pfeifende Geräusch einer Rakete. Am Himmel über ihnen leuchteten Farben auf.

Ian lachte.

Ein helles, frohes Ian-Lachen. Nur kurz, aber laut und fröhlich.

Saskia hielt den Atem an und mit ihr die ganze Familie. Niemand sagte ein Wort. Niemand lachte mit. Alle lauschten sie atemlos dem schönsten Klang der Welt nach.

«Nein!» Ian verschränkte die Arme vor der Brust und schaute Mamma böse an.

Sie setzte sich auf sein Bett, steckte die Hände zwischen die Knie und wartete. Da konnte sie aber lange warten! Er würde nicht ins Wohnzimmer kommen, um eine Schultasche auszuwählen. Ian brauchte keine Schultasche. Er brauchte ein Pferd. Jeder Ritter habe ein Schwert und ein Pferd, hatte Saskia gesagt. Das Schwert hatte er bekommen, das Pferd fehlte noch.

«Wenn du mir ein Pferd kaufst, komme ich ins Wohnzimmer.»

Mamma lächelte nicht oft, aber jetzt tat sie es. «Wo willst du das Pferd denn hinstellen?», fragte sie.

Ian deutete vage Richtung Garten.

Mamma stand auf und stellte sich ans Fenster. «Ich weiss nicht», sagte sie. «Da ist kein Platz für ein Pferd.»

Schnell stellte er sich neben sie. Er musste auf die Zehenspitzen stehen, um den Rasen sehen zu können. Mamma hob ihn hoch, er stützte sich aufs Fensterbrett, presste die Nase gegen die Scheibe und schaute hinunter in den Garten. «Da!» Er zeigte auf die Bäume. Sie blühten, und darunter war Gras. «Pferde essen Gras», erklärte er seiner Mamma.

«Das stimmt», gab sie ihm recht. «Und Pferde brauchen viel Platz zum Galoppieren und einen Stall, in dem sie schlafen können.» Sie stellte ihn zurück auf den Boden. «Wenn du magst, darfst du Marit morgen begleiten, wenn sie in die Reitstunde geht. Dann siehst du ein paar Pferde, und vielleicht darfst du dich sogar auf eines draufsetzen. Was meinst du?»

Ian nickte gnädig. Er würde Pappa fragen, ob er ihm das Pferd kaufe. Pappa kaufte ihm alles, was er wollte.

Mamma nahm seine Hand. «Und nun schauen wir uns die Schultaschen an.»

Er riss sich los und flüchtete in seine Burg. Keine Schultasche. Keine Schule. Ein Pferd wollte er.

Marit hatte gesagt, er dürfe mit zu den Pferden gehen, wenn er mit in die Schule käme. Helena hatte gesagt, echte Ritter würden eine Schule besuchen. Saskia hatte gesagt, Schule wäre lustig. Pappa hatte gar nichts gesagt. Mamma hatte Ian an der Hand genommen und zum Auto geführt. Er erbrach sich auf seine neue Schultasche, noch bevor Pappa losgefahren war. Er ging nicht in die Schule.

August 1979

«Sie haben ihm von den Tropfen gegeben», zischte Saskia, als sie ins Auto stiegen. «Das machen sie sonst nicht mehr.»

«Hör auf!» Marit sah sie strafend an. Es ging Saskia nichts an. Es ging sie beide nichts an, was Pappa und Mamma machten, damit Ian endlich in die Schule mitkam. Wenn er es nur endlich tat!

Der Versuch mit der Privatlehrerin hatte nicht funktioniert. Ian hatte sich in seine Burg zurückgezogen und kein Wort mit ihr geredet. Marit hatte sich den ganzen Sommer über verflucht, dass sie Saskia dabei geholfen hatte, ihm die Burg zu bauen. Immerhin war er wieder aus dem Zimmer gekommen, nachdem die Lehrerin weg gewesen war. Marit hatte viel Zeit mit Ian im Garten verbracht, hatte mit ihm Pferd und Ritter gespielt und im Pool geplanscht, den Pappa im Frühling hatte bauen lassen. Pappa hatte es nicht gesagt, aber Marit wusste, dass er es getan hatte, weil sie auch im Sommer nicht nach Oslo flogen. Es gab keinen Flug nach Norwegen, kein Meer, kein Sommerhaus am Fjord, kein Midtsommer. Nur den Garten. Saskia hatte sich ab und zu von Freundinnen aus der International School einladen lassen, doch Marit wollte bei Ian bleiben und dafür sorgen, dass er wieder ein normaler Junge wurde. Es funktionierte. Ian lachte wieder. Er sprach. Er brauchte die Tropfen, die ihn schläfrig machten, nicht mehr, da hatte Saskia recht. Doch solange er nicht wie jedes Kind in die Schule ging, glaubte Marit nicht an Normalität. Das musste sie aber, sonst würde sie durchdrehen!

Sie drückte Ians Hand. Er reagierte nicht, starrte weiter abwesend aus dem Fenster. Marit presste die Lippen aufeinander. Alles würde gut werden.

Oktober 1979

Es war gar nicht schwierig, in die Schule zu gehen. Jeden Morgen wurden Saskia, Marit und Ian in dem neuen, silbrigen Auto von einem Mann, der Hans hiess, in die Schule gefahren. Vor dem Schulhaus stiegen sie aus, und eine seiner Schwestern brachte Ian zu seinem Schulzimmer. Dort konnte er an einem Tisch sitzen und malen, wenn er wollte. Es war gar nicht viel anders als in der Burg, ausser dass es mehr Kinder gab, aber die liessen ihn in Ruhe. Miss Schneider war auch da, sie war seine Lehrerin. Sie redete so viel Englisch, dass Ian irgendwann alles verstand. Sie zeigte ihm, wie Lesen ging, und dass man Buchstaben schreiben konnte. Das war noch besser als malen. Sie erzählte Geschichten. Hans fuhr ihn und seine Schwestern wieder nach Hause, manchmal wurden sie auch von Pappa mit dem schwarzen Auto abgeholt. Die neue Schultasche war ganz schön. Braun wie ein Pferdefell. Eigentlich fand Ian, dass es in der Schule besser war als zu Hause, weil niemand weinte, wie Mamma es so oft tat.

Dezember 1979

Saskia lachte. Sie konnte sich nicht erinnern, Marit je so aufgeregt gesehen zu haben. Sie sprang durch die Villa, hörte nicht auf zu reden und trug die ganze Zeit Dinge von einem Ort zum anderen, die sie mit nach Norwegen nehmen würde. Ja, sie flogen nach Oslo! Für Weihnachten und Silvester! Für Schlittenfahrten am Holmenkollen! Und das Beste war: Pappa hatte eine neue Villa gekauft, ganz nahe an der Schlitten-bahn, extra für seine Kinder. Pappa war der Beste!

«Oslo! Wir fliegen nach Oslo!» Marit nahm ihren kleinen Bruder in den Arm und drückte ihn fest an sich.

Ian lachte auch. «Was ist Oslo?», fragte er.

Marit liess ihn abrupt los, und auch Saskia er-starrte.

Sie sah, wie sich die Augen ihrer grossen Schwes-ter mit Tränen füllten. «Wir zeigen es dir, Ian», sagte Saskia schnell. «Oslo ist das Beste, glaub mir.»

Er schaute sie mit seinen grossen, blauen Augen an und nickte. Dann rief Mamma nach ihm, und er lief davon.

«Was ist mit ihm?», wunderte sich Saskia. «Warum tut er so? Er weiss doch, dass wir in Oslo gewohnt haben. Er war doch kein Baby mehr, als wir weggegangen sind.»

«Er tut nicht so», sagte Marit sehr leise. «Er ... Er hat es vergessen.»

«Was hat er vergessen?» Plötzlich war Saskia sehr

aufmerksam. Es gab ein Geheimnis, das wusste sie. Sie hatte immer geahnt, dass Marit es kannte.

Aber ihre Schwester schwieg.

«Ist es wegen der Tropfen?», fragte Saskia weiter. «Hat er es deshalb vergessen? Wollten sie das?»

«Sei still!», schrie Marit, und es gelang ihr, Saskia tatsächlich zu erschrecken. «Wag es nicht, diesen Tag zu verderben, indem du wieder davon anfängst! Wir fliegen nach Oslo, und alles ist gut. Hast du verstanden?»

Saskia verschränkte die Arme vor der Brust und holte tief Luft. Was fiel Marit ein? Aber bevor sie wusste, was sie sagen wollte, hatte Marit sich umgedreht und war davongerannt.

Anne Skogstad stand auf dem Balkon vor den Kinderzimmern ihrer neuen Villa. Sie war nicht so altehrwürdig wie diejenige auf Bygdøy, in der sie bis vor eineinhalb Jahren gelebt hatten. Aber sie war schön. Magnus hatte recht gehabt, als er ihr versprochen hatte, dass er ein Haus für sie finden würde, in dem sie sicher waren. Es gab ihr Sicherheit, von hier oben auf die Stadt zu schauen, die viele Jahre lang ihr Zuhause gewesen war. Sie sah die Lichter auf den Inseln, sie sah Tjuvholmen und den Hafen, in dem jetzt im Winter keines der grossen Kreuzfahrtschiffe vor Anker lag. Sie erahnte die Lichter des Bahnhofs. Wenn sie sich ein bisschen mehr nach rechts gewandt hätte, hätte sie die Halbinsel Bygdøy sehen können, tagsüber wäre es möglich, mit einem Fernglas ihr vormaliges Daheim zu sehen, das Elternhaus von Magnus und seinem Bruder. Nicht, dass Anne es hätte sehen wollen.

Es war vorbei. Das Einweihungsessen in der neuen Villa von Anne und Magnus Skogstad, zu dem er am Stefanstag seine Geschäftspartner und weitere wichtige Leute aus der Stadt geladen hatte, war Geschichte. Anne hatte ihn im Vorfeld gebeten, die Gäste in einem Restaurant zu empfangen statt in ihrer sicheren Villa, doch Magnus war nicht darauf eingegangen, genauso wenig wie auf ihr Flehen, wenigstens seinen Bruder nicht ins Haus zu lassen. Es war der Preis, den sie dafür zahlte, dass sie ihrem Mann seit jenem Tag vor fast zwei Jahren alle Entscheidungen überliess. Gegen Ende des Abends waren Stimmen laut geworden, die gefordert hatten, aus dem Essen am Stefanstag eine Tradition zu machen. Anne graute bei dem Gedanken, doch sie wusste, dass Magnus der Idee innerlich bereits zugestimmt hatte.

Sie hatte den Abend überlebt. Die Begegnung mit ihrem Schwager hinter sich gebracht. Sie hatte ihn begrüsst, ohne ihn zu berühren, und auch ihre Schwägerin nur kurz in den Arm genommen. Sie war nicht zusammengebrochen, und sie war nicht schreiend davongerannt. Es war möglich, was Magnus sagte: Man konnte sich schützen, indem man sich mit einer Schutzmauer umgab. Er selbst hatte es in den letzten Monaten unzählige Male getan, ihr war es heute Abend gelungen. Nicht, dass sie stolz darauf wäre. Stolz wäre sie, wenn es ihr gelungen wäre, ihrem Schwager vor allen Leuten ihre Verachtung und ihren Hass ins Gesicht zu schreien. Oder wenn sie es gewagt hätte, ihm ihre Faust ins Gesicht zu schmettern. Stolz wäre sie, wenn sie dafür gesorgt hätte, dass er nie wieder auch nur in Sichtweite ihres Hauses kommen würde. Nein, Anne hatte keinen Grund, stolz zu sein. Immerhin hatte sie Marit eingebläut, ein Auge auf Saskia und Ian zu halten, und ihre grosse, kluge Tochter hatte verstanden. Keines der

Kinder war während der Feierlichkeiten in die Nähe des Onkels gelangt. Ja, auf Marit war Anne stolz.

Tief sog sie die kalte Nachtluft in die Lungen. Magnus hatte trotz allem recht. Was er in seiner gewohnt sorgfältigen Art geplant hatte, wurde wahr: Es war möglich, in der Schweiz zu leben, eingesponnen in den sicheren Kokon, den er für seine Familie gewoben hatte, und Oslo dennoch nicht loszulassen. Es war ein Leben, das eine Zukunft haben konnte.

Anne zitterte vor Kälte und riss sich vom beruhigenden Anblick der Lichter los. Um zurück ins Haus zu gehen, musste sie durch eines der Kinderzimmer. Sie zögerte und wählte schliesslich die linke Tür, hinter der Saskia und Ian schliefen. Leise und ohne stehen zu bleiben, ging sie an den Betten ihrer jüngeren Kinder vorbei, darauf bedacht, dass die Schutzmauer nicht im letzten Moment doch noch zusammenbrach.

Ian schweigt.

Auch mir fällt nichts ein, was ich zu diesem Arrangement sagen könnte, das mir gleichzeitig richtig und so furchtbar falsch zu sein scheint.

«Interessiert es dich, was es mit den Tropfen auf sich hatte, die Saskia so zu denken gaben?», fragt Ian. Sein Blick ist undurchdringlich.

Ich nicke.

«Sie hat es nämlich herausgefunden.»

«Du musst das Rezept verlängern.» Pappas Stimme klang anders als sonst, wenn er telefonierte.

Saskia konnte nicht sagen, was anders war, aber der Tonfall veranlasste sie dazu, stehen zu bleiben. Sie war auf Zehenspitzen die Treppe hinuntergeschlichen, weil sie dem Küchenpersonal in der neuen

Osloer Villa etwas Süsses abschwatzen wollte. Dann hatte sie Pappas Stimme gehört.

Nun merkte sie auch, was anders war: Pappa befahl nicht. Pappa bat um etwas.

Saskia sah sich um. Es war niemand da. Sie schlich sich näher an die halboffene Tür des Büros, hinter der ihr Vater telefonierte.

«Bitte», sagte er nun sogar und nach einer Pause: «Ja, ich weiss, das hast du mir oft genug erklärt. Und ich weiss, dass es beinahe zwei Jahre her ist. Er soll das Valium auch nicht mehr regelmässig bekommen. Nur ...» Offenbar wurde Pappa unterbrochen, denn er sagte lange Zeit nichts. So lange, dass Saskia schon dachte, er hätte den Anruf beendet. Sie wandte sich um, doch da hörte sie, wie Pappa weitersprach: «Was immer du sagst: Nein! Er darf sich nicht erinnern. Nie, hörst du, nie soll er daran denken müssen. Niemals!» Saskia zuckte zusammen, weil das letzte Wort so viel lauter gewesen war als die vorhergehenden. Dann hörte sie, wie der Telefonhörer auf die Gabel geworfen wurde. Und dann hörte sie etwas, was nicht sein konnte. Sie glaubte zu hören, dass Pappa weinte. Aber das konnte wirklich nicht sein.

Saskia drehte sich um und lief die Treppe hinauf, zu entsetzt, um weiter Lust auf Süsses zu haben. Leise schlüpfte sie zurück ins Zimmer, in dem Ian bereits schlief und blieb an seinem Bett stehen. Zögernd streckte sie die Hand aus und strich ihm die Haare aus der Stirn.

Ian seufzte leise und drehte den Kopf, sodass sich seine Wange an ihre Hand schmiegte.

Saskia lächelte. Kurzentschlossen schlüpfte sie zu ihrem Bruder unter die Bettdecke und legte einen Arm um ihn, so wie früher, als er ganz klein gewesen war.

«Valium also», sage ich leise.

Ian verschränkt die Arme vor der Brust. «Um meinen Schmerz zu betäuben und mich vergessen zu lassen. Aber weisst du was? Ich glaube, dass sie sich getäuscht haben. Es waren nicht die Medikamente, die mich vergessen liessen. Es war mein Unterbewusstsein, das mich vor dem Schrecken schützte, ganz ohne Zutun von aussen. Die Medikamente haben nur meine Eltern geschützt. Mir ging es besser, nachdem Magnus' Freund sich geweigert hatte, ihn weiterhin damit zu versorgen.»

Januar 1980

Ian hatte in Oslo gelernt, Schlitten zu fahren. Erst rund um die Sprungschanze am Holmenkollen, bis Marit gesagt hatte, er wäre gut genug für die lange Fahrt runter von Frognerseteren. Er hatte sich nicht allein getraut, aber Marit hatte ihn vor sich auf den Schlitten gesetzt. Es hatte so viel Spass gemacht! Einmal hatten sie sogar Saskia überholt. Sie hatte geweint, und Marit und er hatten gelacht.

Das Beste war, dass der Schnee mit in die Schweiz gekommen war. Sie hatten im Flugzeug aus dem Fenster geschaut und gesehen, dass alles weiss war. Jetzt konnten sie im Garten Schneemänner und ein Schneehaus bauen.

«Können wir heute Schlitten fahren?», fragte Ian auf dem Heimweg von der Schule.

Saskia und Marit sahen ihn erstaunt an. Sogar Hans schaute in den Rückspiegel. Die Menschen waren immer überrascht, wenn sie ihn sprechen hörten. Miss Schneider sagte, das sei, weil er so wenig redete.

«Wo möchtest du Schlitten fahren?», fragte Marit.

«Bei uns im Garten?»

Ian lachte. «Nein, an einem Berg.» Er runzelte die Stirn. «Es gibt doch Berge hier, oder?»

Nun erschraken nicht nur seine Schwestern, sondern auch Ian selbst, als Hans etwas sagte. Er sagte sonst noch weniger als Ian. «Ich kann euch zeigen, wo die Kinder aus dem Dorf Schlitten fahren.»

«Toll!», jubelte Saskia.

«Haben wir eigentlich Schlitten?», fragte Marit.

«Wir können welche kaufen», meinte Ian.

Hans lächelte ihm durch den Rückspiegel zu. «Ihr könnt die Schlitten meiner Kinder haben, wenn ihr keine eigenen habt. Sie brauchen sie nicht mehr, sie sind schon gross.»

«Können wir bei dir vorbeifahren und sie holen?», fragte Saskia.

«Ich glaube nicht, dass eure Eltern das möchten. Aber wenn ihr eure Mutter fragt, ob es in Ordnung sei, bringe ich sie euch später vorbei.»

Saskia nörgelte noch ein wenig, aber Hans blieb bei seiner Meinung. Ian war froh. Er wollte nicht zu Hans nach Hause fahren.

Aber die Schlitten, die Hans am Abend, als Ian schon in seiner Burg war, vorbeibrachte, waren toll. Er hatte Marit auch erklärt, wo der Schlittenfahrberg war. Mamma sagte Ja, als sie fragten, ob sie hingehen durften. Es hatte so viel Schnee auf den Strassen und Feldern, dass Marit Ian fast die ganze Zeit ziehen konnte.

Der Berg war ziemlich klein, und es waren ziemlich viele fremde Kinder da. Ian wäre lieber gleich wieder weggegangen, aber Saskia rannte einfach den Berg hoch und machte sogleich ein Wettschlitteln mit den anderen Kindern. Sie verstand ja auch deren Sprache, weil sie eine Freundin hatte, die sie konnte.

Marit und Ian schlittelten etwas abseits, zuerst gemeinsam, dann traute er sich auch wieder allein.

«Kommt, macht mit beim Wettrennen!», rief Saskia.

Marit zögerte, schaute rasch zu Ian und fragte: «Ist es in Ordnung für dich, wenn ich mitmache?»

Ian wusste es nicht, aber er nickte, und Marit ging zu den anderen. Allein machte das Schlitten fahren keinen Spass. Ian setzte sich in den Schnee und fing an, sich eine Burg zu bauen. Er war jetzt ein Schneeritter.

Er schaute auf, als er jemanden reden hörte, und sah einen Jungen, den er nicht kannte. Er schien etwas fragen zu wollen.

«Slott», sagte Ian aufs Geratewohl.

«Schloss?»

Ian nickte. Gut möglich, dass es das war.

Der Junge fragte wahrscheinlich, ob er mitbauen dürfe, und Ian nickte. Bald kamen noch mehr Kinder dazu. Ians Burg wurde riesig und sehr schön! Als Saskia auch kam, erklärte sie ihm, was die fremden Wörter hiessen. Ian lernte Deutsch. Burg, Schnee, Mauer, Kugel. Mädchen, Junge. Achtung! Ritter. Prinz. Pferd und Schlitten.

«Ich bin dein Pferd!», rief ein Junge und deutete auf Ians Schlitten.

Ian setzte sich drauf, hielt sich fest und liess sich von seinem Pferd durch den Schnee ziehen. Es war ein starkes und schnelles Pferd, viel schneller als Marit.

Als Marit sagte, sie müssten nach Hause gehen, weinte Ian ein bisschen, aber es half nichts. Sein Pferd zog ihn bis zur Villa und staunte, als es sah, wo Ian und seine Schwestern wohnten. Aufgeregt redete der Junge mit Saskia und sagte Wörter, die Ian nicht verstand. Saskia lachte, und der Junge lachte auch. Ian lachte mit. Er wusste nicht warum, aber es war gut, dass Saskia so laut lachte.

Ich kann nicht anders, als zu lächeln. Es tut so gut, mir den kleinen Ian lachend vorzustellen, auch wenn er nicht wusste, worüber. Es genügt mir, dass er lachte, weil seine Schwester fröhlich war, weil er ein starkes Pferd hatte und einen vergnüglichen Tag im Schnee verbracht hatte. Ein Stück Lebensfreude für den verschütteten kleinen Jungen.

Ian erwidert mein Lächeln nicht. «Ich erinnere mich nur an diesen einen Tag im Schnee», sagt er. «Marit und Saskia sagen, dass es in jenem Winter mehrere davon gab. Saskia drängte darauf, ihre neuen Freunde zu uns nach Hause einzuladen, aber unsere Eltern waren dagegen.» Ratlos schaut er irgendwo hinter mir an die Wand, dann schleicht sich ein entschuldigendes Lächeln auf sein Gesicht. «Machst du mir noch einen Espresso? Oder nein, besser einen Tee. Wenn es dir nichts ausmacht, komme ich mit in die Küche. Bewegung tut gut.»

«Bitte sehr. Dann siehst du auch gleich, ob ich eine Teesorte habe, die du magst.»

Er folgt mir die Treppe hinunter. Ich erschrecke, als er plötzlich weitererzählt: «Dann muss es einen Vorfall gegeben haben – einen Schlittenunfall –, an dem ich beteiligt war. Ich erinnere mich nicht, aber Saskia sagt, danach durften wir nicht mehr zum Schlittenhügel gehen.»

«Was ist passiert?»

Hinter mir ertönt ein frustriertes Schnauben. «Das wissen auch meine Schwestern nicht. Aber es genügte offenbar, dass ich für mehrere Wochen nicht in die Schule ging und mich in meiner Burg verschanzen konnte. Und es genügte, dass sie beide den Kontakt zu den Kindern aus dem Dorf abbrachen.»

Schweigend gehen wir in die Küche.

Ich nehme mein Teesortiment aus dem Schrank und stelle es vor ihn hin.

Während Ian es durchsieht, erscheint überraschend ein fröhliches Lächeln auf seinem Gesicht. «Ich habe mich schon immer wohlgefühlt in Küchen», verrät er.

Mai 1983

«Kommst du mit nach Oslo?» Ian sass auf dem Küchentisch und liess die Beine baumeln.

«Nein», antwortete Helena vom Herd her. Ihre schwarzen Locken steckten unter einem Haarnetz, das verhindern sollte, dass Haare ins Essen fielen. Es konnte aber nicht verhindern, dass einige sich gelöst hatten und sich in ihrem Nacken kringelten. Auch wenn Ian Helena nur von hinten sah, war er sich sicher, dass ihr auch einige Locken ins Gesicht fielen, die sie von Zeit zu Zeit wegpustete. Das machte sie immer, wenn sie schwitzend am Herd stand.

«Ich will aber, dass du mitkommst», verkündete er.

«Das willst du jedes Mal, wenn ihr nach Norwegen fliegt.»

«Und du sagst jedes Mal Nein.» Er wusste, dass der schmollende Tonfall bei Helena sein Ziel selten erreichte, aber es konnte nicht schaden, es dann und wann zu versuchen. Leider hatte er auch heute keinen Erfolg.

«Genau», sagte Helena. «Hilfst du mir jetzt mit diesen Kartoffeln, oder sitzt du nur im Weg herum?»

«Ich helfe dir, wenn du mitkommst!»

«Nice try!»

Sie liebten es beide, zwischen allen ihnen bekannten Sprachen hin und her zu wechseln. Ian sprach mittlerweile nicht nur fliessend Englisch, sondern auch Hochdeutsch und Schweizerdeutsch und einige Sätze fehlerfreies Griechisch, womit er neue Kinder in der Schule gern überraschte. Helena ihrerseits sprach ein ganz passables Norwegisch. Umso unverständlicher, dass sie nie mit nach Oslo kommen wollte! Das ging einfach nicht in Ians zehnjährigen Kopf hinein.

«Was machst du eigentlich, wenn wir nicht da sind?», fragte er, sprang vom Tisch und nahm tatsächlich eine Kartoffel in die Hand.

«Ich feiere den ganzen Tag Party, schwimme im Pool und bestelle Pizza.» Helena hatte sich umgedreht und lachte Ian an. Sie hatte die schönsten Augen der Welt. Sie waren beinahe schwarz und schauten ihn nie besorgt an.

«Das glaube ich nicht.»

«Und damit hast du recht.»

Sie schwiegen. Ian schälte mit grossem Ernst Kartoffeln und liess sich vom leisen Blubbern der Pfannen berieseln. Meistens hörte Helena Musik beim Kochen, aber sie wusste, dass er es lieber ruhig hatte und stellte das Radio aus, wenn er in die Küche kam. Er kam nicht so oft, wie er eigentlich wollte, da Mamma und Pappa es nicht gernhatten, wenn er allein bei Helena war. Sie wollten nie, dass er mit jemandem allein war. Aber heute war Mamma beim Coiffeur, Pappa auf einer Konferenz und Marit beim Reiten. Helena kochte nur für ihn, Saskia und deren beste Freundin Rosalie, die zu Besuch gekommen war. Rosalie hatte gesagt, er könne auch mitspielen, aber Saskia hatte ihm hinter ihrem Rücken ein Zeichen gegeben, das wahrscheinlich bedeutet hatte «ich bringe dich um, wenn du Ja sagst». Natürlich hätte Ian gern Ja gesagt, nur um sie zu Tode zu ärgern, doch leider hätte er überhaupt keinen Spass, wenn er mit den Mädchen Barbie spielen würde. Was stellte Rosalie sich denn vor, wunderte sich Ian. Das hiess, eigentlich wusste er, was sie sich vorstellte. Sie dachte wie alle Kinder an der International School: Wer mit den Skogstad-Kindern befreundet war, hatte es geschafft. Wem es gar gelang, mit Ian zu spielen, wurde von allen beneidet, egal, wie alt sie waren. «Dein Bruder ist so hübsch, da vergisst man fast, dass er noch so klein ist», hatte Rosalie vor ein paar Tagen zu Saskia gesagt und so getan, als wäre sie selbst viel älter als zwölf. Saskia hatte geschnaubt, und Ian, der die beiden heimlich belauscht hatte, auch. Es war auf jeden Fall besser, jetzt bei Helena in der Küche zu sitzen, Kartoffeln zu schälen und einmal mehr zu versuchen, ob er sie nicht überzeugen konnte, mit nach Oslo zu kommen.

«Der Umzug am Nationalfeiertag ist toll, vielleicht würdest du sogar den König sehen! Und in der Villa gibt es ein 17.-Mai-Frühstück, mit Lachs und einer Menge leckerer Dinge», erklärte er ihr.

«Ich habe es nicht so mit Königen.» Helena lachte. «Umzüge können mich auch nicht überzeugen, Frühstück hingegen ... Bist du sicher, dass nicht ich es für euch zubereiten müsste?»

Nein, da war Ian sich nicht so sicher. In Oslo gab es Märta, die kochte, und wenn sie viele Gäste hatten, kamen noch mehr Frauen, die ihr halfen. Gut möglich, dass Helena eine davon wäre.

«Siehst du», sagte sie. «Deshalb komme ich nicht mit.»

Ian schmiss den Kartoffelschäler auf den Tisch. «Weil du Frühstück machen müsstest? Aber ich helfe dir ja mit den Kartoffeln! Es stimmt nicht, dass du alles machen musst!»

«Das habe ich auch nicht gesagt», stellte Helena klar.

Ian nahm den Schäler wieder in die Hand. «Du darfst auch die Musik anstellen», sagte er und fühlte sich sehr grosszügig dabei. Es war einfach zu schade, dass Helena nicht mit nach Oslo kommen würde. Wenn sie da war, war alles schöner.

Juni 1984

Ian sass hinter dem Geländer, von dem aus man in die Halle hinunterschauen konnte, und hielt sich die Ohren zu. Allerdings hielt er sie nur halb zu, denn eigentlich wollte er hören, was in Pappas Büro vor sich ging. Vielleicht. Vielleicht wollte er es auch nicht hören. Er sah zu Saskia, die in der Mitte der grossen Treppe stand und darauf zu warten schien, das Büro zu stürmen. Aber auch sie wollte es nur halb, eigentlich wollte sie wohl einfach nur, dass das alles nicht wahr war.

Marit hatte sich erwischen lassen. Saskia und Ian wussten, dass sie sich heimlich mit einem Jungen aus dem Dorf traf, den sie kennengelernt hatte, als sie mit Helenas kleinem Hund spazieren gegangen war. Seither ging sie sehr oft mit Joker spazieren, auch abends. Helena liess sie durch die Küche hinaus und wieder herein, und alle waren glücklich. Nur Mamma war alles andere als glücklich gewesen, als sie gestern Abend den Vollmond hatte anschauen wollen und im Mondschein ihre sechzehnjährige Tochter gesehen hatte, die hinter dem grossen Nussbaum stand und einen fremden Jungen küsste. Ian hatte sie gehört und sich gewundert, wie laut Mamma schimpfen konnte – und das in mindestens drei Sprachen! Die dumme Marit war Hals über Kopf durch die Hintertür in die Küche geflüchtet – Joker hinter ihr her – und hatte damit verraten, dass Helena ihre Verbündete war.

Ihr Verbündete gewesen war, denn soeben donnerte Pappas Stimme durch die ganze Villa und erklärte Helena in gestochen scharfem Englisch, sie solle sofort und für immer dieses Haus verlassen, mitsamt ihrem fürchterlichen Hund, den er nie hätte dulden sollen.

Helena schwieg. Wenn Ian richtig gehört hatte, hatte sie noch kein Wort zu der Sache gesagt.

Saskia gab ihm ein Zeichen, er nickte und stand auf. Gemeinsam gingen sie die Treppe hinunter und stellten sich unter die Bürotür. Es ging schliesslich auch sie etwas an, nicht nur Pappa und Marit.

Pappa sah irritiert auf, als er die Bewegung an der Tür wahrnahm, und schöpfte Atem.

Helena ergriff die Gelegenheit und fragte, in einem sehr viel korrekteren Englisch als üblich: «War das alles?»

«Das wüsste ich auch gern.» Pappas Stimme war leiser geworden. «Oder habt ihr etwas zu erzählen? Saskia? Ian?»

Ian hatte nicht gewusst, dass man von einem Blick geschlagen werden konnte. Obwohl – er wusste, dass die Menschen manchmal vor seinem eigenen Blick zurückzuckten. Vielleicht schaute er sie dann so an, wie Pappa jetzt schaute. Nicht streng, nicht wütend, nicht beleidigt. Ian hatte keine Ahnung, wie Pappa schaute, aber es tat weh.

«Nein», sagte Saskia neben ihm.

Ian schüttelte den Kopf. Pappa wusste, dass er gern bei Helena in der Küche war und auch, dass er sie manchmal begleitete, wenn sie mit Joker nach draussen ging. Das war kein Geheimnis. Er ging aber nie allein nach draussen, und er käme nie auf die Idee, jemanden aus dem Dorf zu küssen.

«Dann gehe ich jetzt.» Helena drehte sich um, ohne jemanden aus der Familie anzusehen.

«Nein!» Marit schluchzte auf. «Es war mein Fehler, Pappa, du darfst nicht Helena dafür bestrafen.»

«Darf ich nicht?»

«Ich bin nicht sicher, ob du Helena damit am meisten bestrafst». Ian erschrak, als hinter ihm Mammas Stimme erklang. Sie schob ihn sanft zur Seite und trat ins Zimmer. Wie immer war sie elegant angezogen, hatte die Haare toupiert und war geschminkt, als würde sie mit Pappa zu einem Firmenanlass gehen. Vielleicht wollte sie das ja auch. Ian wusste eigentlich nie, was seine Eltern vorhatten. Vor Helena blieb Mamma stehen.

Helena musste zu ihr hochschauen, und sie tat es, ohne dass die fast schwarzen Augen blinzelten.

«Ich glaube», sagte Mamma, «dass du in erster Linie unsere Kinder bestrafst, wenn du Helena entlässt, Magnus.»

Erst hörte man nur Marits leises Schluchzen, dann fiel Saskia mit ein. Ian spürte Helenas Blick auf sich, aber er schaute sie nicht an, und er weinte nicht.

Pappa schwieg.

Helena stand mitten im Kreis der Familie. «Ich gehe», sagte sie, immer noch in diesem Englisch, das nicht ihres war. «Es tut mir leid, Marit, aber ich kann dir nicht helfen. Wenn du aus diesem Gefängnis ausbrechen willst, musst du es ohne mich tun.»

Was meinte sie mit Gefängnis? Nun schaute Ian doch auf, aber jetzt sah Helena an ihm vorbei. Sie schaute erst Marit an und dann Saskia. Hatte sie ihn vergessen? War er etwa nicht im Gefängnis? Ian runzelte die Stirn und zappelte ein bisschen rum, aber er konnte Helenas Aufmerksamkeit nicht auf sich ziehen.

«Marit, geh und mach Frühstück für dich und deine Geschwister. Wir sprechen uns nachher», sagte Mamma und wartete, bis Marit, nach einem raschen Blick durch den Raum, zur Tür ging und Saskia und Ian ein Zeichen gab, ihr zu folgen. Dann fuhr sie fort: «Helena, ich bitte dich, noch zu bleiben. Ich möchte gern unter sechs Augen mit dir sprechen.»

Ian rechnete rasch nach. Sechs Augen waren die von Pappa, Mamma und Helena. Die anderen sechs Augen mussten das Büro verlassen.

Helena blieb die Köchin der Familie. Doch als Ian sich das nächste Mal in die Küche setzen wollte, schüttelte sie den Kopf. «Ich will meinen Job behalten», sagte sie nur. «Also bitte geh.»

Ian ging. Er ging in den Garten und überlegte sich, ob er sich den Arm brechen würde, wenn er von den obersten Ästen des Nussbaums runterspringen würde. Oder ein Bein. Wie lange könnte er wohl im Bett liegen mit einem gebrochenen Arm oder einem gebrochenen Bein? Ob Helena ihm Kuchen brächte? Dann fiel ihm ein, dass Rosalies älterer Bruder einen gebrochenen Rücken hatte und gar nie mehr aufstehen konnte. Nachdenklich schaute er in die Äste des Baumes und merkte, dass er sich überhaupt nichts brechen musste. Er dachte an seine Burg, die er am zehnten Geburtstag weggeräumt hatte. Wer brauchte schon eine Burg? Wer brauchte einen Grund, um sich ins Bett zu legen? Wer brauchte Helena? Ian kniff die Augen zusammen, ging zurück in die Villa, legte sich aufs Bett und stand lange Zeit nicht mehr auf.

«Es war verdammt einsam, ein Kind deiner Eltern zu sein!», rutscht es mir heraus.

Ian scheint keinen Grund zu sehen, auf meine Bemerkung einzugehen. Äusserlich ruhig trinkt er seinen Tee.

«Nimmst du es ihnen übel, dass sie – so reagiert haben? Dass sie dich erst ...», ich zögere, «... betäubten und danach von der Welt abschotten wollten?»

Ian stellt die Teetasse ab und schaut mich an. «Sie haben das Schlimmste erlebt, was man als Eltern erleben kann: Sie konnten ihr Kind nicht beschützen. Wenn ich es so betrachte ...» Er bricht ab und schweigt über das, was er denkt. Stattdessen sagt er: «Ich wollte es besser machen. Ich wollte meinem Kind ein guter Vater sein. Von Anfang an. Mit allen Konsequenzen.»

Neues Leben

Juni 2016

Ian stellt die Espressotasse in den Geschirrspüler der Praxis und wäscht sich die Hände. Noch ein Patient, dann hat er Feierabend. Das Wort hat in den letzten Wochen eine ganz neue Bedeutung bekommen. Es heisst, dass Alexa und er sich in die neuen Kissen der Hollywoodschaukel kuscheln, lesen, reden oder zusammen schweigen. Seine Frau ist träge im letzten Monat ihrer Schwangerschaft und geniesst es, möglichst wenig zu tun. Oft verschläft sie die Zeit, in der er weg ist, und spart sich ihre Energie für die gemeinsamen Abendstunden auf. So sehr Ian sich auf Krümelchen freut, so sicher ist er sich, dass er diese Ruhe vermissen wird, wenn es erst einmal da ist.

Er wird an der Kaffeemaschine von Esther abgelöst, der dritten Physiotherapeutin in ihrem kleinen Team. «Noch ein letzter Koffeinschub vor dem Bürokram», seufzt sie.

«Hast du viel Bürokram?», fragt er, darauf gefasst, dass sie ihn mit einer kurzen Antwort abspeist. Esther und er haben ein distanziertes Verhältnis. Ian mutmasst, dass die vielen Ausfälle aufgrund seiner Depressionen Esther mehr belasten oder ärgern, als sie zugeben mag. Zudem scheint der Vorfall im Frühling ihr Misstrauen gegenüber seiner Arbeitsfähigkeit verstärkt zu haben, auch wenn sie nie etwas dazu gesagt hat.

Doch heute zeigt sie sich zugänglich und lächelt, als sie antwortet: «Nein. Nur den Bericht an eine

Krankenkasse, die sich nicht sicher ist, ob meine Behandlung ihren Richtlinien entsprochen hat oder nicht.»

Sie werfen sich einen vielsagenden Blick zu, und Ian wünscht ihr viel Glück, bevor er zurück in den Eingangsbereich der Praxis geht.

«Herr Tanner ist bereits im Behandlungszimmer», informiert ihn Jessy vom Empfang und fügt mit gesenkter Stimme hinzu: «Er scheint mir etwas gestresst zu sein.»

Herr Tanner ist ein neuer Patient, der mit einer Sehnenscheidenentzündung am rechten Handgelenk zu ihm kommt, entnimmt Ian Jessys Notizen.

«Wahrscheinlich muss er so schnell wie möglich zurück am Computer sein», mutmasst Ian genauso leise.

Jessy grinst. «So sieht er aus. Wahrscheinlich geht sogar die Welt unter, wenn er es nicht sehr bald wieder ist.»

Auf den wenigen Schritten zu seinem Praxiszimmer wischt Ian sich das Schmunzeln vom Gesicht, um seinem Patienten mit dem professionellen Interesse zu begegnen, das ihm zusteht. Er öffnet die Tür und geht ins Zimmer.

Herr Tanner steht am Fenster und schaut nach draussen. Sein Rücken hebt und senkt sich, er scheint zu rasch zu atmen.

Wahrscheinlich ist er aufgeregt vor seinem ersten Besuch in der Physiotherapie, denkt Ian und räuspert sich. «Herr Tanner? Ich bin Ian Skogstad, ihr ...»

Der Mann am Fenster dreht sich um und kommt mit raschen Schritten auf ihn zu, die rechte Hand ausgestreckt, ein Lächeln im Gesicht, eine Duftmischung aus herbem Aftershave und Schweiss vor sich herschiebend.

Ian fällt. Er hört sein eigenes Keuchen und weiss nicht, wie es ihm gelingt, sich umzudrehen und seinen Körper in Bewegung zu setzen. Blind flieht er vor dem Geruch des Mannes und der Präsenz, die nach ihm verlangt. Eine Stimme ruft seinen Namen und weist ihm den Weg Richtung Tresen und zur Tür dahinter. Als seine Beine endgültig unter ihm nachgeben, packt ihn eine starke Hand am Oberarm. Halbherzig will er sie wegschlagen, doch sie hält ihn fest, und eine Stimme befiehlt ihm einzuatmen. Ein paar grässliche Momente lang ist Ian überzeugt, dass er das nicht kann, dann erreicht ihn ein Luftzug und überdeckt endlich den grauenhaften Geruch. Gierig füllt Ian seine Lungen mit Luft, und mit dem Atem kommt auch die Sicht zurück.

Esther lässt seinen Arm los und entfernt sich einen Schritt von ihm.

Ian sieht Jessy, die zwischen ihm und dem geöffneten Fenster des Pausenraums steht, die Augen aufgerissen.

Mit unsicheren Schritten geht er zu einem der Polstersessel und lässt sich darauf sinken. «Der Patient ...»

«Ich übernehme ihn», sagt Esther. Nach einer Pause ergänzt sie: «Ich sage ihm, du hättest etwas Schlechtes zum Zvieri erwischt. Übelkeit, nicht ansteckend.»

Durch Ians Gedanken flackert der selbstgemachte Linsensalat, den er in der Pause gegessen hat, und er spürt einen lächerlichen Anflug von Beleidigung. Er nickt.

Bevor sie das Zimmer verlässt, weist Esther Jessy an: «Lass ihn nicht allein. Ich informiere Tobias, bevor ich zum Patienten gehe.»

Mit aller Kraft versucht Ian, das Zittern seiner

Gliedmassen zu unterdrücken, was jedoch nicht gelingt. Er stützt den Kopf in die Hände und konzentriert sich auf seine Atmung.

«Möchtest du ein Glas Wasser?»

Jessys Worte dringen an sein Ohr, doch Ian findet keine Antwort auf ihre Frage. Auch als er hört, dass sich die Tür öffnet, gelingt ihm keine Reaktion.

«Was ist passiert?», will Tobias wissen.

Auch ihm würde Ian gern eine Antwort geben, doch leider hat er keine Ahnung, wie diese lauten könnte.

Nach einer Pause ist es Jessy, die antwortet und ihrem Chef erzählt, dass Ian mit aschfahlem Gesicht aus dem Behandlungszimmer in den Pausenraum getaumelt sei. «Ich lief ihm hinterher. Ich glaube, er wurde kurz ohnmächtig. Esther fing ihn auf, ich öffnete das Fenster und ...»

«Du warst es, die das Fenster geöffnet hat?», fragt Tobias scharf nach.

«Ja.»

«Gut», entfährt es Tobias. Seine Schritte nähern sich dem Sessel. «Ian? Wie geht es dir jetzt?»

Ian öffnet die Augen, blinzelt. Versucht, sich aufrechter hinzusetzen, was ihm zu seiner Erleichterung gelingt.

Jessy streckt ihm ein Glas Wasser entgegen, das er nimmt und tatsächlich festhalten kann. Auch seine Hände zittern kaum mehr. Erleichtert trinkt er einen Schluck.

Er sieht, wie Tobias Jessy ein Zeichen gibt, den Raum zu verlassen.

Als sie allein sind, setzt sein Chef sich in den Sessel ihm gegenüber.

Die Besorgnis in Tobias' Augen beschämt Ian zutiefst. «Es tut mir leid», murmelt er.

«Was tut dir leid? Was ist passiert?»

Ian trinkt einen weiteren Schluck Wasser. Dann stellt er das Glas zurück und schaut seinem Chef in die Augen. Er schaudert erneut und merkt, dass er kurz davor ist, vor Erschöpfung zusammenzubrechen.

Auch Tobias scheint es zu sehen. Er richtet sich auf. «Soll ich dir ein Taxi bestellen, das dich nach Hause fährt?»

Nach Hause fahren. In die Sicherheit des Häuschens. Zu Alexa und Krümelchen.

Krümelchen ...

Ian richtet sich auf. «Tobias? Wir müssen reden.»

Hat er das tatsächlich gemacht? Hat er nicht nur Tobias, sondern auch Esther und Jessy in die Praxis seiner Psychologin eingeladen, um ihnen zu erzählen, was letzte Woche seine Panik ausgelöst hat? Fieberhaft sucht Ian in seinem Kopf nach der Vorgehensweise, die Frau Bischof und er sich zurechtgelegt haben, während er unruhig durch ihr Wartezimmer tigert, aber es ist alles weg, verschwunden hinter einer latenten Übelkeit und wiederkehrenden Schweissausbrüchen. Als er Alexas Blick auf sich spürt, dreht er sich zu ihr um.

Sie hat darauf bestanden, ihn zu begleiten. «Natürlich schaffst du es allein», hat sie auf seine Einwände geantwortet. «Aber ich schaffe es nicht, dich allein hingehen zu lassen.» Nun schenkt sie ihm ein aufmunterndes Lächeln und formt mit den Händen ein Herz vor ihrem Bauch.

Ian bleibt stehen und geht vor ihr in die Hocke. Vorsichtig legt er den Kopf auf ihren Bauch und wartet mit angehaltenem Atem, ob Krümelchen auf die Berührung reagieren wird. Tatsächlich spürt er fast sofort einen sanften Stupser an der Wange. Er lächelt und küsst die Stelle, wo eben ein kleiner Fuss oder eine kleine Faust aus den Tiefen des Mutterleibs an die Oberfläche gekommen ist, um seinem überforderten Pappa einen Gruss zu schicken. Ich tue es für dich, versichert Ian seinem Kind wortlos, damit du weisst, dass dein Vater sich nicht von ein paar Erinnerungen in die Knie zwingen lässt.

Er hätte kündigen können nach dem Vorfall letzte Woche. Mit Bedauern einsehen, dass er sich überschätzt hat. Alexas Ängste vor den Fenstern im dritten Stock vorschieben und sich seiner Frau gegenüber fürsorglich fühlen. Auf das Vermögen seiner Familie zurückgreifen und das schlechte Gewissen seiner Eltern und Schwestern verringern. Oder es so darstellen, dass Alexa und er ein modernes Familienmodell leben wollen. Er hat über all das nachgedacht und gemerkt, dass ein solcher Entscheid vor allem eines wäre: feige. Und Feigheit ist nicht das, was Ian seinem Krümelchen vorleben will. Deshalb ist er hier.

Wenn es nur nicht so verdammt schwer wäre!

Er wirft Alexa ein klägliches Lächeln zu. Sie streckt die Hand aus, und er ergreift sie dankbar. Setzt sich neben seine Frau, lehnt den Kopf an die Wand und wartet. Lässt die Gedanken schweifen und landet zu seinem Erstaunen immer wieder bei Annes Fotos aus dem Sommerhaus im Fjord. Er sieht die lachenden Gesichter seiner Familie vor sich und spürt die milde nordische Sommersonne auf der Haut.

Als die Klingel ertönt, zuckt er zusammen und schaut beklommen zur Eingangstür.

Sie kommen alle gemeinsam. Esther sieht aus, als würde sie am liebsten gleich wieder umkehren wollen, in Jessys Blick liegt viel zu viel Neugier, und

Tobias wirkt wie gewohnt unerschütterlich ruhig.

Ich tue es auch für ihn, stellt Ian fest. Weil er es verdient hat zu wissen, was er all die Jahre mitgetragen hat.

Frau Bischof kommt aus dem Büro, begrüsst ihre Gäste und bittet sie in ihr Besprechungszimmer. Alle folgen der Aufforderung, nur Alexa bleibt sitzen und wirft Ian verstohlen eine Kusshand zu. Er antwortet mit einem verzweifelten Augenrollen, fährt sich durch die Haare und verflucht seine verdammte Heldenhaftigkeit.

Sie setzen sich an Frau Bischofs schönen, runden Holztisch, und die Gastgeberin sagt ein paar einleitende Worte, während Ians Übelkeit ein nahezu unerträgliches Ausmass erreicht. Schliesslich richten sich alle Blicke auf ihn. Bevor die Pause zu lang werden kann, oder – noch schlimmer – jemand ein ermutigendes Wort sagen könnte, beginnt er:

«Ich will euch sagen, was letzte Woche passiert ist. Und ...» Er schluckt. «... was im Frühling passiert ist.» Ein hastiger Blick in die Runde zeigt ihm, dass er die ganze Aufmerksamkeit seines Publikums hat. Kein Wunder, wenn der verschlossene Ian Skogstad sein Herz öffnet, denkt er und hofft, sein Sarkasmus werde ihn über die nächsten Sätze retten. «Ihr kennt meine Ausfälle», fährt er fort. «Ihr tragt sie seit Jahren mit. Wahrscheinlich habt ihr wie ich gedacht, die Depressionen würden einfach zu mir gehören. Depressionen haben nicht immer einen ersichtlichen Grund. Meine schon.»

«Und im Frühling hast du ihn herausgefunden!», platzt Jessy heraus.

Es ist noch schwerer als gedacht. Viel schwerer. Unmöglich. Ian wirft einen Blick zu Frau Bischof, die ihm ermutigend zunickt. Er reibt die schweissnassen

Hände an seiner Jeans ab und versucht, ohne jemanden von seinem Team anzuschauen, einen anderen Zugang:

«Letzte Woche, als der neue Patient da war, Herr Tanner ... Er roch nach einem bestimmten Aftershave. Er machte eine bestimmte Bewegung. Beides zusammen war zu viel, ich bekam einen Flashback und daraus resultierend eine Panikattacke.» Es ist gut, die Fachbegriffe zu brauchen. Es klingt rational, irgendwie sogar logisch. Aber Ian ist immer noch nicht da, wo er sein will. Er schaut an die Wand gegenüber. Atmet. Tief und regelmässig. Verbannt den Duft des Aftershaves aus seinem Kopf. Denkt an Krümelchen und seine sanften Stupser, an die Hollywoodschaukel, die neuen himmelblauen Kissen, an Alexa, die auf der anderen Seite der Wand auf ihn wartet. An die sanfte Brise im Oslofjord. Er setzt sich gerade hin, schaut vor sich auf den Tisch und fährt fort:

«Als ich ein kleines Kind war, wurde ich über eine längere Zeit von meinem Onkel sexuell missbraucht.»

Die Zeit steht still.

Jessy entfährt ein kleiner Jammerlaut, Tobias ein unterdrücktes Stöhnen. Esthers Augen haben sich geweitet, die Lippen presst sie aufeinander.

Ian schaut auf und nimmt alles gestochen scharf wahr.

«Als meine Eltern es herausfanden, zogen wir in die Schweiz. So schützten sie mich vor dem Täter, zu dem sie den Kontakt nicht abzubrechen wagten. Sie hofften, ich würde alles vergessen.» Nun kommen die Tränen. Ian lässt zu, dass sie langsam über seine Wangen rollen.

«Aber du hast es nicht vergessen», sagt Esther leise. «Nur verdrängt.»

Ian nickt. Nach einem Blick zu seiner Psychologin ergänzt er: «Bis im April eine Sitzung bei Frau Bischof an den verschütteten Erinnerungen gerührt hat.»

«Und Herr Tanner hat dich ... an den Täter erinnert?», fragt Jessy, und Ian nickt noch einmal.

«Scheisse.» Tobias flucht nie, und so ist dieses Wort die wertvollste Reaktion, die er Ian geben kann.

Dann schweigen sie alle.

Ian hat alles gesagt. Fast. «Ich kann nicht garantieren, dass es nicht wieder vorkommt. Aber ich möchte gern weiterhin mit euch zusammenarbeiten.»

Zustimmendes Gemurmel.

«Ich unterstütze diesen Wunsch», meldet sich Frau Bischof.

Ian selbst ist sich plötzlich nicht mehr sicher. Er wünscht sich weit weg, an einen fernen Ort, wo er bleiben wird, bis sie alle vergessen haben, was er gesagt hat. Wie soll er ihnen in die Augen sehen, nun, wo sie wissen, was ihm widerfahren ist?

«Ich unterstütze Ians Wunsch auch», sagt Tobias ruhig. «Vielleicht brauchen wir als Team ihre Unterstützung, Frau Bischof, um in Zukunft richtig reagieren zu können. Aber erst brauchen wir wohl alle Zeit, das Gehörte zu verdauen.»

Jessy nickt unter Tränen. Esther sieht aus, als wäre ihr auch übel.

Ian nimmt noch einmal alle Kraft zusammen und sagt: «Allfällige Termine bei Frau Bischof würden selbstverständlich auf meine Rechnung gehen.» Er versucht ein Lächeln. «Schliesslich ist es nur fair, wenn die Folgen dieses Treffens aus unserem Familienvermögen bezahlt werden.»

Er registriert noch das Nicken der anderen, dann überwältigt ihn die Müdigkeit. Er steht auf und wartet, bis sich der Boden unter ihm nicht mehr bewegt.

«Ich gehe nach Hause», sagt er in den Raum hinaus. Allein und mit erhobenem Haupt verlässt er das Zimmer. Seine Knie sind weich, sein T-Shirt ist nassgeschwitzt, sein Herz klopft wie nach einem absolvierten Tausendmeterlauf, und in seinem Innern tobt ein unentwirrbares Chaos an Gefühlen.

«Du hast es geschafft!» Alexa steht auf, schlingt die Arme um ihn und lässt ihn ihren Herzschlag spüren.

«Ja.» Er legt einen Moment lang das Kinn auf ihren Kopf, atmet tief ihren Duft ein und lenkt seine Aufmerksamkeit auf ihren Bauch, der gegen seine Hüfte drückt. «Ich will nach Hause, Alexa.»

«Was sagt denn Frau Bischof dazu?», fragt sie.

Ian nimmt eine Bewegung an der Tür zum Behandlungszimmer wahr und merkt erst jetzt, dass ihm seine Therapeutin gefolgt ist.

«Herzlichen Glückwunsch, Herr Skogstad», sagt Frau Bischof. «Ich wünsche Ihnen einen schönen Abend. Melden Sie sich, wenn Sie etwas brauchen.»

Ian nickt. «Die anderen …?»

«Ihr Team? Ich kümmere mich um sie.» Frau Bischof lächelt und bleibt stehen, bis Alexa Ian an der Hand nimmt und aus der Praxis führt.

Sie lässt ihn erst wieder los, als sie beim Auto angekommen sind. «Ja, wir fahren nach Hause», sagt sie und hält ihm charmant die Tür auf. «Aber erst muss ich mir irgendwo einen Burger und Pommes holen. Dein Kind und ich sind nämlich am Verhungern!»

Es ist nur ein kleines Lächeln, das Ian ihr schenkt, aber es genügt Alexa. Sie weiss, dass er ganz bei ihr ist, auch wenn ihm die Erschöpfung ins Gesicht geschrieben ist und sie in seinen Augen eine wilde Mischung aus Scham, Kummer und dem so wohlbekannten Grauen sieht. Sie wünscht sich von ganzem

Herzen, dass diese Gefühle bald dem Stolz weichen werden, den Ian sich heute verdient hat und der ihr eigenes Herz schier platzen lässt vor Liebe zu ihrem Mann!

Sein Onkel sitzt vor Ian, entspannt und mit einem Lächeln im Gesicht. Komm her, sagt sein Blick.

«Du bist nicht hier», flüstert Ian.

Das Lächeln des Mannes wird noch breiter. «Ich werde immer hier sein», widerspricht er gut gelaunt. Dann stiehlt sich ein ungeduldiger Zug in sein Gesicht, und er nickt auffordernd mit dem Kopf.

Entsetzt merkt Ian, wie sich seine Füsse in Bewegung setzen. Mit jedem Schritt wächst die Erleichterung, den Widerstand aufgegeben zu haben. Mit jedem Schritt wird er jünger. Am Ende läuft er beinahe, bis er schliesslich so nahe vor seinem Onkel steht, dass er dessen Atem spürt.

«Siehst du?» Wieder klingt die Stimme seines Onkels unbeschwert und sehr zufrieden.

Ian schliesst die Augen, verschliesst die Ohren, sucht den Nebel. Doch er kann der Stimme nicht entkommen und auch nicht den Händen, die nach ihm greifen ...

Mit einem Schrei fährt er aus dem Schlaf hoch und setzt sich auf.

Auch Alexa schreckt hoch.

«Alles gut», flüstert er. Sein Herz rast, doch der Druck auf seiner Brust lässt langsam nach. «Schlaf weiter», bittet er Alexa, und tatsächlich legt sie sich mit einem kleinen Seufzer wieder hin.

Er tastet nach ihrer Hand und drückt ihre Finger, während er darauf wartet, dass sein Atem sich beruhigt. Er spürt, wie Alexas Hand schwer wird und ihre Atemzüge regelmässig, doch sein Herz hört nicht auf, unbändig zu klopfen. Lange liegt er wach und wünscht sich, dass es nur ein Traum wäre.

Schliesslich lässt er Alexas Hand los und legt die seine vorsichtig auf ihren Bauch, der sich sanft hebt und senkt. Krümelchen rührt sich nicht, aber das macht nichts. Es genügt Ian zu wissen, dass Alexas und sein Kind da ist. Dieser Gedanke lässt ihn endlich wieder zu Atem kommen.

Mir hingegen stockt immer noch der Atem, und ich weiche Ians Blick aus. Nun bin ich es, die konzentriert Tee trinkt und dabei so tut, als brauche dies meine ganze Aufmerksamkeit.

Ian lässt mir Zeit. Als er spricht, tut er es mit leiser Stimme, als wolle er mich nicht erschrecken. «Der erste Arbeitstag nach dem Gespräch mit Frau Bischof war seltsam. Wir wussten alle nicht, wie wir miteinander umgehen sollten und einigten uns schliesslich stillschweigend darauf, das Thema im Alltag nicht anzusprechen. Aber an der nächsten Sitzung passten wir die Arbeitspläne an, sodass ich nie allein in der Praxis war. Und ich liess von da an die Tür des Behandlungszimmers immer einen Spalt weit offen, auch wenn ich mit Patienten und Patientinnen arbeitete.»

Fragend schaue ich ihn an. «Bist du damit klargekommen?»

Ian zuckt die Schultern. «Es war mir unangenehm, aber es fühlte sich richtig an. Das Wichtigste war: Ich hatte Alexa bewiesen, dass ich so stark war, wie sie glauben wollte, und ich hatte mir bewiesen, dass ich anders war als meine Eltern. Ich fühlte mich bereit, Krümelchens Vater zu werden.»

Aufmerksam schaue ich ihn an und beobachte, wie sich auf seinem Gesicht ein glückliches Lächeln ausbreitet. Ich nehme mir Zeit für einen weiteren Schluck

Tee und frage schliesslich: «Und Alexa? War sie be-
reit?»
   In Ians Blick liegen unverhohlene Zärtlichkeit und
Bewunderung, als er antwortet: «Sie wurde es.»

13. Juli 2016

Alexa hört die Stimme von Frau Doktor Berger wie
durch Nebel hindurch.

«Frau Skogstad», sagt sie, «wir werden Sie nun in
den Operationssaal fahren.»

Alexa presst. Die Lippen zusammen und das Kind
aus ihrem Bauch. Sie hat keine Kraft mehr. Sie weiss,
dass die Ärztin recht hat, aber sie will das nicht. Sie
will ihr Kind nicht auf einem Operationstisch aus sich
herausschneiden lassen. Sie will einfach nur, dass das
hier vorbei ist. Gegen einen Teil ihres Willens nickt
sie Frau Berger zu.

Diese nickt zurück.

Alexa wird aus dem Gebärsaal hinausgerollt,
einen langen Flur entlang. «Ian!», ruft sie tonlos. Er
ist da. Neben ihrem Bett, ganz nahe bei ihr. Ihre Hand
in der seinen. Sie sieht sein Gesicht, schaut in seine
Augen, sieht, dass seine Lippen sich bewegen. Sie
hört nicht, was er sagt, weil der Schmerz wieder
durch ihren Körper rast und alle anderen Empfin-
dungen mit sich reisst. Aber seine Worte beruhigen
sie, auch wenn sie sie nicht versteht. Alexa wird vom
Bett auf eine Trage gehoben und auf die Seite gerollt.
Jemand erklärt ihr, dass er ihr eine Spritze ins
Rückenmark geben werde, damit sie keine
Schmerzen spüre.

«Keine Schmerzen?!», ruft sie, auf einmal wieder
hellwach. «Verdammt, ihr habt ja einen Humor hier
drin!»

Frau Berger räuspert sich, als müsse sie ein Lachen unterdrücken.

Alexa spürt Ians Hand an ihrer Stirn, fühlt seinen Atem dicht an ihrem Ohr und hört, wie er sagt: «Weisst du eigentlich, wie grossartig du bist?»

«Nein!», schreit sie ihn an. «Ich schaffe es nicht! Ich kriege Krümelchen nicht aus mir raus!»

«Doch», widerspricht er. «Du kriegst es raus. Mit ein bisschen Hilfe von Frau Doktor Berger und ihrem Team. Das hier ist kein Kampf, den es zu gewinnen gibt, Trollmädchen. Das hier ist ein Geschenk, das wir bekommen, und es ist so unfassbar nahe.»

«Ein Geschenk?» Alexa lacht hysterisch, weint und dreht den Kopf, um Ian ins Gesicht zu schauen. Stumm bittet sie ihn weiterzureden. Wenn es etwas gibt, was sie in diesem Moment noch mehr braucht als seinen furchtlosen Blick, dann ist es seine wunderbar dunkle Stimme. Hören, wie er zu ihr spricht, während sie wieder auf den Rücken gedreht und die Trage in einen nächsten Raum gerollt wird. Es ist ihr egal, was er sagt. Sie will nur, dass er weiterredet, während Frau Berger tut, was sie tun muss und Alexa sich fühlt, als würde die Welt auseinanderbrechen. Sie spürt, dass sie kurz davor ist, Bewusstsein und Verstand zu verlieren.

Seit Stunden kämpft sie darum, ihr Kind zur Welt zu bringen. In den frühen Morgenstunden liess Krümelchen die Fruchtblase platzen und versetzte seine Eltern in eine fröhliche Panik. Guten Mutes und mit regelmässigen Wehen trafen sie im Krankenhaus ein, und Alexa glaubte, sie würden alle gemeinsam kämpfen.

Doch je länger die Geburt dauert, desto mehr hat sie das Gefühl, Krümelchen arbeite gegen sie. Es scheint, als habe der Mut es verlassen.

«Komm raus, kleines Trollkind», rief Alexa ihm während Stunden zu. Irgendwann riss sie sich fluchend Marits Kette vom Arm und schleuderte sie durch den Raum, knapp an Ians Kopf vorbei. Sie kämpfte, bis sie keine Kraft mehr hatte. Es sei kein Kampf, hat Ian gesagt. Alexa weiss, dass er recht hat. Es sollte kein Kampf sein, schon gar nicht gegen ihr Kind, es ist einfach nur viel zu viel für sie.

Sie lauscht Ians Stimme, die plötzlich schweigt. Erst ging ein Ruck durch ihren Körper, und nun ist da dieser Schrei. Kein Wimmern, kein Jammern, sondern ein lauter, kraftvoller Schrei. Ein Frühlingsschrei, denkt Alexa, obwohl es Sommer ist. Der Schrei unseres Trollkindes. Dies ist das Geschenk, von dem Ian gesprochen hat, und obwohl es kein Kampf war, ist es ein Sieg des Lebens.

Alexa sieht alles miteinander: Den neuen Ausdruck in Ians Gesicht. Die Hebamme, die ihr das Kind auf die Brust legt. Die blauen Augen, die ihren Blick wach und neugierig erwidern. Die dunklen Haare, die das zerknautschte Gesicht einrahmen.

«Yuna», flüstert Alexa und legt die Hand auf den Kopf ihrer Tochter. «Willkommen, du blühendes Leben.»

«Ich habe nicht gewusst, dass man so glücklich sein kann.» In Ians Stimme schwingen Lachen und Erstaunen, und es kommt mir vor, als erhaschte ich einen Blick auf den frischgebackenen Vater im Kreisssaal. «Ich fühlte mich gleichzeitig winzig klein und riesig gross, unendlich demütig und unglaublich stolz. Und glücklich!» Nun lacht er wirklich und schüttelt über sich selbst den Kopf. «Es gibt keine Worte dafür, oder?»

Ich zucke die Schultern. Vielleicht gibt es die Worte, aber ich kenne sie auch nicht.

Eine Weile sitzen wir schweigend da, beide in die eigenen Gedanken versunken. Irgendwann schaue ich auf und warte, bis Ian meinen Blick erwidert. Auffordernd schaue ich ihn an. Ich bin mir ziemlich sicher, dass es meine Ungeduld ist, die ihn schmunzeln lässt.

Ian hat darauf bestanden, ein Bett in Alexas Zimmer zu bekommen, damit sie die erste Nacht mit Yuna gemeinsam verbringen können. Ihr ursprünglicher Plan, gleich nach der Geburt wieder ins Häuschen zu fahren, wurde durch den Kaiserschnitt vereitelt. Nun liegt Ian wach auf dem Rücken und weiss schon jetzt, dass seine Hüfte ihm die Nacht auf dem schmalen Klappbett sehr übel nehmen wird. Doch was spielt das für eine Rolle? Neben ihm schläft seine Tochter! Sie liegt in einem Bettchen auf Rädern, das zwischen den Betten ihrer Eltern steht. Ian dreht sich auf die Seite und schaut durch die Glaswand auf das schlummernde Kind.

Yuna hat die winzigen Hände zu Fäustchen geballt, die Arme liegen im rechten Winkel locker neben ihrem Kopf. Das Gesicht, das sie in seine Richtung gedreht hat, ist entspannt, nur die kleinen Lippen bewegen sich leicht.

Fasziniert betrachtet Ian sein Kind, das sich erst mit einem lauten Schrei und dann mit erstaunlicher Gelassenheit in der Welt ausserhalb von Alexas Bauch eingefunden hat. Es war an Ian, die ersten Minuten mit Yuna zu verbringen, dabei zu sein, wie sie gewogen und gemessen wurde und sie im Arm zu halten, bis Alexa in den Aufwachraum verlegt wurde. Er hatte sich vor seiner Unerfahrenheit gefürchtet, aber Yuna lag mit einer solchen Ruhe an seiner Brust, dass er nach wenigen Minuten das Gefühl hatte, nie etwas anderes getan zu haben, als sein Kind zu halten. Seine Arme fühlten sich furchtbar leer an, nachdem er Yuna auf Alexas Brust gelegt hatte, doch das Leuchten in ihrem erschöpften Gesicht zu sehen entschädigte ihn dafür.

Vorsichtig setzt Ian sich auf und streckt die Hand aus. Er berührt den Kopf des Mädchens, die feinen Haare, die zarte Haut seiner Wangen. Schliesslich schliesst er sanft eine Hand um eine der kleinen Fäuste. Yunas Lippen bewegen sich schneller, und Ian wagt kaum zu atmen, doch dann stösst sie einen kleinen Seufzer aus und scheint wieder in den Tiefschlaf zu sinken.

Ian hat keine Ahnung, wie lange er dasitzt und nichts anderes tut, als seiner Tochter beim Schlafen zuzusehen.

Als er Alexa leise stöhnen hört, löst er den Blick von Yuna und schaut zu seiner Frau.

Sie hat die Augen geöffnet und sieht ihn an.

«Wie geht es dir?», flüstert er.

«Mein Bauch schmerzt höllisch, meine Beine fühlen sich selbst im Liegen wie Wackelpudding an, die Infusion nervt, und zwischen meinen Beinen breitet sich ein Blutbad aus», antwortet sie. «Aber es geht mir wunderbar, denn mir bietet sich der schönste Anblick der Welt.» Natürlich sammeln sich bei diesen Worten Tränen in Alexas Augen. «Wir haben tatsächlich ein Kind bekommen, Ian!»

«Hast du daran gezweifelt?»

«Hast du daran geglaubt?», fragt Alexa zurück. «Hast du geglaubt, dass wir jemals so glücklich sein werden?»

Ian schüttelt den Kopf, doch dann wird aus dem Kopfschütteln ein Nicken. «Ja, Alexa. Seit ich dich kenne, habe ich daran geglaubt.»

«Das ist lange», sagt sie, und es klingt erschüttert.

Ian lässt vorsichtig Yunas Hand los und fragt: «Was meinst du: Mögen du und dein Wackelpudding aufstehen und ins Bad gehen, wenn ich dir helfe? Dann können wir uns um das Blutbad kümmern.»

«Ich glaube schon», murmelt Alexa. «Aber vergiss die Infusion nicht.» Sie schenkt Ian ein tapferes Lächeln und lässt sich von ihm auf die Beine helfen.

Juli 2016

Es ist ein sonniger und warmer Sommertag, als Yuna Skogstad von ihrem Vater zum ersten Mal über die Schwelle des Häuschens getragen wird. Er macht dies gewohnt sorgsam und mit einer Leichtigkeit, die seine hinter ihm her watschelnde Frau etwas eifersüchtig macht. Alexa selbst hat immer noch jedes Mal Angst, Yuna könnte etwas passieren, wenn sie sie in den Arm nimmt. Sie fühlt sich wacklig auf den Beinen, und ihr ganzer Körper fühlt sich wund an. Von wegen der Körper einer Frau ist zum Gebären geschaffen! Einmal und nie wieder, hat sie sich in den vier Tagen im Krankenhaus mehrmals geschworen. Was ihr alter Körper wundersamerweise problemlos hinkriegt, ist die Milchbildung. Vom ersten Mal an, als Yuna an ihrer Brust lag, reagierten sowohl Brust als auch Baby genau so, wie sie sollten. Die anerkennenden Worte und Blicke der Stillberaterin liessen Alexa leicht irritiert zurück. Wie hätte die Dame wohl reagiert, wenn Kind oder Brust etwas falsch gemacht hätten?

«Kommst du, Yuna-Mamma?» Ian hat sich umgedreht und schaut aus dem Flur zurück zu Alexa, die immer noch unten an der Verandatreppe steht. Die drei Stufen erscheinen ihr als unüberbrückbares Hindernis, und sie wundert sich, wie sie es je bis in ihr

Schlafzimmer im oberen Stock schaffen soll.

Was sie dabei vergisst, ist, dass sie den Fachmann für solche Fragen im Haus hat. Ian schafft es sogar mit Baby auf dem Arm, seine Frau sicher die Veranda-stufen hinauf und gleich bis ins Wohnzimmer zu führen, wo sie sich schwer atmend in Grossmamas Sessel sinken lässt. «Ich glaube, Grossmama war nie so alt, wie ich mich gerade fühle», murmelt sie.

Ian lacht nur. «Du darfst dich alt fühlen», erlaubt er ihr. «Schau, Yuna, das ist unser Garten.» Er stellt sich mit seiner Tochter ans Fenster und lacht gleich noch einmal. «Sie hat die Augen geschlossen. Ich glaube, der Garten interessiert sie nicht.»

«Sie sieht noch gar nicht so weit», klärt Alexa ihn auf und gähnt. Es ist so gut, zu Hause zu sein. Es ist unfassbar gut, mit Yuna zu Hause zu sein. Es ist das Beste überhaupt, zu dritt als Familie im Häuschen zu sein.

Regina steht winkend am Gartentor. Sie hat nur schnell zwei Gläser mit selbstgemachter Toma-tensauce vorbeigebracht, die Hochbeete gejätet und einen kleinen Spaziergang mit Yuna im Kinderwagen gemacht, damit Alexa in Ruhe duschen und Ian ihr dabei helfen kann. Ian ist überzeugt, dass sie ihm auch noch geholfen hätte, ihre Sauce aufzuwärmen, wenn Alexa sie nicht überdeutlich aus dem Haus gejagt hätte. «Es reicht, Mama», waren die exakten Worte, die Regina dazu brachten, sich mit einem schuldbewussten Lächeln auf den Heimweg zu machen. Ian hat sie auf die Veranda begleitet, um sicherzustellen, dass sie wirklich geht und nicht noch schnell den Vorgarten umgräbt.

«Es muss Grossmamas Geist sein», sagt Alexa und erschreckt Ian, der sie dösend im Garten auf der

Hollywoodschaukel wähnte. «Warum sonst wollen plötzlich so viele Leute so viel Zeit im Häuschen verbringen?»

«Es ist Yunas Magie», widerspricht er und legt seiner Frau den Arm um die Schulter.

Sie ist nicht mehr so blass wie in den ersten Tagen nach der Geburt und hat sowohl ihren Humor als auch ihren unerschütterlichen Optimismus zurückerobert, aber sie kann ihm nichts vormachen: Sie hat sich längst noch nicht von den Strapazen erholt, und er würde es viel lieber sehen, wenn sie die Zeit des Wochenbetts ruhiger anginge. Doch Alexa geniesst es, dass sowohl ihre Mutter wie auch Doris und Sanna fast täglich zu Besuch kommen. Dass Marit ebenfalls regelmässig vorbeischaut, überrascht alle, und es sind ihre unaufgeregten Besuche, die Alexa am wohlsten tun.

Auch jetzt leuchten ihre Augen auf, als der gelbe Sportwagen auf den Parkplatz fährt.

Ian hingegen verdreht die Augen. «Du hast recht, es muss Idas Geist vermischt mit Yunas Magie sein. Man könnte den Eindruck kriegen, das Häuschen erträgt es nicht, keinen Besuch zu haben. Und an mir liegt es nicht!»

Alexa lacht laut auf. «Nein, du hättest die Trollhöhle am liebsten ganz für dich und deine Familie. Aber diese Zeiten scheinen vorbei zu sein!»

Marit trägt einen flatternden Jumpsuit und darüber eine leichte Strickjacke. Mit dem grossen Blumenstrauss in der Hand und den offenen Haaren sieht sie aus wie frisch dem Werbespot für ein blumiges Duschgel entsprungen. «Von Mamma!», ruft sie und reckt den Strauss in die Höhe.

Seit Anne ihnen empört von den gestohlenen Pfingstrosen am Nationalfeiertag erzählte und Ian sich ohne Reue als Dieb zu erkennen gab, verschenkt sie ihre Blumen mit einer nie gekannten Grosszügigkeit. Alexa ist jedes Mal gerührt, wenn sie wieder einen der prächtigen Sträusse auf den Tisch stellen kann. Ian jedoch ahnt den Wunsch nach Wiedergutmachung hinter der Geste und ist immer wieder von Neuem irritiert.

«Sie fragen, ob ihr morgen in die Villa kommt», fährt Marit fort, «wenn Sophia durch euer Haus fegt.»

Ian und Alexa haben Annes Haushaltshilfe angefragt, ob sie während der nächsten Wochen bei ihnen putzen würde, und sie tut dies gern und gründlich.

«Wir werden sehen», sagt Ian nur, küsst seine Schwester auf die Wange und nimmt ihr den Blumenstrauss ab.

Marit legt den Arm um Alexa und führt sie durchs Häuschen auf die Terrasse. «Saskia und Tuula wollen einen Videocall mit uns machen.»

«Tolle Idee», freut sich Alexa. «Yuna ist sogar wach und wird bestimmt auch ein bisschen mitblubbern.»

Marit wirft Ian über die Schulter einen auffordernden Blick zu, der heissen soll: Ruh dich gefälligst aus, kleiner Bruder!

Was er denn auch gern macht und sich aufs Sofa legt, nachdem er die Blumen achtlos auf dem Esstisch abgelegt hat. Ian schliesst die Augen und realisiert erst, dass er weggedöst sein muss, als Marits leise Stimme ihn aufweckt.

«Ich gehe wieder, Ian», flüstert sie an seinem Ohr.

«Warte», murmelt er, reibt sich die Schläfrigkeit aus den Augen und setzt sich auf. «Hast du noch Zeit für ein Bier auf der Veranda?»

Marit wirft einen Blick auf die alte Wanduhr und nickt. «Weisst du, für ein Bier mit dir nehme ich mir immer Zeit.»

«Das war nicht immer so.»

Marit entfährt ein untypisches Schnauben. «Es war auch nicht immer so, dass du mit mir Bier trinken wolltest!»

Ian nickt und schaut nach draussen.

Alexa sitzt in der Lounge, die es im Rahmen ihrer Gartenverschönerung auf die Terrasse geschafft hat, hat Yuna an der Brust und ein entrücktes Lächeln im Gesicht. Sie werden ihn in der nächsten halben Stunde nicht vermissen.

Als Marit und Ian einander zuprosten, rutschen die Ärmel von Marits Strickjacke nach hinten. Ian will nicht hinsehen, aber wegsehen kann er auch nicht. Nicht mehr. Sein ganzes Erwachsenenleben lang hat er die Narben auf Marits Unterarmen ignoriert. Sie versteckt sie gut, unter langarmigen Kleidern, langen Handschuhen, Pulswärmern aus Kaschmir oder Seide und Blazern mit engen Ärmelabschlüssen. Ian erinnert sich nicht, wann er Marit das letzte Mal mit nackten Armen oder gar im Pool gesehen hat, und an Silvester behauptet sie regelmässig, die einzige Norwegerin zu sein, die keine Saunabesuche mag.

«Es war meine Art, damit umzugehen.» Marits Stimme schreckt Ian aus seinen Gedanken.

Er ist sich nicht bewusst gewesen, wie intensiv er auf ihre Narben gestarrt hat. Oder hat er das gar nicht, und Marit hat seine Frage dennoch verstanden? «Wann ...?», fragt er und räuspert sich, weil seine Stimme allzu rau klingt. «Wie lange ist das her?»

«Lange. Aber ich habe über Jahre geritzt. An den Beinen ist es noch viel schlimmer.»

«Es tut mir leid.» Ian stellt das Bier neben sich auf die Verandabank. Die Lust darauf ist ihm vergangen.

«Mir auch.» Es ist ein klägliches, aber herzliches Lächeln, das Marit ihm zuwirft. Mit einer beiläufigen Bewegung schiebt sie die Ärmel zurück über die Narben und nimmt einen grossen Schluck Bier. Sie legt die Beine auf den Holzschemel, sodass sie bis zu den Knöcheln vom Stoff der Hose bedeckt sind. «Ich wünschte, jemand hätte es gemerkt und mir gesagt, wie hässlich es später aussehen würde.»

«Hätte es etwas geändert?» Hinter Ians Stirn hat sich ein unangenehmes Pochen festgesetzt. Er massiert sich die Schläfen und merkt, dass er bereits zu flach atmet.

Marit zuckt die Schultern. «Es hätte bestimmt etwas geändert, wenn sich jemand darum gekümmert hätte. Wenn jemand mit mir gesprochen hätte. Aber das ging ja nicht.»

«Ich werde nie verstehen, dass Magnus und Anne wussten, wie schlecht es uns ging, und keine Hilfe holten für uns!», sagt Ian heftig.

«Es war wohl noch nicht die Zeit der Psychiater. Schon gar nicht für Kinder.»

«Möglich.» Ians Kopfschmerzen nehmen zu, und er hat das dringende Bedürfnis, sich neben Alexa in die Lounge zu setzen und alles um sich herum zu vergessen.

«Hei.» Marit legt sanft eine Hand auf seinen Arm.

Er schaut sie unwillig an und schämt sich für seine kindische Reaktion.

«Ich werde Erik aus der Firma werfen und ihm jeden Weg zurück verbauen. Wenigstens diese Art der Gerechtigkeit wird siegen.» Marit fährt sich durch die Haare und sieht aus, als hätte sie auch Kopfschmerzen. «Aber es dauert. Ich darf keinen Fehler machen. Erik hat nicht nur Feinde, und solange ich es nicht wage, die Wahrheit zu sagen ...»

«Von mir aus kannst du es tun!»

Marit hebt eine Augenbraue. «Okay ... Ich denke darüber nach.»

Ian steht auf, stellt sich ans Verandageländer und dreht seiner Schwester den Rücken zu. «Glaubst du wirklich, dass es so etwas wie Gerechtigkeit geben kann?»

«Natürlich nicht.» Sie ist neben ihn getreten und schaut mit ihm in die hinter dem Wald untergehende Sonne.

«Was dann? Rache?» Er schaut in ihre vom Sonnenlicht glimmernden Augen. «Du glaubst gar nicht, welche Rachepläne ich schon geschmiedet habe, wenn ich nachts nicht schlafen konnte! Aber sie endeten immer damit, dass es Tag wurde und ich wusste, dass ich sie nie ausführen würde.»

«Doch», sagt Marit sehr leise. «Ich glaube dir. Was denkst du denn, wie oft ich in Gedanken schon zur Mörderin wurde?»

Ein paar irre Augenblicke lang stellt Ian sich vor, wie Marit und er in ihren Sportwagen steigen und bis nach Oslo brausen würden. Es wäre nicht schwierig, ihren Onkel zu finden, und dann gnade ihm Gott! Es scheint, als würde sich seine Rage in Marits Augen spiegeln, doch dann erlischt sie so schnell, wie sie aufgeflammt ist. Oder vielleicht ist auch nur die Sonne ein Stück weiter hinter den Wald gesunken.

Marit streift die Ärmel ihrer Jacke nach hinten, sodass ihre Narben gut sichtbar zwischen ihnen liegen, ganz nahe an seinen unsichtbaren. «Ich werde erfolgreich sein», verspricht sie ihm. «Wir regeln das auf die erwachsene Art.»

«Pass auf dich auf», mahnt er sie und weiss, dass sein erleichtertes Lächeln Marit anstacheln wird, jedes Risiko einzugehen, um ihr gemeinsames Ziel zu erreichen – gnadenlose Rache an ihrem Onkel.

Er schaut ihr nach, wie sie mit entschlossenen Schritten zurück zum Auto geht, seine starke Schwester, die ihm gerade einen der seltenen Blicke in ihr Innerstes gezeigt hat. Sie hinterlässt einen Sturm an Gefühlen, der ihn atemlos macht, aber es ist eine andere Atemlosigkeit als sonst. Keine hilflose. Eine hoffnungsvolle?

Ian schweigt.

Es ist ganz anders, mich mit ihm zu unterhalten als mit Alexa. Mit ihr sprudelte das Gespräch, und ich war oft kaum schnell genug, um alles aufzuschreiben, was sie erzählte. Manchmal hätte ich mir gewünscht, dass sie mehr in die Tiefe ginge. Bei Ian fürchte ich mich davor. Was wird noch alles zum Vorschein kommen, wenn er mich in seine Tiefe sehen lässt? Was will ich wissen?

«Yuna brachte also viel Glück ins Häuschen», wage ich einen Vorstoss.

Ian lächelt, wie immer, wenn der Name seiner Tochter fällt. «Ja, das tat sie. Aber man darf einem Kind nicht die Last aufbürden, für das Glück seiner Familie verantwortlich zu sein.» Wieder schweigt er. «Es war offensichtlich, dass meine Vergangenheit über unserem Glück schwebte wie ein – wie heissen die Dinger?»

«Damoklesschwert», helfe ich ihm. «Aber frag mich nicht, wer Damokles war.»

«Das ist egal. Aber ein Schwert passt zum kleinen Ritter, nicht wahr?»

«Du hast dich also weiter mit deiner Kindheit befasst?»

Er schüttelt den Kopf. «Nur wenn ich musste. Sonst waren wir genug beschäftigt mit unserer neuen Gegenwart.»

Familienleben

Yuna gibt einen leisen Protestlaut von sich, der Doris einen erschreckten Blick zu Alexa werfen lässt. Diese zuckt nur mit den Schultern und versucht nicht einmal, ihr breites Grinsen zu verbergen.

Es war Ians Idee, Yunas Gotti zu zeigen, wie man sie ins Tragetuch bindet. Alexa selbst weigert sich. «Ich kriege schon Schweissausbrüche, wenn ich sehe, wie eng sie an deinem Körper liegt. Mein Körper würde auf der Stelle kollabieren. Ich bleibe beim Kinderwagen», erklärte sie Ian rigoros. «Aber sie mag es», gab er zur Antwort und beschloss, wenigstens Doris müsse ihn würdig vertreten können, wenn er sein Baby aus dem Tuch schälen und zur Arbeit fahren muss.

«Ich werde das nie allein können», jammert Doris. «Wie hast du das gelernt, Ian?»

«YouTube», antwortet Alexa.

«Und ein paar Korrekturen durch die Mütterberaterin», ergänzt Ian.

«Wirklich? Das reicht?»

«Ach ...» Alexa winkt ab. «Ian ist ein furchtbarer Streber, wenn es um Pappa-Kram geht. Ein hochbegabter Streber», fügt sie hinzu und bekommt dafür ein verliebtes Lächeln ihres Mannes.

«So», sagt er, «fertig. Findest du es bequem, Doris?»

«Ich schon. Aber Yuna?»

Tatsächlich bewegt sich das Bündel im Tuch vor

ihrer Brust, und wieder kommt ein leises Geräusch von Yuna.

«Wahrscheinlich rieche ich nicht genug nach Pappa», mutmasst Doris. «Und du bist dir sicher, dass ich hier loslassen kann?»

Ian nickt und schlägt vor: «Dreh mal eine Runde durch den Garten. Vielleicht kompensiert die Bewegung den ungewohnten Geruch.»

Alexa sieht das fröhliche Blitzen in seinen Augen und beobachtet amüsiert, wie Doris durch die Terrassentür ins Freie geht, als würde sie auf rohen Eiern balancieren. «Glückwunsch», sagt sie, als ihre Freundin ausser Hörweite ist. «Nicht viele Menschen bringen Doris dazu, etwas zu tun, was sie nicht wirklich will.»

Ian schmunzelt, sagt dann aber bedauernd: «Sie wird es nicht lernen wollen. Meinst du, ich könnte es Sanna zeigen?»

Alexa schüttelt vehement den Kopf. «Bloss nicht! Du weisst, weshalb sie nicht mehr gern herkommt, oder?»

Ian hebt die Augenbrauen. «Nein.»

«Sie ... Na ja, sie ist traurig, weil Doris und sie nie Kinder haben werden.»

«Werden sie nicht?»

«Nein. Doris will sich offenbar nicht mit dem Thema Familiengründung befassen oder hat bereits damit abgeschlossen, ich weiss es nicht genau.»

«Oh ...»

«Ja. Deshalb, lass Sanna aus dem Spiel.»

Ian nickt.

«Und jetzt mach dich bereit, nicht dass Esther dir wieder eine böse Nachricht schreiben muss!» Alexa versucht, Esthers schmale Lippen zu imitieren, scheitert aber an Ians Grimasse und bricht in Lachen aus.

Obwohl sie sich darüber amüsiert, dass Ians Arbeits-
kollegin offenbar etwas zu entschlossen ist, ihn nicht
mit Samthandschuhen anzufassen, sieht Alexa auch
eine Gefahr in Esthers Unerbittlichkeit. Deshalb setzt
sie alles daran, dass Ian pünktlich und innerlich
bereit zur Arbeit erscheint.

Er verabschiedet sich mit einem Kuss und einem
frustrierten Seufzer von ihr, macht sich dann aber
zügig auf den Weg, nicht ohne Doris einen letzten
prüfenden Blick zuzuwerfen.

«Wie geht es eigentlich seinen Eltern?» Doris ist
von ihrer Runde durch den Garten zurück und bleibt
neben Alexa stehen. Dabei hört sie nicht auf, mit dem
Oberkörper vor und zurück zu schaukeln, da Yuna
die Bewegung offenbar gefällt. «Kommen Anne und
Magnus ab und zu vorbei?»

Alexa nickt. «Anne macht fast täglich einen Spaziergang von der Villa zum Häuschen, und Magnus
begleitet sie manchmal. Sie kommen meistens am
Nachmittag, wenn Ian bei der Arbeit ist.» Doris sieht
aus, als hätte sie Fragen zu dieser Aussage, doch
bevor sie sie stellen kann, schlägt Alexa vor: «Apropos: Wagst du es, dein Gottimeitli auf einen Spaziergang im Tragetuch mitzunehmen?»

Zu Alexas Überraschung ist Doris einverstanden.

Schweigend gehen sie hinunter zur Brücke, wo
Alexa wie immer einen Moment stehen bleibt und ins
Wasser schaut. «Ich würde mir wünschen, dass Ian
und seine Eltern einander weniger aus dem Weg
gingen», sagt sie, ohne den Blick vom munter spru-
delnden Bach zu lösen, «aber noch mehr wünsche ich
mir, dass es Ian gut geht, und offenbar sind diese beiden Wünsche zurzeit nicht vereinbar.»

«Dann ist es doch eine gute Lösung, wenn Anne
und Magnus zu euch kommen, wenn er nicht da ist,

oder?»

«Klar.» Alexa lächelt, löst sich vom Brückengeländer und geht weiter, dem Bach entlang.

Doris folgt ihr, mit jedem Schritt sicherer werdend. «Und deine Mutter?», will sie wissen. «Hat Regina immer noch tausend Gründe, um schnell ins Häuschen zu kommen?»

Alexa zieht zischend Luft durch die Zähne.

«Heikles Thema?», fragt Doris erstaunt nach. «O nein, du wirst zur Wassernixe! Was ist passiert? Habt ihr euch gestritten?»

«Mama fährt weg.» Alexa bleibt stehen und richtet den Blick wieder auf den Bach. Wie oft ist sie hier mit Grossmama spaziert und hat ihre Eltern vermisst, die auf einer Forschungsreise im Ausland waren. Sie hat nicht gewusst, wie sehr es immer noch wehtut. «Sie hat einen Auftrag in Neuseeland angenommen», erzählt sie Doris fassungslos. «In zwei Wochen fliegt sie los und wird ein halbes Jahr bleiben. Nicht einmal Yuna ist für sie ein Grund, hierzubleiben!»

«Was hast du denn gedacht?» Im Gegensatz zu ihren Worten ist Doris' Stimme sanft. «Wenn du sie nicht daran hindern konntest zu forschen, warum soll dein Kind es können?»

«Ich sollte stolz auf sie sein, nicht wahr?» Alexa zieht die Nase hoch. «Sie hat sich von einem Kind nicht davon abhalten lassen, Karriere zu machen, und meinem Vater hat es nicht genügt, eine wissenschaftliche Assistentin zu haben, also hat er sie gefördert. Sie waren ihrer Zeit voraus.»

Doris legt einen Arm um Alexas Taille. «Dann sei stolz auf deine Eltern. Wirst du Regina sehr vermissen?»

Alexa nickt. Immer. Immer wieder. Sie lehnt den Kopf an Doris' Schulter. «Meine Mama fliegt auf die andere Seite der Erde, kaum dass ich selbst Mutter geworden bin, und mein Papa lebt auf einem anderen Kontinent. Weisst du was, Doris? Ians Familie mag auf ihre Art schrecklich sein, aber wenigstens hat er eine!»

«Und was bitte ist das?» Doris lässt Alexa los und stellt sich vor sie hin. Sie richtet beide Zeigefinger auf das Tragetuch vor ihr. «Das ist deine Familie, Alexa. Das kleine Wunder hier und der gutaussehende Kerl, der weiss, wie man sich dieses Monstrum von Tuch richtig um den Bauch bindet, und der dir nach der Arbeit bestimmt ein perfektes Abendessen zubereiten wird. O nein, erzähl du mir nicht, du hättest keine Familie!»

«Aber ...»

«Aber?»

Alexa schweigt. Doris hat recht und auch unrecht, und vielleicht wird sie ihr irgendwann dankbar sein für ihre Worte. Vielleicht hat Doris ihr aber auch einfach sagen wollen, wie schwierig es für sie ist, dass sie ihrem Lieblingsmenschen keine eigene Familie ermöglichen kann. Und dass Alexa dies nicht vergessen soll. Alexa streicht über das Büschel dunkler Haare, das aus dem Tragetuch linst. «Ich mache es anders als Regina», sagt sie leise. «Ich lasse mein Kind nicht allein.»

Doris fängt ihre Hand ein und schaut ihr fest in die Augen. «Yuna hat ein solches Glück, dass sie dich als Mamma hat.» Es sieht aus, als würden sich ihre Augen mit Tränen füllen, doch dann blinzelt sie und versucht ein Grinsen. «Und ihr Pappa ist auch ganz in Ordnung.»

Alexa zögert, ob sie aussprechen soll, was ihr durch den Kopf geht. Erst als sie die Aufforderung in Doris' Blick sieht, atmet sie tief durch und sagt: «Und er weiss noch viel besser als ich, wie es ist, wenn man alleingelassen wird, nicht wahr? Es stimmt nicht, was ich gesagt habe, Doris. Es ist nicht wahr, dass seine Familie besser war als meine, auch wenn seine Schwestern alles getan haben, was sie konnten.» Noch einmal holt sie tief Luft. «Es ist an uns, eine neue Art von Familie zu erfinden.»

«Eure Art von Familie.»

«Für unser Kind.»

«Und für euch.» Doris lässt Alexas Hand los und geht weiter, die Arme um das Baby vor ihrer Brust geschlungen, das wieder angefangen hat, sich unruhig zu bewegen.

«Ja, und für uns!» Rasch holt Alexa die Freundin ein und nimmt ihre Hand. Schweigend spazieren sie weiter, dem ewig fliessenden Bach entlang.

September 2016

«Darauf bereitet einen ja auch niemand vor!» Alexa lässt sich auf die kleine Mauer vor der Kinderarztpraxis sinken und vergräbt das Gesicht in beiden Händen.

Ian geht mit Yuna im Tragetuch vor ihr auf und ab und flüstert seiner Tochter beruhigende Worte zu, die leider in ihrem herzzerreissenden Weinen untergehen.

Bis vor einer Viertelstunde war sie das glücklichste Baby der Welt mit lächerlich stolzen Eltern. Der Kinderarzt mass und wog sie, prüfte ihre Reflexe und stellte fest, dass sie perfekt war. Jedenfalls hat Ian es so verstanden. «Und nun ein kleiner Pikser ins Beinchen. Das haben wir gleich», plauderte der Arzt. Tatsächlich ging die Impfung schnell und verwandelte das fröhlich glucksende Baby in ein schreiendes

Bündel Verzweiflung. Alexa fing gleichzeitig mit Yuna an zu weinen, und es war an Ian, seine Familie so heil wie möglich aus der Sache herauszubringen.

Er versucht, Alexa ein aufmunterndes Lächeln zuzuwerfen, doch diese schaut nicht zu ihm, sondern zuckt bei jedem Aufschluchzen von Yuna erneut zusammen. «Komm!»

Alexa nimmt Ians ausgestreckte Hand und stösst sich vom Mäuerchen ab, um sein Gleichgewicht nicht zu gefährden. «Hat es ihr so wehgetan?», fragt sie mit zitternder Stimme, während sie ihrer Tochter über die schweissnassen Haare streicht.

«Ich glaube eher, sie ist so erschrocken, und nun brennt es wahrscheinlich. Aber es geht vorbei, Yuna, glaub mir.» Ian küsst seine Tochter auf die Stirn, was sie einen Augenblick innehalten lässt, bevor sie weiterweint, allerdings deutlich leiser als zuvor. «Wenn wir Glück haben, ist sie eingeschlafen, bevor wir im Café sind.»

«Du willst immer noch ins Café?» Entgeistert schaut Alexa ihn an.

Ian nickt. «Sie hat sich bestimmt beruhigt, bis wir da sind. Und sonst werden die Menschen auch nicht sterben, wenn sie ein Baby weinen hören.»

«Aber vielleicht, wenn sie eine völlig derangierte Mutter sehen.» Alexa fährt sich übers Gesicht. «Wo habe ich noch keine Wimperntusche?»

Vorsichtig beugt Ian sich über Yunas Köpfchen zu Alexa und wischt ihr mit beiden Daumen unter den Augen durch. «Genau das richtige Mass an Dramatik», urteilt er.

Alexa schaut an sich hinunter, Ian folgt ihrem Blick. Sie trägt noch immer ihre Lieblingsschwangerschaftsjeans, die heute nicht ganz sauber ist. Auf ihrer Jacke kleben Milchspuren von Yuna. Ein Blick auf ihre Finger zeigt halb abgeblätterten Nagellack.

«Ich will nach Hause», sagt sie leise.

Ian schüttelt den Kopf. «Nein. Du sagst immer, die Decke falle dir auf den Kopf. Heute tut sie das nicht.»

«Aber heute will ich sie auf dem Kopf haben», jammert Alexa, was Ian ein halb belustigtes, halb protestierendes Schnauben entlockt.

Yunas Weinen ist wieder lauter geworden.

«Komm, mein Trollmädchen, es ist Zeit, ein bisschen Bewegung in unsere Familie zu bringen.» Wieder streckt Ian die Hand aus, und wieder ergreift Alexa sie.

Sein Plan geht auf. Bis sie beim Café, das zur Bäckerei in der Nähe seiner Praxis gehört, angekommen sind, entweichen Yuna nur noch vereinzelte Schluchzer. Dazwischen atmet sie tief und ruhig. Ian setzt sich mit ihr an einen Tisch in einer ruhigen Ecke des Cafés, während Alexa an der Theke Espresso für ihn, Latte Macchiato für sich und zwei Stück Rüeblitorte holt. Er nimmt sich vor, ihr die Freude zu machen und das ganze Kuchenstück aufzuessen.

Als alles auf dem Tisch steht, zieht Alexa ihre besudelte Jacke aus. «Schau mal, mein Shirt ist sauber», stellt sie erfreut fest und kontrolliert im spiegelnden Fenster ihr Make-up. «Und du hast recht: Ich habe die Mascara ziemlich stilvoll verschmiert!» Sie lächelt erst ihrem Spiegelbild und dann ihm zu. «Es ist wirklich gut, wieder einmal unterwegs zu sein.»

Ian hat Yuna aus dem Tuch geschält und in seine Armbeuge gelegt. Offenbar hat sie beschlossen, die kurze Auszeit ihrer Eltern mit einem Schläfchen zu krönen. Die Augen, die ihr immer wieder zufallen, bringen Ian zum Schmunzeln.

«Warte, ich mache ein Selfie von uns!» Kaum hat

Alexa sich gesetzt, springt sie wieder auf, stellt sich neben Ian und legt einen Arm um seine Schulter.

Er nimmt ihr das Handy aus der Hand, hält es von ihnen weg und drückt auf den Auslöser. Alexas Atem kitzelt an seiner Stirn, Yuna liegt schwer in seinem Arm. Es fällt Ian leicht, für dieses Bild zu lächeln.

«Ich finde, wir sind eine selten schöne Familie», stellt Alexa mit einem Blick aufs Display fest.

«Ja, und dabei so bescheiden», ergänzt Ian.

«Das vielleicht nicht», gibt Alexa zu. «Aber wir haben auch keinen Grund, bescheiden zu sein. Im Gegenteil, ich finde, wir dürfen verdammt stolz auf uns sein. Ian?» Sie hat sich wieder gesetzt und schaut ihn mit grossen Augen an. «Bitte.»

Ian stoppt die Tasse auf halbem Weg zwischen Tisch und Mund. Er weiss, was sie sagen wird.

«Lass uns nach Oslo fliegen», bittet sie, genau wie er gedacht hat, «und unseren Kaffee in Grünerløkka und Tjuvholmen trinken.»

«Nein.» Es ist ein freundliches, endgültiges Nein.

Er hat Alexa erklärt, weshalb er nicht nach Oslo fliegen will. Nicht nur, dass er Tobias nicht um Ferien bitten mag, er will auch ihr Familienleben nicht gefährden, indem er die Routine bricht. Ian staunt noch immer darüber, wie schnell und gut sie sich an ihr neues Leben gewöhnt haben und wie leicht es ihnen fällt, Eltern zu sein. Seit Yuna sie auf Trab hält, hat Ian weniger Albträume und kaum noch Zeit, über seine Vergangenheit nachzudenken. Dies soll so bleiben. Dass Alexa das Gefühl hat, die Decke würde ihr auf den Kopf fallen, tut ihm leid, aber er ist sich sicher, dass sie eine Lösung finden wird. Alexa findet immer eine Lösung.

Sie hebt ihr Glas und lächelt. Etwas kläglich, aber immerhin. «Kaffee ist Kaffee», sagt sie und stösst mit seiner Espressotasse an.

Ian schenkt ihr dafür sein dankbarstes Lächeln.

Doch Alexa senkt das Glas, und was sie als Nächstes sagt, lässt sein Lächeln gefrieren. «Sei ehrlich, Ian: In Tat und Wahrheit getraust du dich einfach nicht nach Oslo, weil du dort deiner Vergangenheit begegnen würdest.»

Er schliesst die Augen. Sieht in den Abgrund und spürt, wie Yuna sich in seinen Armen bewegt. Nein, er wird mit seinem Kind nicht an den Ort reisen, an dem das Böse wohnt, auch wenn sich jede Faser seines Körpers nach der Aussicht auf den Oslofjord sehnt. Mit einem Blinzeln öffnet er die Augen.

In Alexas Blick liegt kein Vorwurf, aber ein Schatten, den er nicht kennt, und den er lieber nie gesehen hätte.

Oktober 2016

Ian steht auf der Veranda, die Hände aufs Geländer gestützt, und beobachtet seine Eltern, die von der Brücke her Richtung Häuschen kommen. Anne, die leichtfüssig und zielstrebig vorangeht, und Magnus, der seltsam atemlos ein paar Schritte hinter ihr geht.

Sie betritt als Erste den Vorgarten, steigt die Treppenstufen zur Veranda hinauf, schöpft kurz Atem und streicht Ian mit einem kleinen Lachen die Haare aus der Stirn, bevor sie ihn auf die Wange küsst.

Er drückt sie nur kurz an sich und schiebt sie dann etwas unsanft von sich weg.

Anne akzeptiert die Zurückweisung kommentarlos.

Es hat einige Sitzungen bei seiner Psychologin gebraucht, bis es Ian möglich war, seine Eltern wieder mit einem guten Gefühl im Häuschen willkommen zu heissen. Auch jetzt sagt er sich innerlich das Mantra vor: Sie sind Yunas Grosseltern, ihr Farfar und ihre Farmor, nicht die Menschen, die ihn fast sein ganzes Leben lang belogen haben.

«Bitte.» Mit einem schmalen, aber ehrlichen Lächeln deutet er Richtung Tür.

Doch Anne wartet, bis auch Magnus auf der Veranda steht.

«Schmerzen?», fragt Ian stirnrunzelnd.

«Ach ...» Magnus winkt ab. «Das Knie, weisst du.» Er klopft Ian auf die Schulter und geht zusammen mit Anne ins Häuschen.

Ian hebt die Augenbrauen. Niemand greift sich an den Bauch, wenn er Knieschmerzen hat.

Er folgt seinen Eltern ins Wohnzimmer, wo Alexa und Yuna soeben fertig geworden sind mit Stillen.

Mit verklärtem Gesicht liegt Yuna in den Armen ihrer Mutter.

Anne lacht entzückt auf, und auf Magnus' Gesicht erscheint ein stolzes Lächeln.

«Hopp, Yuna, renn zu deinem Farfar!» Alexa steht auf und legt dem verblüfften Magnus das Baby in den Arm und ein Tuch über die Schulter. «Pass auf», mahnt sie. «Unsere Tochter hat überhaupt keinen Respekt vor den Namen bekannter Designer auf den Kleidern, die sie anspuckt. Marit kann es dir bestätigen.»

Vorsichtig setzt Magnus sich in Idas Sessel, im Gesicht einen ähnlich verzückten Ausdruck wie das satte Baby.

Ian wendet sich ab. Er hasst das Gefühl und kann doch nichts dagegen tun: Wenn Yuna im Arm von jemand anderem als Alexa oder Doris liegt, überkommt ihn ein Beschützerinstinkt, der nahe an Panik grenzt. Er presst die Lippen zusammen und geht in die Küche. Vertrautes Terrain, Alexas Stimme im Hintergrund – langsam sickert das Wissen zurück, dass das Häuschen ein sicherer Ort für sein Kind ist.

Alexa übernimmt die Gesprächsführung während des Essens und schickt Ian anschliessend zurück in die Küche. Danach packt sie Yuna in den Kinderwagen und bittet Anne, sie auf einen Spaziergang zu begleiten. Woher sie weiss, dass sie es wagen darf, Magnus ein Nickerchen auf dem Sofa vorzuschlagen, weiss Ian nicht, aber sein Vater scheint dankbar darauf einzugehen.

Er räumt die Küche auf und stellt sich danach unschlüssig in die Tür zum Wohnzimmer. Es ist zu kühl, um auf der Terrasse oder der Veranda zu lesen, und sich neben seinen dösenden Vater zu setzen, scheint ihm unangebracht. Dennoch kann er die Augen nicht von Magnus lösen. Er ist schmaler geworden, offenbar schlägt die Situation auch ihm auf den Magen. Von der beinahe übertriebenen Vitalität, die ihn immer umgeben hat, ist nicht mehr viel zu spüren. Was mag sich für ihn geändert haben, seit das Geheimnis keines mehr ist? Ob er stolz ist auf die Art und Weise, wie er gehandelt hat, oder sich schämt? Ist er froh, dass die Lügen ein Ende haben?

«Stell mir deine Fragen.»

Ian zuckt zusammen und schaut direkt in die blauen Augen seines Vaters, denen die seinen so ähnlich sind. Und die seines Onkels. Fahrig streicht er sich mit der Hand übers Gesicht. «Ich habe keine Fragen an dich. Sonst hätte ich sie längst gestellt.» Aber dann – ganz überraschend – brechen sie doch aus ihm heraus. «Warum warst du nicht da?», hört Ian sich mit kläglich dünner Stimme fragen. «Wo warst du, wenn er in mein Zimmer kam?»

Zum Glück ist da ein Türrahmen aus starkem Holz,

an dem er sich festhalten kann, und der wenigstens einen Teil von ihm in der Gegenwart hält und davor bewahrt, in den Abgrund zu stürzen.

Magnus setzt sich auf und tastet nach der Brille, die auf dem Salontisch liegt. Er räuspert sich, denkt nach und sagt schliesslich ruhig: «Ich war nicht da, weil ich mit anderen Dingen beschäftigt war. Wahrscheinlich war ich im Büro. Wir waren zu der Zeit dabei, die Geschäftsräume von der Villa in die Stadt zu verlegen. Erik und ich hielten uns ständig an beiden Orten auf. Ich nehme an, er hat dafür gesorgt, dass ich in der Stadt war, wenn er ...» Magnus schaut auf und sucht Ians Blick. «... wenn er zu dir ins Zimmer kam.»

Über Ians Lippen kommt ein leises Wimmern. Er schüttelt den Kopf. «Nicht immer. Wir sassen am Esstisch, wenn er sagte: ‹Komm, Ian, wir gehen spielen.› Mamma und du habt nicht Nein gesagt ...»

Magnus' Ruhe fällt mit einem Schlag von ihm ab. Er schiesst vom Sofa hoch und bleibt mit zu Fäusten geballten Händen stehen. «Was hat er gesagt? Er würde mit dir spielen gehen?» Die Wut in Magnus' Gesicht mischt sich mit Bestürzung. Schwerfällig lässt er sich zurück aufs Sofa fallen. «Und du glaubtest, deine Eltern wären einverstanden, weil wir nicht Nein sagten?»

Hilflos zuckt Ian die Schultern. So muss es gewesen sein, oder? Er erinnert sich an die gemeinsamen Essen. Er weiss von Saskia, dass sie sich ärgerte, weil sie nie mitspielen durfte. Aber war Erik wirklich so dreist, direkt vom Esstisch mit Ian in sein Zimmer zu gehen, um sich an ihm zu vergehen? Kann es sein, dass er sich seiner Sache so sicher war? Ian weiss es nicht. Er weiss bloss, dass da nur ein Erwachsener war, der bestimmte, was richtig war, und der von niemandem aufgehalten wurde.

«Kann es denn so gewesen sein?», fragt er zurück und erstickt beinahe an den Worten. Er setzt sich in Idas Sessel, vergräbt den Kopf in den Händen und ringt nach Atem und Fassung. «Und wenn ich es mir nur einbilde?», flüstert er. «Wenn meine Erinnerung trügt?»

«Wenn du es sagst, dann war es so.»

Ian schaut auf und blickt voll Erstaunen in die Augen seines Vaters, in denen plötzlich eine gefährliche Ruhe liegt.

Doch dann donnert Magnus wieder los: «Das hat er also gesagt! Wie konnte ich nur ...» Fassungslos schüttelt er den Kopf. «Ich tue es jetzt! Ich werfe ihn aus dem Haus. Ich schmeisse ihn aus der Firma!»

«Das tut Marit schon», wirft Ian ein und setzt sich aufrechter hin. Das Vertrauen seines Vaters und dessen Wut, die wie ein Gewitter durch den Raum fuhr, haben ihn aus seiner Benommenheit geholt. Es tut verdammt weh, dass die Reaktion vierzig Jahre zu spät kommt, aber vielleicht wird er irgendwann froh sein, sie doch noch gespürt zu haben.

«Ich weiss, was Marit tun will, aber ...» Nachdenklich zieht Magnus die Augenbrauen zusammen, nun ganz der Geschäftsmann, der eine Strategie ausheckt.

«Magnus?» Die Frage kommt nur schwer über Ians Lippen, aber er fühlt, dass er sie jetzt stellen muss, weil er es sonst nie tun wird. «Was kann ich tun, damit es nicht noch einmal geschieht? Wie kann ich mein Kind schützen?»

«Das fragst du mich?»

«Wen sonst?»

Wieder lässt Magnus sich Zeit und sagt schliesslich: «Schau deinem Kind in die Augen. Jeden Tag. Es wird dir auffallen, wenn sich etwas ändert, wenn du nur nicht aufhörst hinzusehen. Ach, und Ian: Sprich mit deiner Tochter. Hör ihr zu. Lern sie kennen.»

«Ist es das, was du nicht gemacht hast?»

Magnus schluckt und senkt den Blick.

Ian wartet eine Weile. Dann steht er auf und geht hinaus in den Garten, wo er sich an den Apfelbaum lehnt und die Augen schliesst. Er sollte dankbar sein, dass seine Eltern zu ihrer Vergangenheit stehen und sich seinen Fragen und Vorwürfen stellen, doch Dankbarkeit ist das Letzte, das er fühlt. Er braucht eine Weile, um herauszufinden, was es ist, das ihn in den Garten getrieben hat, weg von seinem Vater und dessen verständnisvollen Worten.

Es ist Wut. Eine Wut, die den Baum hinter ihm in Schutt und Asche brennen würde, wenn er sie wirklich zuliesse.

November 2016

Ian hat die Arme fest um Yuna geschlungen, die im Tragetuch vor seiner Brust schläft. Er schützt sie damit vor dem kalten Novemberwind und gibt sich selbst Halt. Seine Trauer um Ida ist schleichend gewachsen, je näher ihr Todestag kam, und heute Morgen glaubte er eigentlich nicht, sie noch ertragen zu können. Doch jetzt, wo er vor Idas Grab steht und Alexa dabei zusieht, wie sie versucht, eine Kerze anzuzünden, wird der Schmerz in der Brust langsam kleiner.

Idas letzte Worte galten dem Kind, von dem sie gewusst hat, bevor seine Eltern es glauben wollten. «Ich freue mich, dass das Leben in meinem Häuschen weitergeht», sagte sie auf dem Sterbebett. «Sagt dem Kleinen einen Gruss von mir. Ich werde gut zu ihm schauen.» Ian glaubte ihr jedes Wort.

Nun schlummert dieses Kind an seiner Brust und gibt allem einen Sinn.

Ian wird Ida immer vermissen, und er wird es für immer bedauern, dass sie ihre Urenkelin nicht kennengelernt hat, aber heute glaubt er zum ersten Mal daran, dass sie vielleicht an einem Ort ist, an dem es ihr besser geht.

Der kalte Novemberwind spielt mit der Flamme, die Alexa entzünden will, und lässt sie ersterben, kaum dass sie aufgeflackert ist.

Alexa flucht leise und murmelt unwillkürlich: «Sorry, Grossmama.» Frustriert steht sie auf. «Es hat keinen Sinn.» Dann bückt sie sich noch einmal, um das Gesteck, das sie aus Pflanzen aus ihrem Garten gebunden haben, zurechtzurücken. «Grossmama würde es einen Besen nennen», jammert sie.

«Und sie hätte nicht unrecht damit.»

«Sie würde sich totlachen über unsere Bemühungen!»

Ian schmunzelt. «Nun, sie ist bereits tot, und ich hoffe, sie darf dort, wo sie jetzt ist, immer noch lachen. Aber ehrlich gesagt, glaube ich, dass sie ein bisschen weinen würde vor Rührung. Sie wurde im Alter doch recht sentimental.»

«Vielleicht ist sie wieder jung dort oben.» Alexa legt den Kopf in den Nacken.

«Sprichst du manchmal noch mit ihr?», will Ian wissen.

Alexa nickt. «Aber sie antwortet nicht. Sie hört mir einfach zu. Und du?»

Er schüttelt den Kopf.

«Was denkst du: Was hätte sie zu deiner Geschichte gesagt?»

«Sie hätte gesagt, es ist, wie es ist, und dann hätte sie mich gefragt, was ich essen möchte.» Ians Stimme schwebt irgendwo zwischen Lachen und Weinen. «Und sie hätte recht gehabt, wie immer.» Er nimmt Alexas Hand. «Komm, Trollmädchen, lass uns gehen, bevor wir hier noch anfrieren. Ida ist sowieso nicht hier. Sie ist im Himmel, wo sie immer hinwollte. Und sie ist in unseren Herzen, von wo sie nie wegging.»

Dezember 2016

Wie auf jedem Spaziergang bleibt Alexa auf der Brücke stehen und schaut in den Bach. Er führt wenig Wasser, und die Nebelschwaden lassen sie glauben, es könnte auch in der Schweiz Trollkinder geben, die sich zwischen den Steinen am Ufer verstecken. Unwillkürlich zieht Alexa die Schultern hoch. Sie fürchtet um ihren tapferen Trolljungen, der von aussen ein so liebevoller Vater, fürsorglicher Ehemann und zuverlässiger Therapeut ist, sein Inneres aber mehr und mehr vor ihr verschliesst. Dass sein Hinken stärker geworden ist, erklärt er sich damit, dass er Yuna oft im Tragetuch trägt und zu wenig Yoga macht. Zudem arbeitet er mehr als je zuvor und hat sich seit seinem Vaterschaftsurlaub keinen freien Tag mehr gegönnt. Als Alexa ihn auf seine Blässe ansprach und darauf, dass er abgenommen hat, verwies er auf die dunkle Jahreszeit und warf ihr einen so düsteren Blick zu, dass sie tatsächlich aufhörte zu fragen. Beim nächsten Essen stellte sie ihm Yunas Vitamin-D-Tropfen neben den Teller, was ihm immerhin ein Grinsen entlockte. Alexa weiss, wie sehr Ian sich wünscht, einfach ein normaler Familienvater zu sein. Aber wird etwas wahr, nur weil wir es uns von ganzem Herzen wünschen?

Yuna wird unruhig und beginnt, sich im Kinderwagen zu strecken.

Rasch geht Alexa weiter und singt dabei leise ein norwegisches Kinderlied, das Anne ihr beigebracht hat. Wie gern würde sie jetzt in der Villa vorbeischauen, sich von Anne einen Cappuccino zubereiten lassen und Yuna auf den flauschigen Teppichen herumrollen lassen. Bestimmt würde Magnus versuchen, sie für eines der Kartonbücher zu begeistern, die er dauernd für sein Grosskind kauft und die Yuna höchstens zum Draufrumkauen benutzt. Doch Anne und Magnus sind nicht hier. Sie verbringen den ganzen Dezember in Oslo. Die Villa im Dorf steht leer, und Alexa beginnt zu glauben, was Ian längst sagt: Anne und Magnus werden bald ganz zurück nach Norwegen ziehen. Im Gegensatz zu ihr scheint Ian der Gedanke nicht zu beunruhigen.

«Nur ich bleibe für immer hier. Ist das nicht unfair, Yuna? Alle reisen sie durch die Welt: deine Oma, dein Opa, deine Farmor und dein Farfar, dein Gotti und ihr Schatz – bloss wir stecken hier fest. In unserem perfekten Häuschen, das dein Pappa nie mehr verlassen wird.» Sie zieht die Nase hoch und geht etwas schneller.

Zurück im Häuschen legt sie Yuna auf die Krabbeldecke, setzt sich neben sie und schaut ihr dabei zu, wie sie sich vom Rücken auf den Bauch und zurück dreht. Ihr Kind ist gut gelaunt, entwickelt sich prächtig und scheint seine Eltern und sein Zuhause zu mögen. Warum kann seine Mutter nicht auch einfach glücklich und zufrieden sein?

Heiligabend 2016

Das kleine Mädchen streckt die Ärmchen aus. Beinahe berühren seine Hände die Spitzen der Tannenäste. Es beugt sich nach vorn, versucht, auch die letzte Distanz zu überwinden, und quietscht vor Freude, als es gelingt. Die Fäustchen schliessen sich um die Nadeln, nur um sie einen Augenblick später wieder loszulassen. Schreck und Erstaunen erscheinen in seinen Augen, es dreht den Kopf und sucht den Blick seines Vaters, auf dessen Arm es sitzt.

Ian lächelt. «Ja, Yuna, der Tannenbaum hat immer noch Nadeln, und sie piksen immer noch.»

Für einen Moment schmiegt seine Tochter den Kopf an seine Brust, doch dann wendet sie sich wieder den funkelnden Lichtern am Baum zu. Ein weiteres begeistertes Quietschen kommt aus ihrem Mund und bringt Alexa, die mit einem Topf Suppe aus der Küche kommt, zum Lachen.

«Abendessen!», ruft sie und stellt den Topf auf den Tisch.

Während sie Suppe schöpft, beginnt Ian, der aufgedrehten Yuna ihren Abendbrei zu füttern. Geduldig schiebt er ihre Händchen zur Seite, wenn sie in den Löffel patschen will, und findet immer wieder eine Lücke zum gierig zuschnappenden Mündchen. Bald liegt Yuna müde und satt auf seinem Arm.

Nachdem sie das Geschirr abgeräumt hat, schlägt Alexa Idas alte, schwere Bibel auf und sucht die Weihnachtsgeschichte. «Stell dir vor, was Grossmama sagen würde, wenn Yuna dereinst keine Ahnung hätte, wer Jesus war!»

Ian spart sich die Bemerkung, dass Ida nichts mehr dazu sagen wird. Wenn Alexa lesen will, soll sie lesen. Wahrscheinlich wird sie auch auf ein paar Liedern bestehen. Sie hat nämlich ein schlechtes Gewissen, weil sie wegen des Videocalls mit Bruno und Noomi den Weihnachtsgottesdienst verpasst hat. Ian selbst ist es egal, wie sie Weihnachten feiern. Ida ist nicht hier, und die Zeiten haben sich geändert.

Nichts zeigt dies deutlicher als das kleine Mädchen in seinen Armen, dessen Atem ruhig und gleichmässig geworden ist und das sich nicht darum kümmert, welches Fest die Menschen heute feiern.

«Gibt es eigentlich eine norwegische Weihnachtstradition, die du Yuna beibringen möchtest?» Alexa ist offenbar fertig mit Lesen. Ihre Frage reisst Ian aus seinen Gedanken, und er schaut sie einen Moment verständnislos an.

«Von früher. Als du klein warst», hilft sie ihm auf die Sprünge.

Noch immer versteht er nicht, was sie von ihm will. Soll er ihr von den Weihnachtsfeiern seiner Kindheit erzählen? Was will sie hören? Wie furchtbar die Bankette in der Villa in Oslo waren? Wie Marit, Saskia und er versuchten, sich zu verstecken, als sie klein waren? Wie sie später Ausreden fanden, um nicht dabei sein zu müssen, und noch später einfach abhauten und in der Stadt feierten? Oder soll er Alexa von den Wetten zwischen Saskia und ihm erzählen, die sich darum drehten, wer von ihnen schneller betrunken war und von Marit aus dem Raum geführt werden musste? Will sie von Magnus' gespielter Lockerheit und Annes innerer Abwesenheit hören? Norwegische Traditionen ...

Das Schweigen wird unangenehm, und nun scheint auch Alexa die Tragweite ihrer Frage bewusst zu werden. «Es tut mir leid ...»

«Schon okay. Ich bringe Yuna ins Bett.»

Es gelingt Ian, Yuna aus ihrem Kleidchen zu schälen und zu wickeln, ohne dass sie ganz aufwacht. Vorsichtig legt er sie in die Mitte des Familienbetts und baut ihr aus Decken und dem Stillkissen ein Nest, in dem sie sich geborgen fühlen kann, bis ihre Eltern sich zu ihr legen.

Mit einem kleinen Seufzer dreht Yuna den Kopf so, dass er sich an Ians Bettdecke schmiegt, und verzieht das Mündchen zu einem entrückten Lächeln.

Ian lauscht dem Atem seiner Tochter, und auch seine Atemzüge werden tiefer. Leise schlüpft er aus Hose, Hemd und Socken und legt sich ins Bett. Wickelt sich in die Decke und legt den Arm um Yunas Kopf, sodass sie sich an ihn schmiegen kann. Er schliesst die Augen.

Ian kommt lange nicht zurück. So lange, dass Alexa ihr Handy aus der Schublade holt und versucht, ob sie Sanna und Doris in Finnland erreichen kann. Als sich niemand meldet, versucht sie es bei Saskia.

Tatsächlich dauert es nicht lange, bis die Schwägerin auf dem Display erscheint, eine Tasse dampfenden Glöggs in der Hand. Sie prostet Alexa zu. «Skål! Und danke, dass du mir einen Grund gibst, der Familie für eine Weile zu entrinnen. Wie geht es euch?»

Alexa schmunzelt über ihre leicht verwaschene Aussprache. Aber als sie sieht, wie Saskia die Treppe der Osloer Villa hinauf und hinaus auf den Balkon vor ihrem Zimmer geht, füllen sich ihre Augen mit Tränen. «Oh, Saskia, es ist das schlimmste Weihnachtsfest, das ich je erlebt habe!»

«Ist etwas mit Yuna?» Schlagartig ist jede Betrunkenheit aus der Stimme der Schwägerin verschwunden.

Alexa schüttelt den Kopf. «Nein, mit ihr ist alles gut.»

«Ian.»

«Ja.» Alexa schnieft.

«Was ist mit ihm?»

«Er ist so weit weg.» Alexa schluckt und denkt einen Moment nach. Sie hat sich die letzten Tage gezwungen, alles auszublenden, sodass sie die Worte erst suchen muss. «Er spricht nicht», sagt sie schliesslich. «Er vergisst, Yunas Wickeltasche sorgfältig zu packen. Er interessiert sich nicht dafür, dass Weihnachten ist. Er vermisst noch nicht einmal Grossmama! Er will keine Geschenke. Und das Schlimmste ...»

«Schlimmer als keine Geschenke?», versucht Saskia einen lauen Scherz.

«Er hat gesagt, dass wir auch an Silvester nicht zu euch fliegen! Er will nicht nach Oslo ...»

Von Saskia kommt ein Laut der Entrüstung. «Spinnt denn der?»

«Er sagt, es wäre ihm zu viel. Ihm und Yuna. Wir sollten uns einfach ein paar ruhige Tage im Häuschen gönnen. Verdammt, ich hatte genug ruhige Tage im letzten halben Jahr! Ich muss hier raus, sonst drehe ich durch. Ich brauche ein bisschen mehr von der Welt als das Häuschen, den Krabbeltreff in der Kirche und ab und zu einen Ausflug ins Café neben der Physiopraxis. Ich wollte mit Yuna hoch zum Frognerseter und auf die Inselfähren. Ich will mit dir und Tuula shoppen gehen und mit Marit ins Opernhauscafé. Ich will auf den Fjord schauen, ich will ...»

«Und wenn du allein nach Oslo fliegst?»

«Haha! Und meine Brüste lasse ich hier?»

«Nein, Busen und Kind nimmst du mit. Den Mann lässt du zu Hause!»

«Aber ich will nicht ohne Ian nach Oslo fliegen», flüstert Alexa. Sie schlägt eine Hand vors Gesicht und beisst sich auf die Lippen, um nicht loszuschreien. Es ist nicht nur ihre grenzenlose Enttäuschung, sie könnte auch auf der Stelle in Panik ausbrechen, wenn Ian sagt, dass ihm etwas zu viel wird. Und dann geht er an Heiligabend ins Bett, ohne ihr eine gute Nacht zu wünschen ...

«Ich wollte, dass ihr es wisst.»

Ians Familie soll wissen, wie es ihm geht. Sie sollen wissen, dass all das, was er in diesem Jahr geschafft hat, nicht reicht, um ein schönes Weihnachtsfest mit seinen Liebsten zu verbringen. Sie sollen wissen, dass er seine Vergangenheit nicht ablegen kann. Sie sollen sich schuldig fühlen.

Alexa ist sich sicher, dass Saskia die Botschaft verstanden hat. Ohne eine Antwort abzuwarten, beendet sie das Gespräch. Sie reagiert nicht auf Saskias sofortigen Rückruf, sondern schaltet das Handy stumm. Reglos schaut sie auf die beiden Kerzen, die noch brennen. Früher hat sie mit Grossmama Wetten abgeschlossen, welche Kerze am längsten brennen würde. Heute ist es ihr egal. So vieles ist heute egal. Ausser etwas. «Ich bin nicht einverstanden, dass wir hierbleiben», flüstert sie und legt sich aufs Sofa. Sie zieht Grossmamas Strickdecke über sich und versucht zu vergessen, dass das hier Yunas erstes Weihnachtsfest ist.

«Lass es gut sein.» Anne legt Saskia eine Hand auf den Arm.

«Warum, Mamma?» Mit einer ungeduldigen Bewegung schüttelt ihre Tochter die Hand ab, entfernt sich einen Schritt von Anne und tippt erneut auf ihr Smartphone. «Ich will, dass er meinen Anruf annimmt. Ich will, dass er sich anhört, was ich zu sagen habe!» Saskias Blick verdüstert sich, während sie auf die Töne lauscht, die aus ihrem Telefon kommen und deutlich machen, dass Ian noch immer nicht mit ihr sprechen will. Mit einem Wutschrei schmettert sie das Smartphone aufs Bett und fährt sich dann mit beiden Händen übers Gesicht. Ihre Augen sind trocken, aber die Stimme bebt, als sie sagt: «Wir können nichts tun, oder? Es gibt nichts, womit wir Alexa unterstützen können?»

Anne schüttelt den Kopf.

Nachdem Saskia den Salon mit dem Handy am Ohr verlassen hatte und lange nicht zurückgekehrt war, ging Anne ihr nach. Sie fand ihre Tochter in Ians und Alexas Zimmer, wo sie am Fenster stand und fluchend auf ihrem Telefon herumtippte. In kurzen, wütenden Worten erzählte sie von ihrem Gespräch mit Alexa.

Anne schaut auf das wunderschöne Vintage-Kinderbett, das sie für Yuna gekauft hat. Sie wollte nicht, dass ihre jüngste Enkelin das alte Bett von Saskias Kindern bekommt. Nun wird es leer bleiben, genau wie Ians und Alexas Bett. Vorsichtig setzt sie sich auf die Bettkante und streicht über die straff gespannte Tagesdecke. Alexa gelingt es bei jedem Besuch innert kürzester Zeit, sie nachhaltig zu zerwühlen und das Bett auf beinahe unanständige Art einladend zu machen. Wie sehr Anne die Wärme und Lebendigkeit ihrer Schwiegertochter vermissen wird in den nächsten Tagen! Wie sehr ihr Yunas perlendes Lachen fehlen wird. Ians verklärtes Lächeln, wenn er seine Tochter ansieht.

Anne hat tatsächlich geglaubt, sie könnte so tun, als wären sie eine ganz normale Familie, als wären da keine Monster aus der Vergangenheit, und als gäbe es keine Bedrohung, die über ihrem Sohn und seinen Liebsten schwebt und nur darauf wartet, sich auf sie zu senken. Wie dumm sie gewesen ist.

Magnus ahnte es. Er reagierte zurückhaltend auf ihre Vorfreude, hielt sie aber nicht davon ab. Ob er seinen Sohn am Ende doch besser kennt, als sie es tut?

«Ach, Mamma.» Saskia setzt sich neben Anne und legt den Kopf auf ihre Schulter. «Ich wünschte so sehr ...» Schluchzer unterbrechen sie, doch schliesslich beendet sie den Satz: «Ich wünsche mir so sehr, dass es Ian einfach nur gut gehen darf.»

Anne seufzt. «Das wünsche ich mir auch, Saskia. Aber ...», sie sucht nach Worten, «... aber ich fürchte, ich kann zurzeit nichts dazu beitragen.»

«Ich offenbar auch nicht.» Noch einmal fährt Saskia sich mit beiden Händen übers Gesicht, dann nimmt sie ihr Smartphone und steht auf. «Offenbar muss ich es aushalten, dass mein kleiner Bruder mich aus seinem Leben ausschliesst.» Sie zuckt die Schultern, und der trotzige Ausdruck auf ihrem Gesicht erinnert Anne an das kleine Mädchen, das Saskia vor langer Zeit war.

Anne bleibt sitzen, nachdem ihre Tochter den Raum verlassen hat, starrt auf das Kinderbett und versucht, sich an Gebete zu erinnern, die Ian, Alexa und Yuna helfen könnten.

«Mormor?»

Anne dreht den Kopf zur Tür.

Tuula steht am Türrahmen und schaut sie aus ihren grossen, unendlich blauen Augen an. «Stimmt es, dass sie nicht kommen werden?» Als Anne nickt, füllen sich Tuulas Augen mit Zorn. «Aber ich habe mich so auf meine kleine Cousine gefreut!»

«Wir alle haben uns auf sie gefreut. Komm her, Tuula.»

Tuula gelingt es, sich neben ihre Grossmutter zu setzen und dabei die Tagesdecke fast so dekorativ zu zerknüllen, wie Alexa es täte. «Warum kommen sie nicht?»

«Weil ...» Annes Schultern sacken nach unten.

«Mormor, ich weiss, was Ian passiert ist, als er

klein war.» Tuulas Stimme klingt ungeduldig. «Ich weiss, dass er die Depressionen hat, weil Morfars Bruder ihn sexuell missbraucht hat.»

Anne kann nicht verhindern, dass sie nach Luft schnappt.

Unbeirrt fährt Tuula fort: «Aber das ist so lange her. Warum kann es nicht einfach gut sein? Ich will Yuna kennenlernen, ich will, dass wir es lustig haben zusammen. Wir leben doch jetzt!»

«Tuula …»

«Was?»

Anne schüttelt den Kopf und schluckt. «Gib Ian Zeit», bittet sie.

Tuula verdreht nur die Augen. «Kann ich hier schlafen?»

«Wie bitte?»

«Es ist eines der schönsten Zimmer in der Villa, und wenn Alexa und Ian es nicht brauchen, kann ich doch hier einziehen. Es macht keinen Sinn, dass Lauri, Elin und ich alle im selben Zimmer schlafen, wenn es hier leere Zimmer ohne Ende gibt.»

«Ohne Ende?», fragt Anne hilflos.

«Mit Ende», kommt Tuula ihr entgegen. «Aber dieses hier ist toll!» Sie springt auf und läuft zum Fenster. «Man fühlt sich wie die Königin von Oslo!»

«Aber es ist Ians Zimmer», flüstert Anne.

«Und ich bin Ians Patenkind», argumentiert Tuula vom Fenster her. «Ich kann ihn auch selbst fragen, wenn du das möchtest.» Mit einer fliessenden Bewegung zieht Tuula ihr Smartphone aus der Tasche ihres Hoodies und hält es fragend in die Höhe.

Anne schüttelt den Kopf. «Lass ihn in Ruhe, Tuula. Natürlich darfst du hier schlafen.»

«Yes! Danke, Mormor.» Tuula umarmt sie stürmisch und tanzt aus dem Zimmer, wahrscheinlich, um ihren Geschwistern die frohe Botschaft zu verkünden.

«Tuula?» Anne hat keine Ahnung, ob es eine gute Idee ist, die ihr gerade gekommen ist, aber vielleicht ist sie einen Versuch wert.

«Ja?»

«Ruf Ian im Lauf der nächsten Tage dennoch an und ...»

«Und?» Tuula hebt fragend eine Augenbraue.

«... und frag ihn, ob es für ihn in Ordnung sei mit dem Zimmer.»

«Mache ich, Mormor. Und ich werde ihn nach Yuna fragen. Ich lasse mir doch meine kleine Cousine nicht vorenthalten!» Mit einem kleinen Schnauben verlässt Tuula das Zimmer.

Anne aber bleibt sitzen und beginnt zu glauben, dass sie ihren Sohn ganz verloren hat.

Ich halte den Atem an und warte, ob Ian weitererzählt. Als er es nicht tut, frage ich vorsichtig: «Hatte Anne recht? Hatte sie dich verloren?»

Er steht auf, lehnt mit dem Rücken an die Wand und verschränkt die Arme vor der Brust. «Was denkst du?»

Ich weiss es nicht. Ich habe mir gewünscht, dass seine Familie fortführt, was sie im April so stark begonnen hat. Dass sie miteinander sprechen und sich vielleicht ganz neu kennenlernen. Genauso wie ich mir gewünscht habe, dass es Ian gelingt, auf die Anzeichen von Überforderung zu achten und es nicht so weit kommen zu lassen, wie es offenbar gekommen ist. «Ich kann Annes Hoffnung auf ein normales Familienleben verstehen», sage ich leise.

Ian seufzt tief. «Ich auch.» Er presst die Lippen aufeinander und schweigt. Einmal mehr. Schliesslich sagt er: «Ich habe mir eine normale Familie gewünscht.

Aber es gibt Dinge, die man nicht einfach bekommt, so-sehr man sie sich auch wünscht.» Als er weiterspricht, versteckt er seine Augen hinter halbgeschlossenen Lidern. «Vielleicht hätten meine Eltern mir beibringen sollen, wie man mit Schmerz und Kummer umgeht, statt ...» Er zögert. «... statt mich erst zu betäuben und dann einfach wegzusehen und mich dem Einfluss meiner Schwestern zu überlassen. Vielleicht wäre es uns dann allen leichter gefallen, normal zu werden.»

Die Bitterkeit in seiner Stimme ist ungewohnt und tut weh. Ich schaue ihn an, denke an den hübschen, überbehüteten, gleichermassen verwöhnten wie ver-nachlässigten Jungen, von dem er mir erzählt hat, und unterdrücke ein Schaudern.

Auszug aus der Burg

Juli 1988

Saskia stützte die Arme auf das Geländer der Terrasse und schaute in den Garten der Schweizer Villa hinunter. «Welche gefällt dir am besten?», fragte sie.

Ian, der mit dem Rücken am Geländer lehnte, musste nicht einmal den Kopf drehen, um die Frage zu beantworten. «Die im Barbie-Kleid.»

Saskia lachte und verschluckte sich am Rauch ihrer Zigarette.

Er klopfte ihr auf den Rücken und nahm einen weiteren Schluck Bier.

«Echt?», fragte seine Schwester, als sie wieder sprechen konnte. «Das ist so typisch für dich!»

«Was?» Nun drehte Ian sich doch um.

Marit und ihre vier besten Freundinnen starteten mit einer Poolparty in ihre private Abiturfeier. Wobei Poolparty für Marit nicht bedeutete, dass man im Pool schwamm, dafür hätte sie sich ja ausziehen müssen. Es bedeutete nur, dass die Party am Pool stattfand und dass es im Verlauf der Stunden vielleicht mal einen nassen Zeh geben würde. Die Freundinnen waren blitzgescheite, gutaussehende und reiche junge Frauen, die eine glänzende Zukunft vor sich hatten, die sie in den nächsten Monaten um die ganze Welt verteilen würde. Marits Praktikum in Norwegen war wahrscheinlich die unspektakulärste Variante von allen.

«Die im Barbie-Kleid» war Tiziana, die lauteste der Gruppe. Eine temperamentvolle Norditalienerin, kleiner und molliger als ihre Freundinnen und ganz offensichtlich mit einem Faible für Romantik in Rosa.

Ian mochte ihr Lachen, ihr langes, dunkles Haar, ihre laute Stimme. «Warum lachst du?», fragte er seine Schwester.

«Weil sie mit Sicherheit die Unattraktivste aus Marits Club ist», urteilte Saskia gnadenlos. «Und weil es ja klar war, dass du das hässliche Entlein wählst.»

«Das hässliche Entlein? Weisst du eigentlich, wie blöd du bist?» Ian leerte sein Bier in einem Zug und wandte den Blick wieder vom Pool ab.

«Lust auf ein wenig Schwimmen?», fragte Saskia.

Ian grinste.

Marit hatte ihren Geschwistern unter Androhung schlimmster Strafen verboten, auch nur in die Nähe des Pools zu kommen, während sie mit ihren Freundinnen feierte. Später am Nachmittag würde ihre exklusive Runde um ein paar junge Herren ergänzt werden, und Marit legte grössten Wert darauf, vor allem bei einem von ihnen einen sehr guten Eindruck zu machen. Da sollten weder der kleine Bruder noch die attraktive Schwester dazwischenfunken. Natürlich war die Herausforderung für Saskia zu gross, um sie nicht anzunehmen.

Ian hingegen hatte keine Lust auf Zoff und schüttelte den Kopf.

«Feigling!», lockte Saskia ihn, doch er blieb dabei, nahm ein weiteres Bier aus dem Kühlschrank auf der Terrasse und ging damit in sein Zimmer. Er interessierte sich nicht dafür, was Saskia machte, und es interessierte ihn auch nicht, was Marit und ihre Gäste trieben. Zwar hätte er gern noch ein wenig länger Tizianas rauem und sonderbar deplatziertem Lachen zugehört, aber es war nicht wichtig genug, um einen Konflikt zwischen seinen Schwestern mitzuerleben.

Er legte sich auf sein Bett, verschränkte die Arme hinter dem Kopf und liess sich auf leichten Nebelschwaden dahintreiben.

Er schrak auf, als er ein leises Lachen hörte. «Ach, hier hat sich Marits schöner kleiner Bruder versteckt.» Unter seiner Zimmertür stand Stéphanie, eine junge Frau aus Marits Clique, die nicht einmal Saskia als hässlich bezeichnen würde. Im Gegenteil, so oft wie seine Schwester über Stéphanie lästerte, war sie rasend eifersüchtig auf deren exotische Erscheinung. Heute hatte sie ihr wallendes, rotes Haar hochgesteckt, dazu trug sie einen Lederjupe und ein gelbes, schulterfreies Top. Ian nahm dies alles sehr bewusst wahr, als sie mit einer schnellen Drehung des Körpers die Tür hinter sich schloss und dann langsam auf ihn zukam. Er kannte den Blick, mit dem sie ihn aus ihren leicht schräg stehenden Augen ansah, genauso wie er längst damit vertraut war, Marits und Saskias schöner kleiner Bruder zu sein.

Er seufzte innerlich und setzte sich auf, das Schwindelgefühl ignorierend, das ihn erfasst hatte. Er war sich nicht sicher, ob es von einem Bier zu viel oder von Stéphanies Blick herrührte, der von spöttisch zu lasziv gewechselt hatte. Ian wusste, was sie wollte. Er war fünfzehn und kannte das Spiel. Freundinnen seiner Schwestern spielten es mit ihm, Mädchen aus seiner Klasse, Zufallsbekanntschaften in Bars, zu denen er dank Marit und Saskia Zutritt hatte, oder auch Angestellte an den Festen seiner Eltern. Sie sahen ihn an, lächelten, suchten seine Nähe. Es war einfacher zurückzulächeln, Berührungen zuzulassen und Küsse zu erwidern, als sie abzuwehren. Saskia amüsierte sich darüber, während Marit es nicht gern sah, wenn er sich von Fremden umarmen liess. Ian wollte sich lieber an Saskias ungezähmte Fröhlichkeit halten als an Marits oft arrogante Ernsthaftigkeit. Also lächelte er, als Stéphanie näherkam, und stand vom Bett auf.

Ihr Lachen war leise und freundlich. «Dachte ich's mir doch, dass du nur darauf wartest, bis jemand nach dir sucht. Warum sonst hast du dich hier versteckt?»

Weil Marit mich nicht dabeihaben wollte. Weil ich gern allein bin. Weil ich mich immer schon hier versteckt habe.

Die Haare fielen ihm über die Augen, und er strich sie mit einer fahrigen Bewegung zu Seite, nur um sie gleichzeitig wieder zurückfallen zu lassen. Er lächelte nicht mehr. Er wartete.

Sie schien sein Warten als Einladung zu verstehen und überwand den Abstand zwischen ihnen mit zwei grossen Schritten. Dabei gab sie Ian einen leichten Stoss vor die Brust, er liess sich rückwärts aufs Bett fallen, und sie setzte sich ohne zu zögern auf seinen Schoss. Mit einer schnellen Bewegung zog sie sich das Top über den Kopf und legte Ians Hände auf ihre Brüste.

Er erstarrte.

«Alles gut», wisperte Stéphanie atemlos. «Ich habe bloss nicht so viel Zeit. Schliesslich glauben die anderen, ich mache mich nur etwas frisch, bevor wir nach Zürich fahren.» Sie beugte sich über ihn und strich ihm die Haare aus der Stirn. Kurz sah sie in seine Augen, dann küsste sie ihn.

Ian stiess sie halb von sich und zog sie halb näher zu sich. Der Schwindel war so stark geworden, dass er nicht mehr wusste, was er wollte und was nicht, und so war es gut, dass zumindest Stéphanie es zu wissen schien. Als ihre Hände nach seinem Gürtel griffen, schloss Ian die Augen und wartete auf die

Nebel, die alles überdecken und ihn schon das Richtige tun lassen würden.

Es waren ein Luftzug und ein leiser Aufschrei, die ihn zurückholten.

«Seid ihr bescheuert?»

Ian öffnete die Augen und drehte den Kopf. Es musste an ihm liegen, dass Saskia, die mit verschränkten Armen am Türrahmen lehnte, gefährlich vor und zurück schwankte. Er wandte den Blick von ihr ab, hin zu der Frau, die neben ihm auf dem Bett sass und gerade wieder in ihr Top schlüpfte.

Während Stéphanie ihre Haare neu aufdrehte, schenkte sie ihm ein zufriedenes Lächeln und sagte, ohne den Blick von ihm zu wenden: «Nein, Saskia, wir sind nicht bescheuert. Wir hatten hier nur ein wenig Spass, der leider viel zu früh vorbei ist.» Sie hauchte einen Kuss auf Ians nackte Brust.

Er wunderte sich, wann ihm sein Shirt abhandengekommen war.

Stéphanie stand auf und stieg in ihren Jupe. «Ich werde dich nie mehr klein nennen», versprach sie Ian und ging mit wiegenden Hüften an der zur Abwechslung sprachlosen Saskia zur Zimmertür hinaus.

«Verdammt nochmal, Ian, was hast du dir dabei gedacht?!», fragte diese fassungslos und offenbar unschlüssig, ob sie hineinkommen oder türschlagend aus dem Zimmer rennen sollte.

Gar nichts, wäre die richtige Antwort gewesen, die Ian ihr jedoch nicht gab. Stattdessen blieb er auf dem Rücken liegen, schloss die Augen und versuchte, das Dröhnen in seinem Kopf zum Schweigen zu bringen.

Doch Saskia liess ihn nicht so einfach davonkommen. Sie kauerte sich neben das Bett, sammelte seine Kleider ein und warf sie neben ihn. «Sitz auf und zieh dich an! Ian, die Frau ist fast zwanzig und hatte bestimmt nicht vor, ihre Abiturfeier mit einem Teenager zu verbringen. Bist du dir nicht zu schade, zum Aufwärmen hinzuhalten?»

«Lass mich in Ruhe.» Er drehte sich mit dem Gesicht zur Wand und versuchte, sich daran zu erinnern, wie weit Stéphanie und er gegangen waren. Ein vorsichtiger Blick nach unten zeigte ihm, dass er seine Boxershorts noch trug, was ihm ein erleichtertes Seufzen entlockte. Gleichzeitig spürte er eine leichte Enttäuschung. Dennoch konnte Saskia aufhören, ihn wie ein unreifes Kind zu behandeln! «Versuch du mir nicht beizubringen, wie man sich anständig verhält», murmelte er.

Zu Ians Überraschung schien Saskia den aggressiven Unterton zu überhören. Sie lachte laut auf. Er spürte, wie das Bett wackelte, als sie sich draufsetzte. Sie kletterte über seine Beine, lehnte den Kopf an die Wand und schaute ihn von oben herab an. Ihre Haare, die sie vor einem Jahr zu aller Entsetzen raspelkurz geschnitten hatte, fielen ihr wieder bis auf die Schultern. Es war Ian ein Rätsel, wie es ihr gelang, mit jedem Look einzigartig und unangepasst auszusehen. Niemand käme je auf die Idee, sich mit ihr nur aufzuwärmen. Während er der kleine Bruder blieb, mit dem man sich zwar gern schmückte, den man aber offenbar nicht ernst nahm, wenn er Saskia glauben wollte. Und es lohnte sich, ihr in diesen Dingen zu glauben, denn niemand verstand sich besser darauf, wie Menschen tickten, als Saskia.

«Hei!» Sie beugte sich zu ihm und flüsterte ihm ins Ohr: «Wir werden eine Heldengeschichte daraus machen! Ich werde bei jeder Gelegenheit erzählen, dass du eine von Marits Freundinnen flachgelegt hast.» Sie kicherte, setzte sich wieder auf und sagte mit unschuldiger Stimme: «Ja, an ihrer Abiturfeier.

Bei uns in der Villa. Nein, ich sage dir nicht, wer es war! Wie kommst du darauf, dass es nur eine war?» Lachend fuhr sie fort: «Du wirst deinen Ruf als draufgängerischen Aufreisser weghaben, ohne dich weiter bemühen zu müssen.»

Ian grinste und drehte sich zurück auf den Rücken. Das klang nach einem Plan.

August 1990

Die Erkenntnis traf ihn wie ein Schlag in den Magen: Es war das erste Mal, dass er ein Schuljahr an der International School ohne Saskia beginnen würde. Vor zwei Wochen war sie zu einer Weltreise aufgebrochen, zusammen mit João Moreno, ihrem ehemaligen Kunstlehrer, mit dem sie während des ganzen letzten Schuljahres eine Affäre gehabt hatte. Ian hatte es gewusst, aber nicht ernst genommen. Dass seine Schwester nun tatsächlich mit diesem Typen abgehauen war und ein ganzes Jahr lang weg sein würde, lähmte und entsetzte ihn mehr, als er sich hätte vorstellen können. Wenn er ehrlich war, fühlte er sich nun, da er allein im Auto sass, als wäre er sechs, nicht siebzehn Jahre alt, und müsste zum ersten Mal ohne seine Schwester auf den Spielplatz gehen, weil diese plötzlich zu gross dafür war.

«Du musst jetzt selbst auf dich aufpassen», hatte sie ihm beim Abschied am Flughafen zugeflüstert und hinzugefügt: «Mach mich stolz, tapferer Ritter!» Er hätte sie am liebsten geschlagen. Stattdessen hatte er einen Arm um sie gelegt und ihr eine gute Reise gewünscht. Ihm war übel geworden, als er ihr nachgeschaut hatte, wie sie in ihren Ledersandalen und mit dem viel zu grossen Rucksack am Rücken an Joãos Hand durch die Passkontrolle gegangen war.

«Bring mich zum Bahnhof!»

Längst war es nicht mehr der gute alte Hans, der am Steuer des Wagens sass, sondern einer von ständig wechselnden jungen Männern in Magnus' Diensten. Ian hatte nie auf sie geachtet. Saskia und er hatten die Zeiten im Auto damit verbracht, Hausaufgaben zu machen, Partys zu planen oder über Marit zu lästern, die nach ihrem Praktikum in Oslo wieder in der Schweiz war, studierte und sich dabei benahm, als wäre sie bereits Geschäftsführerin in der Firma ihres Vaters. Als Ian nun allein im Fond des Wagens sass, fiel ihm zum ersten Mal auf, wie absurd es war, sich von einem Chauffeur nach Zürich fahren zu lassen. Als wäre er tatsächlich ein Sechsjähriger, der es nicht schaffen würde, eine knappe Stunde in öffentlichen Verkehrsmitteln unterwegs zu sein.

«Ich bringe Sie zur Schule», antwortete der Mann knapp.

«Nein, du bringst mich zum nächsten Bahnhof.» Ian war gut darin, so gelangweilt entschlossen zu klingen, dass es den Menschen um ihn herum Gänsehaut verursachte.

Beunruhigt sah der Fahrer in den Rückspiegel. «Ich habe den Auftrag, Sie zur International School zu fahren.»

«Der Auftrag hat sich geändert.» Ian sah an der kleinen Bewegung in den Schultern des Mannes, dass er sein Ziel erreicht hatte. Sie schienen leicht zu sinken. Er lehnte sich zurück, zufrieden damit, wie sein erster Schultag ohne seine grosse Schwester anfing.

Natürlich kam er zu spät. Er hatte keine Ahnung gehabt vom Fahrplan und spätestens am Hauptbahnhof, als er in ein Tram hätte steigen müssen, war er heillos überfordert gewesen. Schliesslich hatte er ein

Taxi genommen, um nicht die ganze Feier zum Schuljahresbeginn zu verpassen.

Auf dem Flur vor der Aula traf Ian auf eine Frau, die er zuerst für eine Schülerin hielt, doch als er sie genauer anschaute, fiel ihm auf, dass sie mindestens zehn Jahre älter sein musste als er. Vielleicht auch zwanzig. Aber das war es nicht, was ihn dazu brachte, ihr mehr Interesse entgegenzubringen als den meisten anderen Menschen. Was ihn sofort in ihren Bann zog, waren die langen, dunkelblonden Haare, die sie zu einem locker gebundenen Pferdeschwanz trug, ihre Ledersandalen und ihr offenes Lachen.

«Lehrerinnen dürfen zu spät kommen, Schüler sollten es nicht», begrüsste sie ihn mit einem Augenzwinkern.

Ian hob eine Braue. «Und ich dachte, es wäre genau umgekehrt.»

Sie lachte, dann öffnete sie schwungvoll die Flügeltür zur Aula. Gemeinsam traten sie vor die versammelte Schüler- und Lehrerschaft der International School. Ians Begleiterin schien ihren Auftritt in vollen Zügen zu geniessen, und Ian setzte denselben distanzierten Gesichtsausdruck auf, den er gebrauchte, wenn sie als Familie an einem Anlass erschienen. Während die neue Lehrerin nach vorne eilte, um sich zu ihren Kolleginnen und Kollegen zu setzen, stellte Ian sich mit verschränkten Armen an die Rückwand der Aula. Er grüsste seine Mitschüler und Mitschülerinnen mit einem Kopfnicken und schenkte den Mädchen aus den anderen Klassen, die sich nach ihm umgedreht hatten, ein Lächeln unter halbgeschlossenen Lidern. Vielleicht hatte Saskia recht gehabt. Vielleicht war es gut, sich an dieser Schule mit dem Lehrkörper anzufreunden.

Dezember 1990

Die Dunkelheit wog schwer. Es war nicht die Dunkelheit des norwegischen Winters, die hatte Ian noch nie etwas ausgemacht. Es war die Dunkelheit in seinem Innern, die grenzenlos schien. Ein dummer, winziger Teil von ihm hatte geglaubt, dass Saskia es nicht aushalten würde, ohne die Familie Weihnachten zu feiern, und sie alle in Oslo überraschen würde. Sie aber überraschte nur damit, dass sie den ganzen Dezember hindurch niemals anrief und sich auch an Heiligabend nicht meldete. Ian verfluchte sie erst dafür und liess sich dann in die Dunkelheit treiben.

Anne und Magnus hatten vor Jahren aufgegeben, ihn dort zu erreichen, doch Marit war hartnäckig. Auch jetzt stand sie wieder unter seiner Tür und hielt ihm eine Moralpredigt darüber, dass er sich gefälligst anziehen und an dem Scheissbankett teilnehmen solle, das in einer halben Stunde losgehen würde.

Bereits hörte man die Stimmen der ersten Gäste aus der Halle, und Ian glaubte, seine Tante laut lachen zu hören. Er würde nicht hingehen. Er war oft genug gezwungen gewesen, sich an dem Anlass zu zeigen, und nun war er so gut wie erwachsen. Sie hatten ihm nichts mehr zu sagen, auch Marit nicht, die das alles doch genauso hasste wie er. Der Gedanke an die Menschen, die Stimmen, das Essen, das Licht erfüllte ihn auf einmal mit einer so grossen Übelkeit, dass sich sogar die Dunkelheit zurückzog.

«Traust du dich nicht ohne Saskia?»

Es war so klar, dass Marit ihn provozieren wollte, dass er nicht einmal mit einem Heben der Augenbrauen darauf einging. Als sie sich nicht rührte und schwieg, sagte er schliesslich: «Sei doch froh, dass ich nicht mit runterkomme. Ich würde dich sowieso nur blamieren, meine perfekte grosse Schwester.»

«Wie denn?», fragte sie, immer noch in diesem ätzend provokativen Tonfall.

«Indem ich mich mit zu viel Alkohol abschiesse und die Frau eures wichtigsten Geschäftspartners verführe?»

«Nichts als grosse Töne. Letzteres jedenfalls.»

«Mag sein.» Ian zuckte gelangweilt die Schultern.

«Komm schon, Ian.» Marit setzte sich auf den Bettrand. «Du bist doch nicht nach Oslo geflogen, um dich hier zu verstecken. Vielleicht können wir uns ja zur Abwechslung eine gute Zeit machen.»

«Vergiss es.» Er zog die Beine an. «Geh du da runter und mach einen auf künftige Chefin. Wenn ich mich irgendwo in Oslo amüsiere in den nächsten Tagen, dann nicht hier und nicht mit dir.» Es tat weh, den verletzten Ausdruck in Marits Gesicht zu sehen, und gleichzeitig war es ihm so egal, wie etwas nur sein konnte.

Sie drehte sich um und ging ohne ein weiteres Wort aus dem Zimmer.

Ian blieb sitzen, starrte an die Wand und verfolgte den Gedanken, der sich bei Marits Worten hartnäckig in seinem Kopf festgesetzt hatte. Ihm war, als hörte er die Stimme von Rose, seiner Englischlehrerin, mit der er seit ihrer ersten Begegnung im Schulflur ein etwas zu vertrautes Verhältnis pflegte. «Geh runter und zeig es ihnen», hörte er ihre Stimme mit dem starken neuseeländischen Akzent. «Du solltest nicht herumliegen und deine Jugend verschwenden.» Diese letzten Worte hatte sie tatsächlich zu ihm gesagt, nachdem er die beiden letzten Novemberwochen nicht in der Schule gewesen war. Er hatte ihr keine Antwort gegeben auf die Frage nach dem Grund, doch sie hatte geglaubt, ihn dennoch zu kennen. «Ich sehe es in deinen Augen. Sie sind nicht nur überirdisch schön, sie sind auch himmelweit traurig. Was immer es ist, lass nicht zu, dass es dich zu weit hinunterzieht, Ian. Die Welt hat nichts davon, wenn die Besten jung sterben.» In der Woche danach hatte sie ihm ein paar farbige Pillen in die Jackentasche gesteckt. «Gegen die dunklen Tage. Für dich getestet. Sie wirken.»

Es schien Ian eine gute Idee zu sein, sie heute Abend auszuprobieren. Erst merkte er keine Wirkung, dann wurde ihm schwindlig und leicht übel, und schliesslich fühlte er sich so gut wie in den ganzen letzten Monaten nicht. Er zog eine schwarze Hose und ein schwarzes Hemd an und brachte seine Haare in die bei den Mädchen so beliebte Unordnung. Als er aus der Zimmertür trat, schlug der Lärm von unten laut an seine Ohren. Ian hielt sich am Türrahmen fest, legte den Kopf schief und entschied noch einmal, es wirklich zu tun. Als er die Treppe hinunterging, spürte er Kraft und Lebendigkeit in sich. Er ging mit sicheren Schritten durch die Halle und in den grossen Salon, wo sich die Gesellschaft um ein reichhaltiges Buffet versammelt hatte. Möglicherweise verstummten die Gespräche, als er eintrat. Ganz sicher wandten sich ihm alle Gesichter zu. Ohne zu zögern ging Ian zu seinen Eltern und stellte sich neben sie, als wäre es immer klar gewesen, dass er heute Abend diesen Platz einnehmen würde. Er nickte Erik und Ellen zu und tauschte ein Lächeln mit Marit, die so tat, als hätte sie nichts anderes erwartet, als ihn hier mit ein wenig wohlberechneter Verspätung auftauchen zu sehen.

Je später der Abend wurde, desto ausgelassener wurden die Gäste, und desto mehr suchten sie das Gespräch mit Ian, der so überraschend gesellig in die Welt der Erwachsenen eingetreten war. Ian bemühte sich sogar, ihnen zuzuhören, sagte wenig und trank dafür umso mehr. Mit der Zeit begannen die Farben, der Lärm und die Gerüche, ihm Kopfschmerzen zu bereiten, und irgendwann drehte sich der Saal so schnell, dass Ian dachte, er müsse sich auf der Stelle hinsetzen, um nicht vornüberzufallen. Gerade als er beschloss, dies wirklich zu tun, kam Marit, nahm ihn am Arm und führte ihn hinaus in die Halle, wo sie einem der Kellner den Auftrag gab, ihn die Treppe hinauf und in sein Zimmer zu führen. Schwer stützte Ian sich auf den jungen Mann und kicherte, weil die Treppe heute so viel länger war als sonst. Schliesslich waren sie oben, und Ian fiel auf, dass der Kellner seinen Auftrag wohl etwas zu ernst nahm. Jedenfalls glaubte er nicht, dass Marit ihm gesagt hatte, er solle Ian bis in sein Zimmer hinein begleiten, aber wo er schon einmal hier war und diesen bestimmten Blick aufgesetzt hatte, fand Ian es eine gute Idee, sich von ihm küssen zu lassen. Zumindest, bis sein Blick auf die Scherben der Colaflasche fiel, die er am frühen Abend in seiner Wut auf Saskia zertrümmert hatte. Für einen Moment hatte er einen ziemlich klaren Kopf, so schien ihm, und er erklärte dem Mann, er solle besser wieder gehen, weil Saskia nicht hier wäre, um ihn von Dummheiten abzuhalten. Der Mann verstand, lächelte und ging aus dem Zimmer.

Ian legte sich aufs Bett, darauf hoffend, dass die Welt irgendwann aufhören würde, sich zu drehen, und döste dabei langsam weg. Ein Teil seines Geistes jedoch war hellwach und wusste genau, dass Roses Pillen ein verdammtes Teufelszeug waren, an das er sich besser nicht gewöhnen sollte. Und dass sie dennoch so viel besser waren als jede Dunkelheit der Welt.

März 1991

«Ian?»

Er blieb stehen.

Seine Klassenkameraden gingen weiter und taten, als hätten sie nichts gehört. Vielleicht hatten sie wirklich nichts gehört. Ian war sich nicht einmal sicher, ob Rose wirklich gerufen hatte oder ob allein ihre Blicke in seinem Rücken ihn dazu brachten, stehen zu bleiben. Er hatte Marit anrufen und sie bitten wollen, ihn abzuholen. Denn obwohl es Spass gemacht hatte, Magnus und Anne die Idee mit dem Privatchauffeur auszutreiben, gab es Tage, an denen Ian sich nichts mehr wünschte, als nach dem Unterricht im Auto nach Hause gefahren zu werden.

Heute ging es nicht darum. Heute ging es darum, dass er in Gefahr war. Es war längst aus dem Ruder gelaufen, und er ahnte, dass er gerade jetzt nicht die Kraft haben würde, sie aufzuhalten. Wie mochte Saskia das gemacht haben? Oder hatte sie ihren Lehrer gar nicht aufgehalten? Womöglich hatte sie es gemocht, wenn er sie nicht nur umarmt hatte. Wahrscheinlich war es falsch, sich mit ihr zu vergleichen, und ganz bestimmt war es falsch, seine temperamentvolle Englischlehrerin mit dem sanften Künstler João Moreno zu vergleichen. Wenn Ian ein wenig schneller gegangen wäre, hätte er das Telefon im unteren Stock erreicht, bevor sie hinter ihm aufgetaucht war. Wenn er nur wüsste, ob er das wirklich gewollt hatte.

Er drehte sich um.

Rose lehnte nur wenige Schritte von ihm entfernt an der Wand des Schulflurs. Sie lächelte. Doch dann änderte sich das Lächeln, wurde kühler, und sie sagte in geschäftlichem Tonfall: «Ian, mir schien, mit Ihren Hausaufgaben ist etwas nicht in Ordnung. Haben Sie

Zeit für eine kurze Besprechung?» Sie nickte dem Lehrer zu, der die Treppen heraufgekommen war und sich anschickte, ins nächste Schulzimmer zu gehen. Dieser lächelte arglos zurück.

Ian nickte widerwillig, wie man es von einem Schüler erwarten würde, dessen Lehrerin ihn am Freitagnachmittag vom wohlverdienten Feierabend abhalten wollte. «Natürlich, Miss», antwortete er und wich ihrem Blick aus. Einen Moment lang fragte er sich, wie sie auf ein Nein reagieren würde. Er hatte noch nie Nein gesagt und würde es auch jetzt nicht tun. Es waren kurze Zeiten, die sie miteinander verbrachten, immer unter einem Vorwand. Rose war eine angenehme Gesprächspartnerin, sie war interessiert und hatte viel erlebt. Dass sie schon länger mehr von ihm wollte als nur reden, war Ian klar, doch sie bedrängte ihn nicht. Nicht sehr. Doch heute schienen in seinem Kopf Alarmglocken zu schrillen, als er vor ihr in das Schulzimmer trat. Er wandte sich zu ihr um und sah, wie sie einen raschen Blick zurück in den Flur warf.

Dann schloss sie die Tür und drehte leise den Schlüssel.

Ians Herz raste.

Rose schlüpfte aus ihren Pumps, zog den Blazer aus, kam auf ihn zu und fing seine Lippen mit ihrem Mund ein.

Er liess sich von ihr küssen, doch dann senkte er den Kopf und stiess sie leicht von sich.

Rose seufzte. «Immer noch so zurückhaltend.»

Er sah auf. Blickte in die grünbraunen Augen, die ihn mit einer Mischung aus Spott und Frustration anschauten.

Warum eigentlich hielt er sich zurück? Er mochte Rose wirklich, und dieser Nachmittag war so gut wie jeder andere auch, um den nächsten Schritt zu gehen und ihr zu geben, was sie so offensichtlich wollte.

Ian schüttelte die Haare aus der Stirn, überwand die Distanz zwischen ihm und seiner Lehrerin, und dieses Mal war er es, der sie küsste, fordernder und leidenschaftlicher, als sie es je getan hatte.

Rose stockte, dann löste sie sich mit einem leisen Lachen von ihm. «Moment!» Leichtfüssig ging sie zur Tür und kontrollierte, ob sie wirklich abgeschlossen war. «Ich will das, aber ich möchte auch gern noch ein wenig länger an dieser Schule arbeiten.»

Ian hörte die Worte, als wären seine Ohren plötzlich in eine dicke Schicht Watte gepackt. Seit Rose das Schloss kontrolliert hatte, schwankte der Boden des Schulzimmers, und Ian fühlte mit zunehmender Panik, wie Übelkeit in ihm aufstieg und sein Blickfeld immer kleiner wurde.

Rose merkte nichts davon. Sie zog ihn an sich und setzte den Kuss dort fort, wo sie aufgehört hatten. Als Ian sich nicht rührte, legte sie eine Hand in seinen Nacken und presste sich enger an ihn.

Er keuchte, aber es hatte nichts mit Lust zu tun. Er bekam keine Luft, während das Zimmer immer heftiger zu schwanken schien. Dann zog der Nebel auf. Bald würde er alles bedecken und, wenn alles gut ging, würde Ian erst wieder zu sich kommen, wenn es vorbei war. Aber er wollte es doch! Er war es, der sie geküsst hatte! Ian rang nach Atem, legte die Hände an Roses Hüfte und gebot der Dunkelheit und dem Nebel, sich zurückzuziehen. Heute liess er sich nicht von ihnen davontreiben. Heute schrieb er Geschichte und verführte seine Lehrerin! Wie würde Saskia sich amüsieren ...

Rose liess ihn los, streifte seine Hände von ihrer Taille und machte drei Schritte rückwärts. Sie strich sich die Haare aus dem erhitzten Gesicht und schüttelte den Kopf. «Es ist okay.»

«Aber ...» Er wollte auf sie zugehen, doch sie hob abwehrend die Hand.

«Du willst das nicht wirklich, Ian.»

«Doch!»

Als die grünbraunen Augen ihn jetzt anschauten, lag ein Verstehen darin, das Ian eine Gänsehaut verursachte. «Schau, dass du gesund wirst, und dann lass dich auf eine Frau ein», sagte Rose leise und bestimmt.

«Gesund?»

Sie nickte. «Ja, gesund. Du bist viel zu sehr auf dein Verderben aus. Damit will ich nichts zu tun haben.»

Er öffnete den Mund, um zu protestieren, doch sie unterbrach ihn: «Hol dir Hilfe, aber nicht bei mir, ich bin die falsche Person dafür. Finde heraus, was dich fertigmacht, und tue etwas dagegen. Und dann such dir ein junges, gesundes Mädchen und mach mit ihr das, was wir nie miteinander tun werden.» Sie zog sich den Blazer wieder über und richtete sich vor dem Spiegel über dem Waschbecken die Haare. Dann stellte sie sich neben die Tür, schloss auf und sah in auffordernd an. «Alles Gute, Ian.»

Sie warf ihn hinaus. Es würde keine heimlichen Treffen mehr geben. Keine Gespräche, während denen sie den Kopf in seinen Schoss legte, er durch ihre langen, blonden Haare streichen und ihrem leisen Lachen lauschen konnte. Keine bunten Pillen mehr, dank denen er in den letzten Wochen so manche Party überstanden und die Dunkelheit im Zaum gehalten hatte. Nicht einmal mehr ein verstohlenes Zwinkern im Flur. Weil er es nicht geschafft hatte, für ein paar Minuten dem Nebel zu entfliehen.

Benommen und ohne sich zu verabschieden, ging

Ian aus dem Zimmer und aus dem Schulgebäude.

Auf dem Weg zum Hauptbahnhof kaufte er sich ein Sechserpack Alcopops und trank die erste Dose, während er auf den Zug wartete. Die zweite öffnete er, als der Zug anfuhr, und die dritte gab er dem Typen im Abteil neben seinem, nachdem er dessen gierige Blicke bemerkt hatte. Sie stiegen am selben Bahnhof aus und setzten sich in denselben Bus. Ihre Blicke trafen sich erneut, und Ian gab ihm eine zweite Dose, während er seine dritte öffnete. Der Bus hielt am Dorfplatz, und sie stiegen beide aus.

«Kommst du mit ins Pub?»

Ian hob eine Augenbraue, dachte kurz nach und nickte.

Auf dem Weg zum Pub teilten sie sich die letzte Dose, und vor dem Eingang sagte der junge Mann: «Ich bin Marco.»

«Ian.»

«Wohnst du hier im Dorf?»

Ian nickte.

«Na dann, willkommen an dem Ort, an dem man hier die besten Leute trifft!» Mit grosser Geste und einem breiten Grinsen im Gesicht hielt Marco ihm die Tür auf, und Ian betrat zum ersten Mal in seinem Leben ein anderes Gebäude als die Villa in dem Dorf, in dem er seit über zwölf Jahren lebte.

«Drei Monate später hast du Alexa kennengelernt!», platze ich heraus.

Ian grinst. «Und vorher habe ich ein paar der besten Partys meines Lebens gefeiert. Mit zu viel Alkohol und zu vielen Joints, aber ohne Ecstasy. Roses Pillen warf ich weg. Es mochte stimmen, dass die Welt nichts davon hatte, wenn die Besten jung starben oder an ihren Depressionen erstickten. Aber sie hatte auch nichts davon, wenn sie zugedröhnt fürchterliche Partys überstanden und sich danach die Seele aus dem Leib kotzten.»

«Wie viele Mädchen hast du geküsst auf den Partys mit der Clique?»

Ian lächelt. «Kein einziges. Sie himmelten mich an, keine Frage, aber sie waren alle sehr zurückhaltend, nicht wie die Leute, mit denen ich sonst abhing. Ich glaube, das war es, was ich am meisten mochte an der Clique aus dem Dorf.»

Wahrscheinlich hat er mit seiner Attraktivität alle ziemlich eingeschüchtert, denke ich schmunzelnd und frage: «Wie reagierten sie, als sie herausfanden, dass du im Villenviertel wohnst?»

«Marco bestand von da an darauf, dass ich im Pub die Rechnungen der ganzen Clique bezahlte.»

«Nicht dein Ernst!», pruste ich.

Ian zuckt lächelnd die Schultern. «Doch, so war er. Sie alle liebten es, mich mit meinem Jetset-Leben aufzuziehen, und ich liess sie glauben, dass alles wahr war, was sie sich vorstellten.»

«Und Rose?», will ich wissen.

Das Lächeln verschwindet von Ians Gesicht. «Sie benahm sich endlich so, wie es von Anfang an ihre Aufgabe gewesen wäre. Ich habe sie nicht vermisst.»

Dieses Mal bin ich es, die das Gespräch stocken lässt. Ich denke über das nach, was er erzählt hat. Schliesslich sage ich: «Es hätte viel schlimmer kommen können, oder?» Auf Ians fragenden Blick hin erkläre ich mich genauer: «Ein attraktiver, schwer traumatisierter junger Mann mit zu vielen Möglichkeiten und zu wenig Gefühl für das, was ihm guttut. Das schreit doch förmlich nach einer Geschichte voll Drogenmissbrauch, schlechter sexueller Erfahrungen und einem Tanz am Rande des Abgrunds. Und so war es ja auch, aber ...»

«Du meinst, alles in allem bin ich ganz gut davongekommen?»

Ich kann seinen Gesichtsausdruck nicht deuten und weiss nicht, ob seine Worte spöttisch, verletzt oder wütend gemeint sind. Ich gebe ihm keine Antwort, und er geht nicht weiter auf das Thema ein.

Doch dann zucken seine Mundwinkel nach oben, und er hilft uns zurück auf sicheres Terrain. «Wie du schon gesagt hast: Drei Monate später lernte ich Alexa kennen, dieses Mädchen, das so ganz anders war als alle anderen Mädchen. Erinnerst du dich an unsere erste Begegnung? Sie fuhr von mir weg, statt sich an mich heranzumachen! Auf der Party in Lenas Garten sass sie neben mir, als dieses langsame Lied erklang. Sie wandte mir den Kopf zu. Da war keine Erwartung in ihrem Blick, vielleicht eine leise Frage, nicht mehr. Ich weiss noch, dass ich gelächelt habe, und nicht einmal davon liess sie sich ermutigen. Sie wartete einfach darauf, dass ich sie küssen würde. Alexa war sanft und langsam, sie hat mich nie überfordert, nie überrannt.»

Sie war unerfahren, denke ich bei mir, und das war ein Segen. Aber das sage ich Ian nicht. Stattdessen sage ich: «Ich bin froh, dass du Alexa nachgegangen bist, nachdem sie von dir weggefahren ist.»

«Ich auch», sagt er leise.

Juli 1991

Er wartete an der Brücke auf sie. Es war ein sinnloser Treffpunkt, da er zuerst von der Villa zur Brücke und danach mit Alexa zurück ins Dorf fahren musste, aber sie trafen sich immer an der Brücke. Immer am äussersten Ende, nahe am Wald, dort, wo sie vom Häuschen aus nicht gesehen werden konnten. Ian hätte sie gern zu Hause abgeholt, denn er war neugierig auf ihr Zuhause und ihre Grossmutter, aber Alexa lehnte diesen Vorschlag vehement ab.

«Du gehörst zur Brückenclique, und die ist in Grossmamas Augen gefährlich», erklärte sie ihm immer wieder und konnte dabei das Lachen nie ganz unterdrücken. Ian fand eigentlich nicht, dass er zur Brückenclique gehörte, doch er widersprach ihr nicht.

Er war vor Alexa da. Er hatte in ihrer einwöchigen Beziehung bereits gelernt, dass das nicht schwierig war. Alexa war eine notorische «Zuspätkommerin», wohingegen er sich nicht früh genug auf den Weg zu ihr machen konnte. Er setzte sich aufs Brückengeländer, rauchte eine Zigarette und hörte dem Rauschen des Baches und dem Zwitschern der Vögel zu. Die Brücke war ein einsamer Ort, an dem nur selten Spaziergänger oder Velofahrer vorbeikamen. Deshalb traf sich die Clique hier, und deshalb störte es Ian nicht, wenn er auf Alexa warten musste.

Er hörte sie, bevor er sie sehen konnte. Erst fiel das Gartentor mit einem Knall ins Schloss, dann hörte er ihr Fahrrad, das bei jeder Umdrehung der Pedale ein leises Quietschen von sich gab. Es waren schnell aufeinanderfolgende Quietschgeräusche, die Ian hörte, dabei wäre es auf dem leicht abfallenden Weg vom Häuschen zur Brücke gar nicht nötig, so fest in die Pedale zu treten. Aber wahrscheinlich wollte Alexa wenigstens den Anschein erwecken, dass sie sich beeilte.

Ian warf die Kippe hinter sich in den Bach und legte beide Hände aufs Geländer. Es sah halsbrecherisch aus, wie Alexa angerast kam, doch er wusste bereits, dass sie vor der Brücke abbremsen würde.

Tatsächlich bremste sie scharf und musste für die

letzten Meter über die Brücke neu antreten. Dann hielt sie das Velo an, stellte beide Füsse auf den Boden und lehnte sich leicht über den Lenker. «Hei!», begrüsste sie ihn und bemühte sich, dem kurzen Wort den richtigen norwegischen Klang zu geben. Dann blies sie die Haare aus ihrem Gesicht und biss sich auf die Unterlippe, während ihre Wangen rot anliefen. Obwohl sie sich in der letzten Woche täglich gesehen hatten, reagierte Alexa verlegen, wenn sie sich trafen. Als würde sie Ian jedes Mal neu begegnen und als wüsste sie nicht, was er von ihr halten würde.

Er konnte sie gut verstehen. Es ging ihm genauso. «Hei!» Er merkte, wie sich das glückliche Lächeln auf sein Gesicht stahl, das nur Alexa auslösen konnte.

Es war sogar der Clique aufgefallen. «Ich wusste gar nicht, dass du so strahlend lächeln kannst!», hatte Lena vor Kurzem staunend gesagt. Er hatte nur mit den Schultern gezuckt. Er hatte keine Ahnung, wie Alexa es fertigbrachte, aber sobald er sie sah und wusste, dass sie ihn gleich mit dieser Mischung aus Schüchternheit und Selbstvertrauen anschauen würde, fühlte er sich so glücklich, dass er einfach lächeln musste. «Dem sagt man dann wohl ‹fallen in love›», hatte Lena diagnostiziert. Bestimmt hatte sie recht.

Ian streckte einen Arm aus.

Alexa stieg vom Fahrrad und legte es auf den Boden. Ein paar Sekunden lang stand sie vor ihm und schaute ihn an, dann überzog ein Lächeln ihr Gesicht, und sie machte einen Schritt auf ihn zu, sodass er sie endlich umarmen konnte.

Ian rutschte vom Brückengeländer, legte beide Arme um Alexa und stützte das Kinn auf ihren Kopf. Er spürte, wie sie ihre Hände vorsichtig auf seinen Rücken legte und nahm überrascht die Gänsehaut wahr, die ihre Berührung an seinem ganzen Körper verursachte. Er schloss sie noch enger in die Arme, fuhr ihr vorsichtig durch die Haare, die in ungezähmten Wellen über ihren Rücken fielen, und spürte deutlich, wie stark sein Herz klopfte, genau dort, wo Alexas Kopf an seiner Brust lag. «Ich habe dich vermisst», sagte er leise.

«Ich dich auch», murmelte sie.

Mit einer Hand fuhr er ihrem Rücken entlang nach oben und streichelte dann sanft ihren Nacken.

Alexa schaffte es, sich noch etwas näher an ihn zu schmiegen. Sie hob den Kopf.

Ian sah ihr in die Augen und öffnete die Lippen zu einem Begrüssungskuss, doch Alexa löste sich aus seiner Umarmung.

«Gehen wir?», fragte sie etwas atemlos und machte einen Schritt rückwärts.

«Jetzt schon?», fragte er verwundert.

Alexa nickte und nahm ihr Velo vom Boden auf. «Grossmama will noch einkaufen, und wenn sie zu Fuss geht, kommt sie hier vorbei!», erklärte sie ihm.

Die Schmetterlinge in Ians Bauch drängten ihn, Alexa sofort wieder in seine Arme zu ziehen und davon zu überzeugen, dass seine Küsse wichtiger waren als die Angst vor ihrer Grossmutter. Doch als er die Dringlichkeit in ihrem Blick sah, nickte er, ging zu seinem Rad, das am anderen Brückengeländer lehnte, und stieg auf.

Gemeinsam fuhren sie los, und Alexa legte ein forsches Tempo vor.

Ian dachte, dass Alexas Grossmutter sehr gut zu Fuss sein müsste, um zwei Fahrräder einzuholen, doch er sagte nichts und passte sich wortlos Alexas Geschwindigkeit an.

Durch das Dorf fuhr sie etwas langsamer, und als

sie schliesslich auf der Nebenstrasse angekommen waren, die zum Schwimmbad führte, verfiel Alexa plötzlich in ein sehr gemütliches Fahrtempo. Sie fuhr neben ihn, schaute zu ihm hinüber und lachte plötzlich leise auf.

«Was ist?», wollte er wissen.

«Ich bin einfach so glücklich!»

«Warum?»

«Weil ich mit dir zusammen bin.» Ihr Rad machte bei diesen Worten einen gefährlichen Schlenker in seine Richtung, den sie mit einem weiteren Auflachen korrigierte. «Uff, sogar unsere Velos spüren die Anziehungskraft.»

«Anziehungskraft?»

«Klar. Sag bloss, du spürst sie nicht!»

Sie spürte sie also auch. Ian hob den Kopf etwas an und schüttelte die Haare aus der Stirn. «Doch, ich spüre sie.» Ein Blick nach links zeigte ihm, dass eine feine Röte Alexas Gesicht überzog. Er schmunzelte. «Sag mal, warum gehen wir eigentlich in die Badi?»

Alexa lachte. «Weil Sommer ist, und wir Ferien haben.»

Sie erhöhte das Tempo wieder, und Ian folgte ihr. Er staunte, als er die Menge an Fahrrädern vor dem Eingang des Schwimmbads sah und den Lärm aus dem Innern hörte. Welch ein Widerspruch zum ruhigen Pool im Garten der Villa und der Stille auf der grossen Terrasse.

Alexa schloss ihr Velo ab und sah ihn erwartungsvoll an. In ihren Haselnussaugen stand eine stumme Frage. Offenbar spürte sie sein Zögern und wunderte sich darüber.

Ian lächelte. «Komm her!» Er streckte einen Arm aus und zog Alexa an sich. Sie hielt sich am Lenker seines Rads fest, er legte eine Hand an ihre Wange und küsste sie sanft auf die Lippen. Er hörte ihr leises Aufkeuchen und zog sie noch etwas enger an sich. Leise fragte er: «Wollen wir da wirklich reingehen?»

«Aber sicher wollen wir das!» Alexa löste sich von ihm, und nun sah Ian in ihren Augen ein abenteuerlustiges Funkeln. «Weisst du, wie sich alle wundern werden, wenn ich mit dir zusammen hier auftauche?»

Wer würde sich wundern? Sie trafen sich mit der Clique, deren Mitglieder von der ersten Begegnung über den ersten Kuss bis zum ersten gemeinsamen Pub-Besuch Zeugen ihrer Beziehung gewesen waren. Erst jetzt dachte Ian darüber nach, wem all die Räder gehören könnten. Dem Lärm nach zu urteilen war vermutlich das halbe Dorf in diesem Schwimmbad!

«Ich bin also deine Trophäe, die du hier und heute dem Dorf vorführst?», fragte er halb im Ernst, halb lachend.

Alexa lachte laut auf. «Niemals! Du bist mein Freund, Ian Skogstad, und das soll die ganze Welt sehen! Oder zumindest die ganze Schule.»

«Die ganze Schule?»

«Was hast du denn gedacht?»

«Nichts.» Ian hatte das Konzept Badi überhaupt nicht verstanden und deshalb jedes Mal Nein gesagt, wenn jemand von der Clique ihn zum Mitkommen hatte überreden wollen. Erst Alexas Bitte hatte er nachgegeben. Nun sah er in ihre leuchtenden Augen und grinste breit. «Na dann. Ich kann es nicht erwarten, deiner ganzen Schule vorgeführt zu werden!»

«Wusste ich es doch!»

Wie wenig sie ihn kannte. Und wie schön es war, dass er mit ihr ganz neu anfangen konnte.

Ian ahnte überrascht, dass er es tatsächlich geniessen würde, als Alexas Trophäe der Dorfjugend vorgestellt zu werden.

Er schloss das Fahrrad ab, nahm die Tasche in die eine Hand, Alexas Hand in die andere und ging mit ihr zum Eingang.

«Hat es Spass gemacht?», frage ich grinsend.

«Sehr!» Ian lacht. «Ich habe das Prinzip Badi schnell verstanden und ging mit Alexa und dem Rest der Clique einig, dass Sommer, Ferien und Schwimmbad untrennbar zusammengehören.»

«Und an den Abenden seid ihr ins Pub gegangen. Das weiss ich von Alexa.»

«Oder zur Brücke, obwohl das Alexa immer sehr nervös machte. Sie war offiziell mit Lena unterwegs, aber dass Lena zur Brückenclique gehörte, wusste Ida nicht. Wir neckten Alexa damit, achteten aber sorgfältig darauf, dass sie vom Garten des Häuschens aus nicht gesehen werden konnte.» Die Erinnerung an die unbeschwerten Abende malt ein Leuchten in Ians Gesicht.

Ich schaue an ihm vorbei. Ich wünschte so sehr, dass es genauso weitergegangen wäre: Sommer, Ferien, Freundschaften und diese vielversprechende junge Liebe.

«Dann hatte ich den Unfall mit dem Mofa, während Erik bei uns in der Villa war», fährt Ian erbarmungslos fort. «Lag vier Tage im Koma und kam danach nur dank Tobias' Hartnäckigkeit wieder auf die Beine.» Wie um es mir zu beweisen, steht er auf und geht ein paar Schritte. Es scheint, als würde er sein Hinken absichtlich unterdrücken, aber dann gibt er auf. Er bleibt stehen und schaut mich an. «Es folgte eine meiner dunkelsten Zeiten. Die Trennung von Alexa, als sie ihren Vater in Kenia besuchte. Die Schmerzmittel, die ich mit Alkohol und Marihuana mischte. Dazu die

Antidepressiva, die ich auf Anraten meiner Eltern nahm, ohne mich dafür zu interessieren, was ich schluckte, und die mich noch gefühlloser machten.» Er schaudert.

Was wäre passiert, wenn er den Unfall nicht gehabt hätte, wundere ich mich. Wenn Magnus auf das Firmenjubiläum verzichtet hätte, Ian seinem Onkel nicht begegnet wäre und nicht vor seinem rätselhaften Unbehagen hätte fliehen müssen? Wenn er nicht vor das Auto gefahren wäre?

Ian scheint meine Gedanken zu lesen. Er schüttelt den Kopf. «Es konnte nicht für immer so weitergehen wie in jenem Sommer. Meine depressiven Zustände wären wegen Alexa nicht verschwunden. Der Unfall und seine Folgen gaben mir nur die Chance, ihr für längere Zeit nicht davon erzählen zu müssen.»

«Und als du es schliesslich doch getan hast, liebte sie dich bereits so sehr, dass es sie nicht abschrecken konnte.»

Ian wirft mir einen düsteren Blick zu. «Und weil sie mich so sehr liebte, war es einfach für sie? Willst du das sagen?»

Ich schlucke. «So habe ich das nicht gemeint. Ich weiss, dass deine Depressionen für Alexa nie einfach waren. Was ich gemeint habe, ist: Du warst ihr wichtiger als deine Krankheit.» Als Ian schweigt, frage ich beunruhigt: «Das ist doch so geblieben, oder?»

Jahreswechsel

Erster Weihnachtstag 2016

Ian wacht davon auf, dass die Matratze wackelt. Er tastet nach Yuna, doch sie liegt ruhig atmend neben ihm. Also dreht er den Kopf und sieht, dass Alexa auf dem Bettrand sitzt.

«Ich habe mit Mama telefoniert», sagt sie.

«Jetzt?» Ian fährt sich mit der Hand über die Augen und versucht, klar zu denken. Ist es nicht mitten in der Nacht?

«In Neuseeland ist später Nachmittag. Ich habe Regina erzählt, dass du nicht nach Oslo fliegen willst. Da ist ihr eingefallen, dass sie aus ihrer Zeit in Genf jemanden kennt, der ein Appartement in Lausanne hat, das meistens frei steht. Sie fragt an, ob wir Silvester dort verbringen können.»

Ian schliesst die Augen.

«Hör mir zu, Ian. Ich muss für ein paar Tage weg. Wenn Oslo für dich nicht geht, dann will ich wenigstens für ein paar Tage an den Genfersee fahren. Überleg dir, was du lieber willst, denn eins von beiden wird es sein.»

Wieder geht ein Ruck durch die Matratze, als Alexa aufsteht und ohne ein weiteres Wort das Schlafzimmer verlässt.

Er müsste ebenfalls aufstehen und ihr nachgehen. Erklären, warum er nicht wegfahren kann. Dass er nur ein paar Tage Ruhe braucht. Ein paar Tage ohne Entscheidungen und ohne das Risiko, jemandem mit dem falschen Aftershave zu begegnen. Er sollte Alexa um Verzeihung und Verständnis bitten und ihr vorschlagen, im Lauf der Woche einen Tagesausflug an einen ruhigen Ort zu machen. Von ihm aus auch an den Genfersee, aber nicht nach Lausanne. Nicht in eine Stadt. Sie würde es verstehen. Es ist wichtig, dass er sie jetzt nicht allein lässt.

Er bleibt liegen.

Als er das nächste Mal aufwacht, ist er allein im Bett. Alexa muss Yuna geholt haben. Ob sie geweint und er nichts gehört hat? Durch die Vorhänge fällt fahles Winterlicht. Es ist Tag. Bestimmt hatte Yuna Hunger. Wie lange mag sie schon nicht mehr neben ihm liegen? Er hört keine Geräusche von unten. Vielleicht sind sie spazieren gegangen. Alexas Worte mitten in der Nacht fallen ihm ein. Was, wenn sie losgefahren ist, nach Lausanne, nach Oslo, mit Yuna, ohne ihn? Entsetzen lähmt ihn, aber das ist nicht der Grund, warum er liegen bleibt. Er mag ganz einfach nicht aufstehen. Doch. Wenn es je einen Grund gab aufzustehen und sich der schwarzen Welle entgegenzustemmen, dann hier und heute. Aber noch nicht jetzt.

Alexas Kaffee ist kalt geworden. Sie schaut in die Kerzen, die sie am frühen Morgen an den Weihnachtsbaum gesteckt und angezündet hat. Yuna liegt im Laufgitter auf der Krabbeldecke und brabbelt vor sich hin. Vielleicht unterhält sie sich mit ihrem neuen Stoffhasen, der in Gotti Doris' Päckli war und nun gross und flauschig neben ihr liegt. Alexa dreht den Kopf nicht, als sie die Schritte hört, die die Treppe herunterkommen, und auch nicht, als sie die Bewegung hinter sich wahrnimmt.

«Ich habe Frau Bischof angerufen», erzählt sie dem Weihnachtsbaum. «Sie war nicht begeistert, am

Weihnachtsmorgen gestört zu werden, hat mir aber einen Skype-Termin gegeben für heute Nachmittag.»

Ian bleibt in der Tür stehen. Sie hört ihn atmen.

Yuna dreht den Kopf und strampelt wild mit den Beinchen, als sie ihren Vater sieht.

«Ich will nicht mit Frau Bischof reden.» Seine Stimme ist rau, und die Erschöpfung darin bringt Alexas Bauch dazu, sich schmerzhaft zu verkrampfen.

«Der Termin ist nicht für dich. Er ist für mich.» Schon lange hat Ian sein Einverständnis gegeben, dass Alexa mit Frau Bischof reden dürfe, wenn sie im Zusammenhang mit seiner Krankheit selbst Unterstützung brauche. Nie hätte sie gedacht, dass es ausgerechnet an Weihnachten so weit sein würde. Noch immer schaut sie Ian nicht an. «Ich schaffe das hier nicht. Es tut mir leid.» Was nicht stimmt. Es tut ihr nicht leid. Es ist einfach nur verdammt traurig.

Yunas Trommeln mit den Beinen wird ungeduldiger. Sie schlägt den Kopf auf den Boden und beginnt zu weinen. Endlich dreht Alexa den Kopf und schaut zu Ian.

Er steht in der Tür, beobachtet sein Kind und tut nichts.

«Ernsthaft jetzt?» Alexa steht auf, steigt ins Laufgitter und hebt Yuna hoch. «Nicht weinen, mein Schatz. Komm, lass uns die Kerzen anschauen.»

Doch Yuna dreht den Kopf vom Weihnachtsbaum weg, hin zu ihrem Vater, der sich endlich bewegt. Sich ausserhalb des Laufgitters neben Alexa stellt und Yunas Hand in die seine nimmt.

«Ich brauche ein paar Tage Ruhe. Keine Arbeit, keine Kontakte, keine Anforderungen. Ein paar ruhige Tage im Häuschen. Mehr brauche ich nicht.»

«Lüg mich nicht an, Ian!» Alexa dreht sich so

abrupt um, dass Yuna erschrocken aufheult. «Als würde ich nach verdammten fünfundzwanzig Jahren nicht wissen, wie eine Depression aussieht! Aber heute ist es anders.» Um ihm zu zeigen, was sie meint, streckt sie ihm Yuna entgegen.

Diese weiss nicht, wie ihr geschieht. Ihr Weinen steigert sich zu einem hysterischen Kreischen.

«Ich kann das nicht!» Alexa schluchzt auf. «Nicht mit einem Kind, ohne Arbeit und ohne irgendjemanden in der Nähe, bei dem ich mich ausheulen kann.» Sie drückt Ian das Baby in den Arm, klettert aus dem Laufgitter und läuft aus dem Wohnzimmer und die Treppe hinauf. Wirft sich aufs Bett, vergräbt das Gesicht in ihrem Kissen und weint mit einer Heftigkeit, wie sie es nicht einmal nach Grossmamas Tod getan hat.

Silvester 2016

Ian wickelt sich enger in die Wolldecke. Die Sonne ist hinter dem Genfersee verschwunden, und während in der Stadt die ersten Lichter angehen, wird es auf dem Balkon des Appartments empfindlich kalt. Ian ist froh um das Frösteln, das ihn erfasst hat. Schlimm ist es erst, wenn er die Kälte nicht mehr spürt.

Er hat Alexa versprochen, dass das Abendessen auf dem Tisch steht, wenn Yuna und sie von ihrem Ausflug an den See zurückkommen. Nur deshalb hat sie nicht darauf bestanden, dass er sie begleitet. Frau Bischofs Anweisungen sind glasklar, und Alexa scheint felsenfest daran zu glauben. Ian selbst glaubt nicht daran, dass sich die Dunkelheit verhindern lässt. Hinauszögern vielleicht, aber nicht mehr. Was dies für Alexa und ihn bedeutet, wenn sie wieder zu Hause sind, daran mag er gar nicht denken. Denn wenn er darüber nachdenkt, öffnet sich der Abgrund, bodenlos und unausweichlich. Dann muss er sich eingestehen, dass er keine Möglichkeit sieht, die Depression aufzuhalten. Und was, wenn das Wissen um den Missbrauch sie noch tiefer werden lässt als je zuvor? Die Gedanken rumoren in Ians Bauch, steigen unausweichlich nach oben und drohen, ihm die Luft zu nehmen, da blitzt ganz überraschend ein letzter Sonnenstrahl über dem See auf und blendet ihn. Die Dunkelheit hat noch nicht gesiegt. Noch hat er nicht vergessen, dass er heute fürs Kochen zuständig ist.

Mit unerwarteter Entschlossenheit steht er auf, räumt Decke und Sitzpolster zusammen und geht hinein in das einfache, zweckmässig eingerichtete Appartement von Reginas Bekannten. Auf dem Tisch liegt Ians blinkendes Smartphone. Er öffnet Tuulas Nachricht und sieht die Aussicht auf Oslo und den Oslofjord vor sich. In Norwegen ist es bereits Nacht, und jemand, der sich nicht auskennt, hätte keine Ahnung, was Tuula fotografiert hat. «Und bei dir?», schrieb sein Patenkind unter das Bild. Lächelnd geht Ian noch einmal auf den Balkon, fotografiert den dunklen See neben den Lichtern der Stadt und schickt das Bild in die Villa am Holmenkollen.

Tuula und Ian haben die Abmachung getroffen, dass sie sein Zimmer bewohnen darf, wenn sie ihm täglich ein Foto der Aussicht von ihrem Balkon schickt. Sie erwies sich als hartnäckige Verhandlungspartnerin und verlangte zusätzlich zum Zimmer ein tägliches Foto ihrer kleinen Cousine. Sie bekommt die Bilder unter der strengen Auflage, sie auf keinen Fall weiterzuschicken oder irgendwo zu posten.

Ian lächelt beim Gedanken an die begeisterten Sprachnachrichten und Emojis, mit denen Tuula sich für die Yuna-Bilder bedankt. Sein fernes Patenkind, ein täglicher Sonnstrahl in der drohenden Dunkelheit.

Gerade als Ian die Lasagne in den Ofen geschoben hat und anfangen will, Salat zu waschen, stürmt Alexa mit Yuna in die Wohnung. Letztere sitzt brüllend im Kinderwagen, ihre Mamma wirft die Arme in die Luft. «Sie war den ganzen Nachmittag schon quengelig, und seit wir die U-Bahn betreten haben, schreit sie», versucht Alexa ihre Tochter zu übertönen. «Bitte sehr – dein Kind!»

Ian nimmt Yuna aus dem Wagen und auf den Arm. Sie windet sich und versucht, sich von ihm wegzustossen, doch er hält sie fest, setzt sich mit ihr auf einen Stuhl und beginnt, ihr den warmen Overall auszuziehen. «In zwanzig Minuten können wir essen», ruft er Alexa über Yunas Gebrüll hinweg zu.

Sie nickt und kickt die Stiefel von den Füssen, bevor sie sich aufs Sofa wirft und das Gesicht in Yunas flauschigem Plüschhasen versenkt.

Ian prüft, ob Yuna eine neue Windel braucht, nasse Kleider oder Fieber hat und fragt etwas schuldbewusst Richtung Sofa: «Ich nehme an, etwas zu essen hast du ihr angeboten?»

«Ich habe keine Ahnung, wie viele dieser Babybiscuits den Weg von der Métro bis hierhin pflastern!», ruft Alexa zurück.

«Weisst du was, du Brülltroll? Heute schicken wir deiner Cousine kein Foto, sondern ein Video von dir.» Ian legt Yuna, die nach ein paar Augenblicken Ruhe neu Anlauf zu nehmen scheint, vor sich auf den Boden und fischt nach seinem Handy.

«Nicht dein Ernst!» Alexa hat sich aufgesetzt, drückt den Hasen an sich und schaut Ian entgeistert an.

«Warum nicht? Die soll bloss sehen, dass es auch Vorteile hat, dass wir nicht in Oslo sind.»

«Hör auf!» Alexa lacht, steht auf und nimmt ihm das Handy weg. «Das ist Babyshaming, das lasse ich nicht zu.»

«Du hast recht», lenkt Ian ein. Alexas flüchtige Berührung hat ein Kribbeln auf seiner Haut hinterlassen und ihr Lachen ein wohliges Gefühl in seinem Bauch.

Sie verzichten auf den Salat und halten, während sie die Lasagne essen, abwechselnd Yuna auf dem Schoss, die mal quengelt, mal weint, mal schreit und erst damit aufhört, als sie vor Erschöpfung in Alexas Armen eingeschlafen ist. In der plötzlichen Stille sehen Alexa und Ian einander an, als würden sie aus einem bösen Traum aufwachen.

«Boah, ein Wunder, dass keiner der Nachbarn vorbeigekommen ist und sich beschwert hat», meint Alexa schaudernd.

«Vielleicht ist ja jemand vorbeigekommen», gibt Ian zu bedenken. «Gehört hätten wir sowieso nichts.»

«Stimmt. Was meinst du, kann ich sie hinlegen, oder geht es dann gleich wieder los?»

Ian fährt sich durch die Haare und schaut ratlos auf seine schlafende Tochter. «Ich schlage vor, dass jemand von uns sie noch eine Weile festhält und der andere die Küche aufräumt. Was willst du?»

«Aufräumen?»

Ian nickt und steht auf, um mit Yuna ins Wohnzimmer zu gehen. Es geht ganz leicht. Lichtstrahl im Dunkel. Wer hätte gedacht, dass ein schreiendes Baby einer sein kann?

Alexa hat sich ihren Krimi geschnappt und sich mit Hoodie und Wolldecke aufs Sofa gekuschelt. Durchs

Fenster sieht sie einen Teil der Stadt und die weite, leere Fläche des Genfersees. Es ist schön hier, und es tut ihr gut, eine andere Umgebung um sich zu haben als das Häuschen und den Wald. Aber trotz der Aussicht vor dem Fenster will sich die Weite in Alexas Herzen nicht einstellen. Das hier ist viel zu weit entfernt von Ferien in Oslo und viel zu nahe dran an der schwarzen Welle. Alexa ist Frau Bischof dankbar für ihre Unterstützung, und sie ist glücklich darüber, dass Ian mit ihr kämpft, aber das ändert nichts daran, dass sie eigentlich gar nicht kämpfen will. Was hat sie sich denn vorgestellt? Dass es reicht, wenn sie Ian ein Kind schenkt und ihn durch ein paar Monate voller Albträume begleitet, damit seine Depressionen der Vergangenheit angehören? Ja, gesteht sie sich ein, sie hat während des letzten halben Jahres tatsächlich angefangen, daran zu glauben. Sie dreht sich nicht um, als sie Ians Schritte hinter sich hört.

Er legt eine Hand auf ihre Schulter. «Yuna schläft», sagt er leise.

Alexa nickt. Und erstarrt, als Ians Hand zu ihrem Hals fährt und seine Finger beginnen, zärtlich über ihren Nacken zu streichen. Zärtlichkeiten sind rar. Müdigkeit, Familienbett, Alexas veränderter Körper und Ians Erinnerungen stehen zwischen ihnen. Mit angehaltenem Atem wartet Alexa darauf, dass die Finger sich von ihrem Nacken lösen oder ihr Körper sich gegen die Reize wehrt. Doch nichts davon geschieht. Stattdessen legt sich Ians andere Hand auf ihre Schulter und wendet sich sorgsam ihrer verspannten Nackenmuskulatur zu. Aus ihrem Mund kommt ein Geräusch, das dem Schnurren einer Katze gleicht. Sie glaubt, Ians Lächeln hinter sich zu spüren. Ob er sich erlauben wird, weiterzugehen? Werden sie sogar endlich wieder einmal Sex haben? Seit wann ist er im Angesicht der schwarzen Welle überhaupt zu Berührungen fähig? Die Gedanken wirbeln durch Alexas Kopf und verkrampfen ihren Körper.

Ian gibt ein missbilligendes Schnauben von sich. «Hör auf zu denken, Trollmädchen», sagt er leise. Und nach einer Pause: «Vielleicht könntest du damit anfangen, deine Schultern sinken zu lassen.»

Alexa legt den Kopf so weit in den Nacken, dass sie Ian in die Augen sehen kann. «Vielleicht reicht eine Schultermassage nicht aus, um dein Mädchen zu entspannen», raunt sie und wackelt etwas mit den Augenbrauen. Dabei krampft sich ihr Bauch zusammen. Was, wenn Ian sie abweist?

Doch zu ihrer Erleichterung lacht er leise. Dieses dunkle, leicht ungläubige Lachen, mit dem er sie entzückt, seit sie ihn zum ersten Mal gesehen hat. Sanft schiebt er ihren Kopf zurück und lässt die Hände über ihre Schultern und Oberarme gleiten.

Alexa kann sich nicht erinnern, wann sich in letzter Zeit etwas so gut angefühlt hat wie Ians Hände auf ihren Armen, sein Atem in ihrem Nacken und seine Haare, die ihr Gesicht kitzeln, als er sich hinunterbeugt und ihr einen Kuss auf die Stirn haucht. Dass Ian bereit ist, ihr Nähe zu geben, lässt sie vor Glück erschaudern. Sie liebt ihn so unglaublich fest, ihren tapferen, stolzen und so verflucht erotischen Mann, der nun ihre Arme anhebt und ihr vorsichtig den Hoodie über den Kopf zieht. Dann setzt er sich neben sie, lässt sie in seinem Blick versinken und nimmt ihr sachte die Brille von der Nase. Alexas Herz wehrt sich gegen zu grosse Hoffnungen, aber es nimmt das Geschenk, das Ian ihm heute Abend macht, dankend an. Als er ihr Gesicht in beide Hände nimmt und sie küsst, schmilzt sie förmlich dahin – und erstarrt.

«Verdammt, Yuna ...» Nach Luft ringend, die

Hände in einer hilflosen Geste von sich gestreckt, in den Augen ein Verlangen, das Alexas Knie noch weicher werden lässt, gibt Ian ein Bild ab, das sie nie mehr vergessen will. Sie weiss, wie sehr er seine Tochter liebt, doch genau in diesem Moment liebt er das Zusammensein mit ihr noch ein bisschen mehr. Alexa schämt sich nicht für die Freude, die sie darüber empfindet.

«Ich gehe schon.» Sie küsst Ian neckisch auf die Wange, was dieser mit einem frustrierten Schnauben beantwortet, und eilt ins Schlafzimmer. Yuna liegt in der Zewidecke und weint laut. «Na, mein Schatz, gönnst du Mamma und Pappa keine Zweisamkeit?»

Yuna streckt die Ärmchen nach ihr aus und tut alles dafür, um wie ein sehr hungriges Baby auszusehen.

Mit einem kleinen Seufzer legt Alexa sich neben sie, schiebt das Shirt hoch und öffnet den Still-BH. «Eigentlich dachte ich, dass ich die Röcke heute für meinen Mann heben würde.» Als Yuna gierig nach ihrer Brustwarze schnappt, beisst Alexa kurz die Zähne zusammen, doch dann beginnt die Milch zu fliessen, und sie entspannt sich. Als sie eine Bewegung an der Tür wahrnimmt, schaut sie auf.

Leise kommt Ian herein, legt sich hinter sie und schmiegt die Arme um ihren Körper. Yuna schenkt ihm ein Lächeln, ohne Mammas Brust loszulassen, und auch Alexa lächelt selig. Auch als Yuna längst satt und wieder eingeschlafen ist, bleiben Ian und Alexa liegen, so, wie sie gerade sind, und tun nichts anderes, als Nähe und Vertrautheit zu geniessen.

«Frohes neues Jahr», flüstert er ihr irgendwann ins Ohr.

«Es ist bestimmt noch nicht Mitternacht», murmelt sie und hört ihn leise lachen.

«Nein, aber wir werden es bestimmt verpassen, also dachte ich, ich gebe dir ein Zeichen, dass ich weiss, dass heute Silvester ist.»

«Hm.» Alexa kämpft darum, die Augen offen zu halten. «Wir haben schon wildere Silvesterpartys gefeiert, nicht wahr?»

«Aber selten lautere», flüstert er und kitzelt mit seinem Atem ihren Nacken.

«Und noch nie kuschligere», flüstert Alexa zurück, bevor ihr die Augen zufallen, und sie sich noch etwas näher an Ian schmiegt.

Januar 2017

Ian spürt Alexas Blick kurz auf sich, bevor sie den jungen Mann anspricht, der neben ihnen auf dem Bahnsteig auch auf den Zug gewartet hat.

«Pouvez-vous m'aider, s'il vous plaît?», bittet sie ihn um Hilfe.

Irritiert schaut er erst von Alexa auf den Kinderwagen und dann zu Ian, doch bevor jemand zu einer Erklärung ansetzen kann, nickt er verständnisvoll. «Ah, c'est le dos, n'est-ce pas? Comme mon père!» Freundlich lächelt er Ian zu.

Ian schweigt. Warum soll er nicht Rückenschmerzen haben? Hauptsache, jemand hilft seiner Frau, den Kinderwagen in den wartenden Zug zu hieven, weil er sich in den letzten Wochen nicht dazu aufraffen konnte, seine Hüfte genügend zu bewegen.

«Attendez.» Eifrig nimmt der junge Helfer Ian den grösseren der beiden Koffer aus der Hand und hebt auch ihn in den Zug.

Ian ist froh, als sie endlich im Erste-Klasse-Wagen sitzen, die Koffer und den Kinderwagen verstaut haben und der Zug losgefahren ist. Er wird Lausanne nicht vermissen, auch wenn es schöne Ferientage waren und der Plan von Alexa und Frau Bischof tatsächlich aufgegangen ist: Er fühlt sich erholter als an Weihnachten und kann sich sogar vorstellen, nächste Woche wieder zur Arbeit zu gehen.

«Was haben Sie daraus gelernt?» Aufmerksam schaut Frau Bischof Ian an.

Er zuckt die Schultern. «Dass ich in die Ferien fahren muss, um eine Depression aufzuhalten?», fragt er zurück.

«Könnte das denn sein?»

«Nein.» Er versucht ein Lachen. «Das wäre dann doch etwas zu einfach. Ich glaube, es war ein Zufall.»

«Sie glauben an Zufälle?»

«Scheint so.» Ian versucht, unauffällig auf die Uhr zu schauen. Er muss pünktlich raus hier, da er gleich anschliessend zur Arbeit fährt. Leider ist noch viel Zeit bis dahin. Also schaut er zurück zu Frau Bischof. «Wenn ich einfach eine Reise machen müsste, um einer Depression zu entkommen, hätte ich das bestimmt früher gemerkt.»

Sie wiegt den Kopf hin und her, was komisch aussehen würde, wenn sie dabei nicht die gewohnte Ernsthaftigkeit an den Tag legen würde. Bei Frau Bischof ist nie etwas komisch oder absurd, das ist es, was Ian an den Gesprächen mit ihr so schätzt. Gespannt wartet er auf ihre nächste Frage. Doch es ist eher eine Feststellung, als sie sagt: «Aber dieses Mal war es so einfach.»

«Und jetzt wollen Sie wissen, was anders war, stimmt's?»

Sie nickt und fragt: «Wie war es denn an Weihnachten? Hat es sich so angefühlt wie die anderen Male, wenn die schwarze Welle anrollte? War es dasselbe? Oder gab es etwas, das anders war?»

Er schaut sie an, und allein ihre Fragen bringen das Gefühl der grenzenlosen Erschöpfung zurück. Er merkt, wie er zusammensackt. «Ich war müde. Ich wollte einfach nur in Ruhe gelassen werden.»

«Kann es sein, dass Sie sich zu viel zugemutet haben?» Frau Bischof macht eine Kunstpause. «Sie sind vor einem halben Jahr Vater geworden. Sie haben eine riesige Erschütterung hinter sich, die Ihre Herkunftsfamilie verändert und ihrem Alltag weitere Herausforderungen gebracht hat. Sie schlafen schlecht und haben abgenommen. Gleichzeitig haben Sie Ihr Arbeitspensum schleichend erhöht. Vielleicht war alles zusammen zu viel für Sie und Ihren Körper.»

«Sie meinen, ich bin einfach zu alt für all das?»

Frau Bischof antwortet nicht.

Ian schaut in die klaren Augen, die ihn aufmerksam mustern. «Wie alt sind Sie eigentlich?», will er wissen.

«Ich?» Frau Bischof schmunzelt. «Kurz davor, pensioniert zu werden.»

«Oh.» Er hat sich noch nie Gedanken darüber gemacht, wie alt seine Psychologin ist, und dass sie irgendwann nicht mehr praktizieren könnte. «Dann muss ich mich beeilen, mit meinem Mist klarzukommen, weil ich bald nicht mehr zu Ihnen kommen kann?»

«Macht Ihnen der Gedanke Angst?»

«Nein. Tut mir leid.»

«Leidtun müsste es Ihnen, wenn es anders wäre.» Frau Bischof lacht und schaut nun ihrerseits auf die Uhr. Dann sagt sie ernst: «Wissen Sie: Ich weiss auch nicht, welchen Einfluss das Wissen um den Missbrauch auf Ihre Depressionen hat. Ich weiss nicht, wie viel es für Sie ändert, dass Ihre Frau eine depressive Phase nicht mehr einfach hinnimmt, sondern sich selbst Hilfe holt. Ob es hilft, dass Ihre Tochter Sie braucht. Aber ich finde es bemerkenswert, dass Sie dieses Mal nicht so tief gefallen sind wie sonst.»

«Und wenn es doch nicht genügt? Wenn ich das nächste Mal so tief falle wie immer?» Wenn Yuna erlebt, wie ihr Vater wirklich ist? Wenn Alexa ihn aufgibt?

Frau Bischof schweigt eine Weile. «Was sind Sie bereit zu tun, wenn es nicht genügt?», fragt sie schliesslich ruhig.

Ian schaut an ihr vorbei.

Auch wenn sie ihn nie drängt, erinnert sie ihn immer wieder daran, dass eine Gesprächstherapie nicht die einzige mögliche Behandlungsmethode für Depressionen ist.

Ian schüttelt den Kopf. Es gibt so viele Dinge in seinem Leben, denen er sich ausgeliefert fühlt. Dass er sich nicht auch noch der Wirkung eines Medikaments ausliefert, ist eine bewusste Entscheidung, die er auch jetzt nicht über den Haufen werfen will. Dann glaubt er lieber daran, dass eine Reise mit seiner Familie Wunder wirken kann! Er schaut auf in die freundlichen Augen seiner Psychologin. «Ich werde mich mit Alexa absprechen, wie ich zu mehr Schlaf kommen kann, auch während der Phasen, in denen Yuna zahnt und schlecht schläft. Ich werde mehr und regelmässiger essen und die Yogaübungen konsequent machen. Sie haben recht: Ich muss besser auf meinen Körper achten, so wie ich es meinen Patientinnen und Patienten empfehlen würde.»

Frau Bischof lächelt und nickt. Bestimmt hat sie gemerkt, dass er weder zu seinem Arbeitsalltag noch zum Konflikt mit seiner Familie etwas gesagt und schon gar nicht ihre letzte Frage beantwortet hat, aber für heute lässt sie ihn vom Haken und beendet die Sitzung pünktlich.

Tobias klopft an die geöffnete Tür des Praxiszimmers und kommt herein, ohne Ians Antwort abzuwarten. «Wie geht es dir?»

Ian vervollständigt erst die Patientenakte vor sich, bevor er sich seinem Chef zuwendet. Tobias' regelmässige Fragen nach seiner Befindlichkeit nerven ihn immer mehr, besonders wenn er sie in einer der kurzen Pausen zwischen zwei Terminen stellt. «Ich war vor der Arbeit bei Frau Bischof», antwortet er knapp.

Tobias' Blick scheint sich in seinen Rücken zu bohren.

Ian unterdrückt den Reflex, die Schultern hochzuziehen. Ruhig legt er die Akte beiseite, steht auf und lehnt sich mit verschränkten Armen an den Korpus. «Frau Bischof hat mir eine Standpauke darüber gehalten, wie schlecht ich auf meinen Körper geachtet habe in den letzten Monaten. Das gibt mir als Körpertherapeut natürlich zu denken.» Er versucht ein Grinsen.

Tobias' Blick bleibt ernst. Er zögert und meint schliesslich: «Ich gebe deiner Psychologin recht, Ian. Und ich bin mir sicher, dass du es selbst weisst: Deine Hüfte könnte zum Problem werden.»

Ian presst die Lippen aufeinander und umfasst die Kante des Korpus' hinter ihm so fest, dass seine Finger schmerzen. «Ich ...», beginnt Ian und hofft, dass Jessy im nächsten Moment ins Zimmer kommen und die Ankunft seiner nächsten Patientin melden wird. Doch sein Wunsch wird nicht erfüllt, und er weiss nicht, wie er den angefangenen Satz zu Ende bringen soll. Ja, er kennt seine körperliche Einschränkung, aber er versteht nicht, weshalb sie gerade jetzt und ganz ohne Vorwarnung zum Thema werden soll.

Tobias schaut an ihm vorbei, als er sagt: «Du wirst dich früher oder später der Frage stellen müssen, ob es nicht doch eine Operation braucht. Das würdest du auch deinen Patienten und Patientinnen sagen.»

Ians Bauch verknotet sich. Nie mehr Klinik, schwor er sich, nachdem er sich von seinem Unfall erholt hatte. Nie mehr hilflos fremden Menschen ausgeliefert sein. Dass er heute weiss, woher diese Angst kommt, macht sie nicht kleiner. Er sagt nichts und wartet darauf, dass Tobias abwiegeln wird.

Doch dieser schweigt.

Kann es sein, dass sein Chef aufgehört hat, an ihn zu glauben? Oder hat sich hinter seiner Grosszügigkeit schon immer Resignation versteckt, und Ian wollte sie einfach nicht sehen? Warum macht Tobias nun, wo es Ian gelungen ist, die Depression aufzuhalten, seine Hüfte zum Problem?

Mit einer heftigen Bewegung drückt er sich vom Korpus weg, wie um sich und Tobias zu beweisen, dass er die nötige Energie hat, um hier zu arbeiten. «Ich werde darüber nachdenken», sagt er mit fester Stimme, obwohl er sich fast verschluckt an den Worten, und schaut Tobias dabei in die Augen.

Dieser belohnt ihn mit einem Lächeln, das aber seine Augen nicht zu erreichen scheint. «Das ist gut.»

Und jetzt stimmt das Timing. Jessy streckt in dem Moment den Kopf ins Zimmer und überreicht Ian die Akte der nächsten Patientin.

Ian nimmt sie entgegen, und Tobias verlässt den Praxisraum.

«Alles in Ordnung zwischen euch?» Jessy bleibt an der Tür stehen und sieht Ian stirnrunzelnd an.

Ian schaut in ihre fast schwarzen Augen und entscheidet sich dafür, Jessy eine ehrliche Antwort zu geben: «Ich habe keine Ahnung. Aber es fühlt sich eigentlich nicht so an.»

Jessy räuspert sich, schaut über die Schulter zurück und kommt dann einen Schritt näher. «Weisst du, was ich glaube?», flüstert sie. «Der Chef hat Liebeskummer!»

«Oh ...» Ian runzelt die Stirn und macht seinerseits einen Schritt von Jessy weg. «Das tut mir leid. Aber ... Ich glaube nicht, dass das der Grund für seine – Kritik war.»

Jessys Blick wird noch eine Spur intensiver. Sie streckt den Rücken durch, wirft den Kopf leicht in den Nacken und sagt: «Ich finde nicht, dass er dich kritisieren sollte. Ich finde ...» Sie atmet tief durch. «Ich finde es bewundernswert, was du in den letzten Monaten alles geschafft hast. Du hast nie gefehlt, deine Patientinnen und Patienten sind immer zufrieden, und – du sprichst mehr mit uns.»

Erstaunt schaut Ian die Kollegin an. Schliesslich lächelt er. «Danke, Jessy.»

Auch auf ihrem Gesicht erscheint ein Lächeln, bevor sie sich umdreht und rasch aus dem Zimmer geht.

Ian schaut ihr nach. Was für ein Nachmittag! Was Alexa wohl sagen wird zu den Rückmeldungen, die er heute erhalten hat? Er freut sich darauf, ihr alles zu erzählen und hoffentlich zu hören, dass er Jessys Worten Glauben schenken und diejenigen von Tobias und Frau Bischof nicht allzu ernst nehmen solle.

Ian gönnt sich drei tiefe Atemzüge. Dann öffnet er die Patientenakte und konzentriert sich auf seine Arbeit.

«Nun komm schon, mach den Mund auf», lockt Ian, doch seine Tochter schaut ihn nur verschmitzt und mit fest verschlossenem Mund an. Er hat keine Zeit für ihre Spiele, eigentlich hat er nicht einmal Zeit, sie zu füttern, aber er geniesst das Zusammensein mit ihr so sehr und hat viel zu wenig davon.

Alexa steht neben dem Herd und füllt Reis und Gemüse in eine Dose. Sein Mittagessen, das er sich später in der Küche der Praxis wärmen wird. Er hat eingesehen, dass er genug essen muss, um bei Kräften zu bleiben, auch wenn ihm noch immer vieles auf den Appetit schlägt.

«Yuna hat gesehen, dass du die Vitamintropfen auf den Löffel gegeben hast», sagt Alexa mit einem amüsierten Schmunzeln.

«Na und? Du meinst doch nicht, dass sie deswegen den Mund nicht öffnet?»

«O doch, das meine ich! Sie hasst die Dinger.»

«Schon, aber sie weiss doch nicht, dass es einen Zusammenhang gibt zwischen diesem Fläschchen und dem bitteren Geschmack im Mund.»

«Weiss sie nicht?» Alexa stellt sich hinter ihre Tochter und kitzelt sie sanft am Kinn.

Yuna lächelt, aber ihr Mündchen bleibt geschlossen.

Lachend küsst Alexa sie auf den Hinterkopf. «Natürlich kennst du den Zusammenhang, nicht wahr? Dein Pappa arbeitet zu viel, deshalb weiss er gar nicht, was du schon alles kannst!»

Alexas Worte mögen neckisch klingen, aber das nimmt Ian ihr nicht ab. «Weisst du, Yuna», sagt er, den Ärger in der Stimme mühsam unterdrückend, «vielleicht sollte deine Mamma auch wieder ausser Haus arbeiten, dann hätte sie weniger Zeit, sich

Sorgen um deinen Pappa zu machen.»

Alexa hat die Augen zusammengekniffen und die Unterlippe eingesogen, offenbar bemüht, eine passende Antwort zu geben, ohne vor ihrem Kind zu explodieren.

Yuna nutzt die Gunst des Moments und schlägt Ian mit einem kräftigen Schlag den Löffel aus der Hand. Brei spritzt über den Tisch, den Boden und über Ians Shirt. Yuna jubelt.

Ian springt auf.

Einen Moment lang schauen er und Alexa sich an, unentschlossen, welche Baustelle wichtiger ist, dann dreht Alexa sich abrupt um und holt einen Lappen aus der Spüle. Er sieht, wie sich ihr Rücken hebt und senkt, dann plötzlich wirbelt sie herum. Ihre Augen sprühen Funken, als sie den Lappen auf den Tisch knallt.

«Wie kannst du es wagen, mir so wichtige Dinge indirekt über unser Kind mitzuteilen!» Offenbar hat sie kein Problem mehr damit, vor Yuna laut zu werden. «Sag mir gefälligst ins Gesicht, wenn dir unsere Lebenssituation nicht passt!»

Du hast angefangen! Ian schluckt die Worte hinunter. «Vergiss es», sagt er stattdessen. «Ich ziehe mich jetzt um, und nachher gehe ich zur Arbeit. Dann können Yuna und du das mit dem Brei und dem Vitamin D machen. Ihr könnt das ja so gut!»

«Und danach räumst du auch schön die Küche auf, Schatz? Verflucht, Ian, was soll das?», ruft Alexa ihm nach, während er nach oben eilt.

Mit fliegenden Fingern zieht er Shirt und Hose aus, schleudert sie in den Wäschekorb und angelt im Schrank nach neuen Kleidern. Sein Herz schlägt schmerzhaft, als er sich wieder anzieht und sein Aussehen vor dem Spiegel kontrolliert. Wie kann

Alexa es wagen, ihm vorzuwerfen, er sei ein schlechter Vater!

Sie steht im Flur, die Dose mit seinem Mittagessen in der Hand, als er in sauberen Kleidern die Treppe hinunterkommt. Wortlos nimmt er sie ihr aus der Hand, schlüpft in die Jacke und geht aus dem Haus, ohne sich von seiner Familie zu verabschieden. Viel zu laut heult der Motor des Autos auf, als er ihn startet, und beim Wenden streift er beinahe den Gartenzaun. Ian flucht und geht vom Gas. Langsam und mit zusammengebissenen Zähnen zählt er bis zehn, dann fährt er los und richtet die Gedanken auf die Arbeit, die vor ihm liegt.

Als er sechs Stunden später das Auto wieder vor dem Häuschen parkt, fühlt er sich erschöpft. Der Nachmittag war streng und liess ihm keine Zeit zum Nachdenken. Dass er sich keine Blösse geben wollte, als er Tobias half, einen übergewichtigen Patienten vom Rollstuhl auf die Liege und zurück zu heben, nimmt ihm seine Hüfte übel. Mit Mühe steigt er aus dem Auto und hält sich erst eine Weile an der Tür fest, bevor er sie zuschlägt und aufs Gartentor zugeht. Doch der Schmerz kann ihn so kurz vor der Begegnung mit Alexa nicht mehr von den nagenden Fragen ablenken. Ist sie ihm noch böse? Waren es nur Emotionen, die heute Mittag hochkochten, oder hat sich sein unübersichtliches Feld an Problemen gerade um eines vergrössert? Ian weiss nicht einmal, ob er Alexa noch böse ist. Eigentlich ist er zu müde dazu, doch der Ärger über ihren Vorwurf könnte jederzeit wieder hochkommen. Bei der Verandatreppe angekommen, fährt er sich durch die Haare und wirft einen sehnsüchtigen Blick auf die Fensterbank. Doch es liegen keine Zigaretten mehr dort, seit Alexa Besuch von Müttern und Kindern aus dem Dorf bekommt. Natürlich könnte er sich auch ohne Zigarette auf die Verandabank setzen und seinem Körper und dem Gedankenkarussell eine Auszeit gönnen, aber die Gefahr, dass er danach nicht mehr aufsteht, scheint ihm zu gross. Wünsch mir Glück, Ida, denkt er mit einem Blick Richtung Himmel und drückt entschlossen die Tür des Häuschens auf.

Ein dezenter Knoblauchduft empfängt ihn, der überlagert wird von weniger dezentem Hardrock-Sound. Alexa hört Musik? Ihre Musik, nicht die Kinderlieder, die sie Yuna manchmal aus Pflichtgefühl abspielt.

Ian hat keine Ahnung, ob das ein gutes oder ein schlechtes Zeichen ist! Vorsichtig geht er ins Wohnzimmer.

Alexa sitzt am Tisch, vor sich den Laptop und einen Bogen Papier. Yuna unterhält sich im Laufgitter mit ihrem Hasen.

«Hei!», ruft Ian.

«Oh, hei!» Alexa drückt den Off-Knopf ihrer Musikbox und wirft ihm ein leicht schuldbewusstes Lächeln zu.

Erleichtert lächelt er zurück.

Als Yuna ihn sieht, zieht sie sich an den Stäben des Laufgitters hoch und greint.

Ian geht vor ihr in die Hocke, den Schmerz, der durch seine Hüfte zieht, ignorierend, und schaut seine Tochter durch die Stäbe an. «Was hast du denn angestellt, dass sie dich eingebuchtet haben?»

Yuna greift an sein Gesicht und lacht, als sie seine Nase erwischt. Doch dann streckt sie beide Hände nach ihm aus, steht auf die Zehenballen und beginnt wieder zu jammern.

Ian schaut hilfesuchend zu Alexa. «Hebst du sie

bitte aus dem Gitter für mich?»

«Was hast du denn angestellt, dass du dich nicht mehr bücken kannst?», fragt sie, doch es ist ein gutmütiger Spott in ihrer Stimme. Offenbar hat sie keine Lust, den Streit fortzusetzen.

Ians Erleichterung darüber ist grösser, als er gedacht hätte.

Alexa wartet, bis er sich aufs Sofa gesetzt hat und setzt ihm Yuna dann auf den Schoss.

Diese schlingt mit einem kleinen Seufzer die Ärmchen um seinen Hals, und er schmiegt das Gesicht an ihren Kopf. Dann schaut er auf und sucht Alexas Blick.

Sie lächelt. «Hast du Hunger?»

«Hast du gekocht?», fragt er zurück.

Sie grinst. «Beinahe. Ich habe kochen lassen!» Mit tänzelnden Schritten verschwindet sie in die Küche.

Ian ist sich plötzlich nicht mehr sicher, ob Erleichterung das richtige Gefühl für diesen Abend ist. Etwas ist im Busch, und er hat keine Ahnung, was es sein könnte. Yuna zappelt, und Ian stellt sie vorsichtig auf den Boden. Sie hält sich an seinen Knien fest und schaut zu ihm hoch. Ihre zu Beginn so blauen Augen haben angefangen, die Farbe zu wechseln. Sie sind nicht ganz so braun wie die von Alexa, werden es aber vermutlich irgendwann sein. Ian ist froh, dass seine Tochter ohne das auffällige Merkmal seiner Familie durchs Leben gehen kann. Die Menschen werden Yuna zweimal in die Augen schauen müssen, bis ihnen auffällt, wie schön sie sind.

Obwohl er am liebsten den Kopf auf die Sofalehne legen und einfach auf Alexas Essensüberraschung warten möchte, nimmt er das Pappbilderbuch, das neben ihm auf dem Sofa liegt, und öffnet es. «Schau, Yuna, wo ist der Hund?» Er zeigt seiner Tochter Tiere und Fahrzeuge und schreckt auf, als Alexa von der

Küchentür her plötzlich fragt:

«Was ist eigentlich mit den Pferden?»

«Pferde? Hester.» Automatisch übersetzt Ian das Wort für Yuna auf Norwegisch und zeigt auf das entsprechende Bild im Buch.

Alexa geht zum Tisch und räumt die Papiere, die darauf ausgebreitet sind, zusammen. «Deine Reittherapie. Die Pferde, die du kaufen wolltest. Ich als deine Buchhalterin. Erinnerst du dich?»

«Vage», antwortet Ian zerknirscht. Er erinnert sich ungern an die gloriose Idee vom letzten Jahr, die so sang- und klanglos in seiner Unentschlossenheit unterging.

«Viel mehr als vage wurde sie ja auch nie», streut Alexa Salz in die Wunde. Aber dann verschwindet sie wieder in der Küche und kommt mit einer Platte Pitas zurück. Beim zweiten Mal trägt sie eine Schüssel mit einer herrlich duftenden Sauce ins Wohnzimmer und stellt sie auf den Esstisch.

«Wir essen im Wohnzimmer?», wundert sich Ian. «Feiern wir etwas?»

«Mal sehen.» Alexa nimmt ihm Yuna ab und setzt sie in den Kinderstuhl.

Ian setzt sich neben seine Tochter und beginnt, für sie ein Fladenbrot in mundgerechte Stücke zu reissen. «Sophia war also hier», stellt er fest.

Noch immer kommt Annes und Magnus' Haushälterin regelmässig ins Häuschen, um es gründlich zu reinigen. In der Villa gibt es kaum noch etwas zu tun für sie.

«Nein, wir waren in der Villa.»

Etwas im Unterton von Alexas Stimme lässt Ian aufschauen. Er folgt der stummen Aufforderung in ihren Augen und fragt: «Was habt ihr in der Villa gemacht? Ausser Sophia dazu gebracht, in Helenas alten Kochbüchern zu wühlen und für uns nach dem geheimem Familienrezept zu kochen?»

«Sie musste nicht wühlen, sie kann das auswendig.» Sorgfältig tunkt Alexa ein Stück Pita in die Sauce und lässt sich Zeit, es in den Mund zu stecken und zu kauen.

Ian wartet und hindert Yuna nicht daran, Brotstücke vom Tisch auf den Boden zu wischen.

Alexa schluckt den Rest Pita runter und spült mit einem grossen Schluck Wasser nach. Ihre Augen sind unergründlich, als sie Ian direkt anschaut und sagt: «Ich habe darüber nachgedacht, was du gesagt hast. Dass ich wieder ausser Haus arbeiten soll, statt mich um dich zu sorgen. Ich weiss nicht, wie du dir das vorstellst, aber du hast recht: Es tut mir nicht gut, nur im Häuschen zu sitzen, durch den Wald zu spazieren und darauf zu warten, dass mein Ehemann von der Arbeit nach Hause kommt. Ich habe wirklich versucht, mich in die Welt der Mütter im Dorf einzugliedern, aber sie sind entweder viel jünger als ich oder dann – ich weiss nicht … Ich interessiere mich einfach nicht so für andere Eltern und Kinder. Es ist so ähnlich wie damals, als ich für ein paar Monate im Turnverein war: Nach einigen Treffen weiss man mehr, als man je über diese Menschen wissen wollte. Das ist nichts für mich.»

«Und Lena?», wirft Ian ein.

Alexa lächelt. «Ja, du hast recht, Lena ist immer noch toll. Aber sie hat fünf Kinder und ungefähr drei Millionen ehrenamtliche Aufgaben, für die sie mich regelmässig gewinnen will.» Sie zuckt die Schultern. «Irgendwie auch nicht mein Ding …» Sie schaut vor sich hin auf Idas schöne Tischdecke, die sie zur Feier des Tages hervorgeholt hat.

Ian versteht noch immer nicht, was sie eigentlich

feiern will.

Bevor er nachfragen kann, schaut Alexa wieder auf. «Ich habe genug davon, atemlos darauf zu warten, ob dich eine depressive Phase, ein Flashback oder deine kaputte Hüfte als nächstes von den Füssen reisst, Ian. Und da ist mir die Idee wieder eingefallen mit ...»

Vor Ian tut sich der Abgrund auf. Seit sie aus Lausanne zurück sind, ist es ihm gelungen, ihn zu umgehen, und er hat begonnen zu glauben, dass er an Macht verloren hat. Und nun das: Alexa wartet darauf, dass er fällt. Sie glaubt nicht daran, dass er es schaffen wird. Sie glaubt, dass er vergeblich kämpft.

Ians Blick schweift zu Yuna, die ihm mit einem verschmitzten Lächeln ein Stück zerkautes Pitabrot entgegenstreckt.

«Ian? Hörst du mir zu?»

Er schaut Alexa nicht an. «Nein.»

«Nein?»

Er schluckt. «Doch. Sprich weiter.» Er wird weiterkämpfen! Für seine Tochter und ihr Lächeln. Er wendet sich Alexa zu und sucht ihren Blick.

Sie schmunzelt, legt eine Hand auf seinen Arm und streichelt zärtlich darüber. «Ich weiss, dass du müde bist nach deinem Arbeitstag, aber ich möchte, dass du mir zuhörst!» Bereits funkeln ihre Augen wieder übermütig. Hat sie wirklich nicht gemerkt, wie tief ihre Worte ihn getroffen haben?

Ian nimmt die streichelnde Hand und legt sie neben seinem Arm auf den Tisch. «Erzähl es mir noch einmal. Von welcher Idee sprichst du?»

«Von deiner Idee mit den Pferden im Garten des Häuschens! Mir ist eingefallen, dass Magnus mir erzählt hat, er hätte Pläne dazu gezeichnet.»

«Was hat Magnus?»

«Offenbar habt ihr mal zusammen den Grundstückplan studiert.»

Ian erinnert sich daran. Es war ein seltsamer Nachmittag mit seinem Vater, und danach haben sie nie mehr darüber gesprochen. Dass Magnus offenbar weiter darüber nachgedacht hat, erschüttert Ian.

«Also habe ich mir die Pläne angesehen.»

«Aber ... Magnus und Anne sind immer noch in Oslo. Wie bist du an die Pläne gekommen?»

Alexa grinst. «Irgendein kluger Mensch hat mal ein Gerät erfunden, mit dem man sogar mit Menschen sprechen kann, die in Norwegen sind.»

«Du hast ihn angerufen?»

Alexa grinst. «Genau, und er hat mir gesagt, wo die Pläne sind, und dann sind Yuna und ich in die Villa spaziert. Sophia war begeistert, dass sie Yuna hüten durfte und hat so ganz nebenbei einen Berg Pitas und Helenas Geheimsauce für uns gemacht.» Ihre Augen blitzen vergnügt auf. «Ich hatte einen Riesenspass mit diesen Plänen. Schau mal!» Sie springt auf und legt die Papiere, die zusammengerollt auf dem Stuhl neben ihr lagen, auf dem Fussboden aus.

Yuna fällt fast aus dem Kinderstuhl, als sie sich nach dem Rascheln umdreht, und Ian legt ihr schnell eine Hand auf die Schulter.

«Magnus hat tatsächlich ein Stallgebäude für zwei Islandpferde entworfen und dem Häuschen einen Anbau für ein grosses Büro angefügt!» Alexa lacht und scheint nichts zu merken von Ians steigender Irritation.

Sein Vater hat weiter an dem Plan zur Umgestaltung ihres Grundstücks gearbeitet? Seine Frau freut sich darüber wie ein Kind?

Yuna schaut ihre Mutter fasziniert an, als würde sie etwas ganz Neues sehen. Und so ist es wohl auch.

Wann hat Alexa das letzte Mal so gesprüht vor Lebenslust? Es muss vor Idas Tod gewesen sein.

«Hier wäre ein kleiner Rundplatz. Am Rand steht die Bemerkung, dass es vielleicht möglich wäre, das Grundstück zu vergrössern, da die Gemeinde sowieso neues Bauland einzont. Ich müsste da mal mit meinem ehemaligen Chef reden.» Wieder lacht sie übermütig auf.

«Alexa.»

«Ja?» Sie schaut auf, lächelt zuerst Yuna zu und schaut dann Ian in die Augen.

«Du weisst, dass wir keine Pferde haben werden, oder?»

Sie senkt den Blick nicht, beisst sich nur kurz auf die Lippen. Dann nickt sie knapp. Ohne die Pläne wegzuräumen steht sie auf und kommt zurück an den Tisch.

Schweigend essen sie weiter. Zu Ians Erstaunen scheint es weder ein vorwurfsvolles noch ein resigniertes Schweigen zu sein. Hat Alexa gar nicht gehört, was er gesagt hat? Oder spielt es für sie keine Rolle mehr, was er sagt? Er konzentriert sich auf Yuna, deren Augen immer schwerer werden, und die ihm glücklicherweise bald einen Grund gibt, den Tisch zu verlassen und sie ins Bett zu bringen. Er lässt sie selbstständig die Treppe hochkrabbeln und folgt ihr mit zusammengebissenen Zähnen.

Trotz Yunas offensichtlicher Müdigkeit ist das Einschlafritual heute Abend eine langwierige Sache. Immer wenn Ian aus dem Zimmer schleichen will, beginnt sie zu jammern, und immer wieder ist er versucht, einfach neben ihr liegenzubleiben. Doch er weiss, dass seine Frau auf ihn wartet, und heute soll sie nicht vergebens warten. Sie soll wissen, dass er immer noch aufrecht steht.

Alexa hat die Papiere auf den Tisch gelegt und den Laptop daraufgestellt. Noch einmal durchforstet sie das Internet nach Ideen, die zu Magnus' Plänen passen könnten. Keine Pferde, keine Reittherapie, das wusste sie schon heute Nachmittag. Wie soll Ian sich um Pferde kümmern, wenn er schon hinkend von der Arbeit nach Hause kommt? Sie selbst mag sie nicht einmal. Alpakas scheinen die Tiere der Stunde zu sein, aber Alexa hat weder Lust auf Trekking noch auf Wollproduktion.

«Wir könnten auch einfach dreihundert Wildbienenhotels aufstellen, dann wäre immerhin Oma Regina glücklich», schimpft sie laut vor sich hin.

Von der Tür kommt Ians leises Lachen.

Alexa schaut auf und kann nicht anders, als ihn anzulächeln, so liebenswert und sexy sieht er aus in seiner verstrubbelten Müdigkeit.

«Kaninchen?», schlägt er vor, dreht einen Stuhl, sodass er die Arme auf die Lehne stützen kann, und setzt sich neben Alexa.

«In diesen Stall passen locker etwa fünfzig Riesenkaninchen», antwortet sie in gespielter Verzweiflung. «Aber was machen wir mit dem Bürogebäude? Ein Wettbüro für Kaninchenrennen?»

«Rennschweine!» Ian schaut sie so begeistert an, dass Alexa tatsächlich einen Moment lang glaubt, er meine es ernst. Doch dann sacken seine Schultern nach unten, und er streicht sich die Haare aus der Stirn. Er schüttelt den Kopf. «Wir brauchen einen neuen Traum, Alexa. Einen gemeinsamen. Das hier ...» Er lässt die Hand über dem Plan schweben und lässt sie schliesslich darauf fallen. «... war mein Versuch, etwas zu ändern. Und es war Magnus' heimlicher Versuch, mich dabei zu unterstützen. In der Zwischenzeit ...» Ians Stimme verliert sich im Raum, genauso wie sein Blick.

«In der Zwischenzeit habt ihr etwas ganz anderes geschafft», sagt Alexa leise. Sie lässt ihm Zeit, sich zu fassen, und denkt dabei über seine Worte nach: Wir brauchen einen neuen Traum. Einen gemeinsamen Traum. «Mein Traum war es immer, mit dir glücklich zu sein», sagt sie leise. «Einen anderen hatte ich nicht.» Ihr Magen scheint sich verknotet zu haben. Es fühlt sich erbärmlich an, diese Worte zu sagen, aber sie sind nun mal wahr. Seit ihrer Teenagerzeit hat sie keinen anderen Traum gehabt, als an Ians Seite seinen Depressionen zu trotzen.

«Bereust du es?» Ein Blick in Ians Augen zeigt Alexa, dass er aus seinen dunklen Erinnerungen zurück und wieder ganz bei ihr ist.

«Was?»

«Das Leben an meiner Seite.»

«Nein!» Die Antwort kommt schnell und sicher, doch die nächsten Worte wählt sie sorgfältig. «Aber ich fürchte, ich werde es bereuen, wenn ich mir jetzt keine Gedanken mache.»

Ian scheint die Luft angehalten zu haben, jedenfalls atmet er hörbar aus. Er legt eine Hand auf die ihre. «Und was heisst das?», fragt er mit belegter Stimme.

«Keine Ahnung!» Alexa zieht die Hand weg und fegt dabei beinahe den Laptop vom Tisch. Sie lässt den Kopf auf die Tischplatte fallen und murmelt: «Ich bin nicht gut im Träumen.»

«So ein Blödsinn!»

«Hm?» Ohne aufzuschauen wartet Alexa auf Ians Antwort.

«Du bist die Beste im Träumen! Ohne deinen Traum vom Glück und einem normalen Leben hätte ich doch längst aufgegeben. Ohne deinen Traum wäre unser Kind nie geboren worden. Wenn jemand Träume wahr werden lassen kann, dann du.»

Alexa fühlt Ians Hand, die sanft über ihren Rücken streichelt. «Mehr», murmelt sie und hört wieder sein leises Lachen, als er aufsteht und anfängt, ihre Schultern zu massieren.

Doch dann hört er damit auf. Er nimmt sie an der Hand, führt sie die Treppe hinauf und am Schlafzimmer, in dem Yuna schlummert, vorbei ins Gästezimmer, wo sie tun, was sie im letzten Jahr viel zu wenig getan haben.

«Das kommt schon ziemlich nahe an das heran, wovon ich träume», entfährt es Alexa irgendwann atemlos.

Ians Antwort besteht aus Küssen, die sie mit Leichtigkeit davon überzeugen, dass jetzt nicht der Moment für weitere Diskussionen ist.

Er liegt auf dem Rücken, die Arme hinter dem Kopf verschränkt. Alexas Kopf liegt auf seiner Brust, einen Arm hat sie um seine Hüfte geschlungen. Lang fallen die Haare über ihren nackten Rücken. Ihr Atem geht tief und ruhig.

Vorsichtig löst Ian die Arme unter dem Kopf und legt die rechte Hand auf Alexas Rücken. Ganz unten, dort, wo dieses sexy Grübchen ist, in das er nun seine Fingerspitzen legt. Er zügelt sich und hält die Finger ruhig. Alexa soll schlafen, am besten den ganzen Rest der Nacht oder doch zumindest, bis Yuna nach ihr ruft.

Es ist ungewohnt, ohne ihre Tochter im Bett zu liegen. Vielleicht ist das der Grund, weshalb Ian nicht einschlafen kann. Vielleicht ist es aber auch bloss der Hormoncocktail, der durch seinen Körper rauscht. Er hebt den Kopf leicht an, küsst Alexa auf die Haare und atmet tief ihren Duft ein. Sein Körper hat sich daran erinnert, dass er erwachsen ist und dass er die Berührungen genau dieser Frau über alles liebt. Wieder einmal hat Alexa ihm die Zeit gelassen, die er braucht, und vielleicht hat sie recht: Vielleicht fängt genau so ihr neuer Traum an.

Ich schaue etwas verlegen an Ian vorbei, doch er teilt meine Befangenheit nicht. Ein herausforderndes Lächeln liegt auf seinem Gesicht, und ich weiss wieder einmal sehr genau, weshalb Alexa sich in ihn verliebt hat, und vielleicht auch, weshalb sie nie mehr von ihm loskommen wollte.

«Was war es, was euch ursprünglich von einer gemeinsamen Zukunft träumen liess?», spreche ich aus, was mir durch den Kopf geht. «Was hat euch durch die dunkle Zeit nach deinem Unfall getragen? Warum konnte die schwarze Welle Alexa nicht davon abhalten, mit dir zusammen zu sein, und woher hast du die Kraft genommen, weiterzumachen?»

Ian gibt die denkbar naheliegendste Antwort: «Liebe.» Er scheint meine Skepsis zu bemerken und ergänzt: «Nicht nur die Liebe zwischen Alexa und mir. Auch Idas Liebe zu uns. Die Liebe, die aus Doris' Freundschaft zu Alexa wuchs. Und ...» Er zögert. «Und die Liebe meiner Familie.»

Unterwegs

Juni 1996

Ida schnappte leise nach Luft, als sich das Tor zur Villa lautlos vor ihr öffnete. «Und jetzt kann ich einfach hier durchfahren?», fragte sie und suchte im Rückspiegel nach Ians Blick.

Er nickte aufmunternd.

Vor Aufregung liess Ida die Kupplung zu früh los, und ihr alter Citroën hüpfte buchstäblich in den Vorgarten der Skogstad Villa. Regina auf dem Beifahrersitz schrie leise auf, Ida kicherte nervös, und Alexa vergrub den Kopf an Ians Hals. Er spürte, wie ihr Körper vor Lachen vibrierte.

Sie war stolz und glücklich, dass Magnus ihr angeboten hatte, ihre Maturafeier in der Villa abzuhalten. Ians Familie würde hier sein, Regina und Ida und natürlich Doris. Alexa hätte noch mehr Freundinnen einladen dürfen, aber sie wollte nicht. «Die anderen aus meiner Klasse feiern auch mit ihren Familien», hatte sie gesagt. Ian wusste nicht, ob es normal war, dass Alexa während der Zeit am Gymnasium kaum Zeit für Freundschaften ausserhalb der Schule gehabt hatte, doch es schien sie nicht zu stören. «Es genügt mir, wenn ich dich habe», sagte Alexa immer, «und Doris!»

Ida hatte das Auto mitten auf der Einfahrt abgestellt und schaute sich nun nervös zu Ian um. «Kann ich hier …»

«Ja, Ida, alles gut.» Ian lächelte ihr zu, schnallte sich ab und stieg aus dem Auto. Er würde sie bitten, ihm den Autoschlüssel zu geben und ihn an einen von Magnus' Chauffeuren weitergeben, der den Wagen richtig einparken würde. «Warte!» Die Aufforderung war an Alexa gerichtet, die damit kämpfte, in ihrem Kleid aus dem Auto zu steigen.

Sie hatte das massgeschneiderte, bodenlange, rote Kleid von Bruno und Noomi aus Kenia zugeschickt bekommen. Erst hatte sie sich gesträubt, es anzuziehen, da sie nicht overdressed sein wollte, doch schliesslich hatte sie Ians Blicken und Idas Komplimenten nicht widerstehen können. Und so trug sie, die während vier Jahren in Jeans und unauffälligen T-Shirts und Pullis das Gymnasium besucht hatte, heute ein Kleid, das alle Blicke auf sich zog. Es umschmeichelte ihre Figur, und die Hochsteckfrisur, die Saskia ihr gemacht hatte, betonte Alexas langen, schmalen Hals. Doch nicht einmal Ians Schwester hatte sie dazu bringen können, Schuhe mit Absatz zu tragen, und so lugten unter dem Saum des Kleides flache, schwarze Schnürsandalen hervor. Zusammen mit den paar wilden Locken, die sich aus der Frisur gelöst hatten, liessen sie Alexa gleichermassen elegant und ungestüm aussehen, was Ians Herz jedes Mal, wenn er sie ansah, beinahe schmerzhaft klopfen liess. Wie konnte es sein, dass diese atemberaubende Frau das Mädchen an seiner Seite war?

Er war fast geplatzt vor Stolz, als Alexa vor einer Stunde die Auszeichnung für eines der besten Maturitätszeugnisse ihres Jahrgangs entgegengenommen und ihm mit roten Wangen und einem stolzen Lächeln von der Bühne aus zugewinkt hatte. Er war während der Jahre am Gymnasium ihr geheimnisvoller Langzeitfreund gewesen, und natürlich hatten sich ihre Klassenkameradinnen nun nach ihm umgedreht. Doch was immer sie gedacht und getuschelt hatten: Ian wusste, dass dieses Mal nicht er Alexas Trophäe war, sondern sie die seine. Niemand in diesem Saal hatte eine klügere, grossherzigere und hinreissendere Freundin als er!

Er konnte gar nicht anders, als sie nun in eine feste Umarmung zu ziehen, nachdem er ihr galant aus dem Auto geholfen hatte.

Alexa lachte. «Zerknüll mir nicht mein Kleid, ich muss noch vom Balkon winken!»

«Keine Sorge, Prinzessin, ich glaube, wir haben alle Paparazzi abgehängt, der Tag gehört uns», sagte er ernst und wollte ihr den Arm reichen, doch sie legte den ihren um seine Hüfte und schmiegte sich an ihn. Ian spürte der Gänsehaut nach, die ihre Berührung an seinem ganzen Körper verursachte, und fragte sich, ob sie vielleicht erst einen Zwischenstopp in seinem Zimmer einlegen könnten, bevor die Feier begann. Doch dann sah er Anne und Magnus, die auf der grossen Vortreppe auf ihre Gäste warteten. Es führte kein Weg an einem offiziellen Beginn dieser privaten Feier vorbei.

Helena hatte sich selbst übertroffen mit dem griechischen Apérobuffet, das sie auf der Terrasse aufgebaut hatte. Nachdem alle den ersten Appetit gestillt und auf Alexas Auszeichnung angestossen hatten, hielt Magnus eine kleine Rede darüber, wie stolz er auf Ians Freundin sei. Saskia rief dazwischen, dass er das unbedingt sein müsse, schliesslich habe keines seiner Kinder einen solchen Abschluss hingelegt. Ian sah, wie Alexa leicht betreten zu Marit schaute, doch seine ehrgeizige Schwester lächelte entspannt zurück. Niemand aus seiner Familie wollte Alexa jemals ein schlechtes Gefühl geben, dafür waren sie alle viel zu erstaunt und glücklich darüber, wie sie mit ihm durch die depressiven Phasen der letzten Jahre gegangen und scheinbar unversehrt daraus hervorgekommen war.

Ian hatte wieder einen Arm um sein Mädchen geschlungen und dachte gerade, dass er ihn den Rest des Tages nicht mehr wegnehmen würde, als Doris sich zwischen sie drängte.

«Tut mir leid, schöner Prinz, ich brauche kurz dieses Trollmädchen, das es gewagt hat, sich als Prinzessin zu verkleiden!»

«Bitte sehr.» Ian trat einen Schritt zur Seite, peinlich berührt von Doris' Hand auf seiner Schulter. Die Nonchalance von Alexas Freundin würde ihm wohl immer fremd bleiben.

«Hier, bitte schön!» Doris überreichte Alexa ein kleines, weich aussehendes Geschenk.

Alexa warf ihr einen leicht irritierten Blick zu. «Du schenkst mir etwas zur Matura?»

«Mehr zu den Ferien», lachte Doris. «Ich gehe schliesslich davon aus, dass dein Jetset-Junge hier dich nach dieser Topleistung mindestens zu einem Trip auf die Malediven einlädt!» Auffordernd schaute sie Ian an.

Er schüttelte nur den Kopf.

«Bahamas?»

Ihr freches Grinsen brachte ihn nun doch zum Lachen. «Du täuschst dich mehr, als du dir vorstellen kannst, Doris», sagte er und erntete einen sehr neugierigen Blick von Alexa. Er deutete auf das Geschenk. «Eines nach dem anderen. Nun schau schon nach, was Doris für einen Trip auf die Malediven für notwendig erachtet.»

Es war ein Bikini, den Alexa mit geröteten Wangen auspackte. Schwarz, mit pinkem Totenkopfmuster, Neckholder-Oberteil und hochgeschnittenem Höschen, wie alle gut sehen konnten, da Doris es in die

Höhe hielt.

Alexa griff danach und versteckte alles hinter ihrem Rücken. «Du bist blöd!», beschied sie der Freundin. «Du weisst, dass ich keine Bikinis trage.»

Ian entging der verlegene Blick nicht, den Alexa dabei Ida zuwarf. Es ging nicht nur um den Bikini an sich, sondern auch darum, dass das Design unmöglich dem Geschmack ihrer Grossmutter entsprechen konnte.

Ida liess jedoch keine sichtbare Reaktion erkennen, und Doris kümmerte sich nicht um Alexas offensichtliches Unbehagen, sondern verkündete: «Das war, bevor du Maturitätsreife erreicht hattest und bevor du in diesem umwerfenden Kleid auf einer Bühne gestanden bist. Die Zeit ist reif für dich einzusehen, dass nicht nur der Mann an deiner Seite gut aussieht, sondern du ihn längst eingeholt hast. Die Welt will dich sehen, Trollmädchen!» Sie warf Ian einen herausfordernden Seitenblick zu, den er mit einem Daumen hoch beantwortete. Doris nickte zufrieden und ergänzte: «Und sag mir nicht, dass dir das Teil nicht gefällt!»

Alexas Grinsen verriet sie.

Saskia begann erst zu klatschen und nahm Alexa dann am Arm. «Zeit für eine Abkühlung im Pool. Komm schon!»

«Stopp!» Ian ging dazwischen. «Alexa zieht dieses Kleid erst aus, wenn ich mit ihr allein bin», raunte er seiner Schwester zu und sagte laut: «Natürlich hat Doris nicht nur recht, dass Alexa eine unglaublich attraktive Frau ist, sondern auch damit, dass sie und ich in den nächsten Wochen auf Reisen gehen werden. Aber wohin, das sage ich ganz allein ihr.» Er nahm Alexas Hand und führte sie von der Terrasse weg ins Innere der Villa. Die anderen Gäste konnten getrost ohne die Hauptperson weiterfeiern. Doris und Saskia konnten in den Pool springen, Magnus konnte Regina in ein freundliches Gespräch verwickeln, Anne und Ida konnten zu einem Spaziergang durch den Garten der Villa aufbrechen, und Marit konnte zu ihren Geschäften zurückkehren – Ian würde Alexa mit in sein Zimmer nehmen und ihr einen Herzenswunsch erfüllen. Danach würde er sie bitten, Doris' Geschenk zumindest einmal anzuprobieren. Der Gedanke daran liess ihn breit lächeln.

Juli 1996

«Das ist Dyna Fyr», sagte Ian und zeigte auf das Häuschen mit dem winzigen Leuchtturm, das auf einer kleinen Insel mitten im Oslofjord stand.

Alexa und er hatten nur wenige Stunden geschlafen, waren fast gleichzeitig aufgewacht und hatten beschlossen, auf das Deck der Fähre hinaufzugehen, statt den Rest der Fahrt in der engen Kabine zu verbringen.

Es hatte Ian überrascht, dass sie zu dem Zeitpunkt bereits mitten im Oslofjord gewesen waren. Seither liess er seinen Blick überwältigt über die Schären gleiten und saugte die Luft um sich herum förmlich ein. Er fühlte sich irgendwie leicht und hatte das Gefühl, einfacher atmen zu können und klarer zu sehen als gewöhnlich. Unzählige Male war er in den letzten Jahren nach Oslo geflogen und hatte jedes Mal sehnsüchtig auf den Augenblick gewartet, in dem Norwegen ins Blickfeld kam. Doch der Anblick von oben war nichts im Vergleich zu dem, was er jetzt spürte.

Genau so sollte sich das Leben anfühlen. Genau so sollte es immer sein. Hier war er zu Hause.

Und doch spürte er einen Kloss im Hals, je näher sie dem Hafen von Oslo kamen. Der Grund dafür war nicht nur die Erkenntnis, dass er hier zu Hause war, obwohl er in der Schweiz lebte, es war auch das Wissen, dass es nicht so einfach war. Denn wenn er immer diese Luft geatmet hätte, würde er jetzt nicht mit Alexa an der Reling stehen. Und sie war das Beste in seinem Leben!

Ian lächelte und legte einen Arm um die Schulter seiner Freundin. Vielleicht war sie es ja, die all die schönen Gefühle in seinem Körper verursachte. Vielleicht brauchte es alles dafür: Alexa, das Wissen, dass er die nächsten Wochen nur mit ihr verbringen würde, und den Oslofjord in der frischen Morgenluft.

Alexa schwieg mit ihm an diesem besonderen Morgen. Wenn er ihr etwas zeigte, sah sie aufmerksam hin und hörte zu, aber sie trug nichts zur Unterhaltung bei. Vielleicht war sie müde nach der Fahrt im Nachtzug von Basel nach Kopenhagen, dem Tag in der dänischen Hauptstadt, dem langen Abend und der kurzen Nachtruhe auf der Fähre. Sein Matura-Geschenk an sie – eine Sommerreise durch Norwegen – hatte sie in Freudenschreie ausbrechen lassen, und als sie erfahren hatte, wie sie nach Norwegen reisen würden, hatte sie nicht mehr gewusst, wohin mit ihrem Glück. Doch es war für sie beide ungewohnt und anstrengend, auf diese Weise unterwegs zu sein und sich nicht einfach ins Flugzeug und danach in ein Taxi zu setzen. Nun schmiegte sich Alexa an ihn und brachte ihn dazu, den Arm um sie zu legen.

«Bygdøy», sagte Ian heiser und zeigte nach links. «Hier haben wir gewohnt, bevor wir in die Schweiz gezogen sind.»

«Ich weiss.» Alexas Aufmerksamkeit wurde von

etwas anderem abgelenkt. «Ich sehe die Sprung-schanze!», rief sie begeistert. «Bald werden wir dort sein.»

Ian lächelte. «Nein, Alexa, das werden wir nicht. Wir gehen heute nicht hoch zur Villa am Holmenkol-len.»

Erstaunt schaute sie ihn an. «Aber du hast doch gesagt, wir bleiben zwei Tage in Oslo. Willst du etwa in einem Hotel schlafen in der Stadt, in der deiner Familie mehrere Häuser gehören?»

Ian schmunzelte. Auf Alexa wartete die nächste Überraschung. Er hatte ihr mithilfe von Saskia eine ungefähre Packliste erstellt und ihr versichert, dass sie alles kaufen würden, was ihr eventuell fehlte. Sie hatte alles versucht, um ihm Details zu entlocken, aber er konnte schweigen. Es war auch einfach zu schön gewesen zu sehen, wie die Ungewissheit sie zwar ärgerte, ihr aber gleichzeitig einen Riesenspass bereitete. Die Abenteuerlust hatte sein Trollmädchen gepackt, und Ian freute sich, dass diese in den nächs-ten Wochen voll und ganz auf ihre Kosten kommen würde.

Doch jetzt war es an der Zeit, den Moment zu geniessen. «Geduld», sagte er deshalb. «Bald erzähle ich dir, wie es weitergeht, aber erst konzentrieren wir uns darauf, wie unser Schiff in den Hafen ein-läuft.»

«Ich glaube nicht, dass das viel Konzentration von uns braucht.» Alexa lachte. «Ich glaube, dafür haben wir die Kapitänin und ihre feschen Matrosen.»

Ian küsste sie auf den Mund, bevor er sich hinter sie stellte, die Arme um sie legte und das Kinn auf ihren Kopf stützte.

Alexa legte ihre Hände auf die seinen und lehnte den Kopf an seine Brust. «Danke», sagte sie leise und drückte seine Hände.

Ian lächelte.

Er, Alexa, Norwegen, Sommer, Urlaub. Das Leben konnte nicht besser sein.

Sie blieben tatsächlich an der Reling stehen, bis die Fähre angelegt hatte und die ersten Passagiere sich anschickten, von Bord zu gehen. Erst dann schlenderten sie zurück zu ihrer Kabine und packten die paar Dinge ein, die sie für die Nacht an Bord gebraucht hatten. Natürlich hätte Ian die Zahnbürste vergessen, die er in die winzige Nasszelle gelegt hatte, aber Alexa hatte ein bisschen Interrail-Erfahrung und erinnerte sich an solche Feinheiten des Reisens.

Hand in Hand gingen sie über die Rampe, die die Fähre mit dem Festland verband. Ian schwankte ein wenig, als sie wieder festen Boden unter den Füssen hatten, und wusste nicht, ob es von den Stunden auf dem Schiff kam oder davon, dass er in Oslo angekommen war.

Alexa schaute mit einer Besorgnis zu ihm auf, die ihn rührte und ihm leidtat.

Er lächelte. «Velkommen til Norge», sagte er feierlich.

«Takk», antwortete sie, lachte übermütig und schlang die Arme um Ian. «Und jetzt erzähl mir endlich, was du dir für die Reise durch unser Märchenland ausgedacht hast, mein schöner Prinz!»

Ian dachte nach. Dann nickte er. «Wir gehen jetzt in eines dieser Restaurants mit Sicht auf den Fjord, frühstücken dort, und währenddessen erzähle ich dir, wie es weitergeht.»

Alexa verdrehte die Augen. «Nein! Du erzählst es mir jetzt, und danach gehen wir frühstücken. Ich warte seit zwei Wochen, dass du das Geheimnis lüftest, und genau in diesem Moment kann ich nicht mehr länger warten!»

Er schaute in ihre blitzenden Augen und hatte plötzlich Angst. Was, wenn sie enttäuscht sein würde? Wenn sie sich in den letzten zwei Wochen etwas ganz anderes vorgestellt hatte? Etwas Luxuriöses, Grossartiges, das nur er ihr bieten konnte?

«Wir gehen campen.»

«Campen?!» Alexa schnappte nach Luft.

Ian strich sich die Haare aus der Stirn und forschte in ihrem Gesicht nach dem Gefühl hinter der Überraschung. Er nickte. «Oben auf dem Campingplatz steht ein VW-Bus für uns bereit, mit dem wir hinfahren können, wo immer wir wollen, so weit wir wollen.»

«Oh, Ian ...» Tränen sammelten sich in Alexas Augen. Sie griff nach seiner Hand. Schluckte. Schlang die Arme um seinen Hals und küsste ihn so euphorisch, dass er beinahe das Gleichgewicht verlor. Ohne ihn loszulassen, legte sie den Kopf in den Nacken und jubelte laut.

Ian sah die irritierten und amüsierten Blicke der Menschen um sie herum und wusste, dass er übers ganze Gesicht strahlte, während er Alexas Jubel zuhörte und sein Herz vor Glück sang. Er hatte die richtige Entscheidung getroffen.

Er wachte davon auf, dass Alexa sich in seinen Armen bewegte. Verschlafen küsste er sie auf die Haare.

«Endlich», knurrte sie und drehte sich um, sodass ihr Gesicht direkt vor seinem war.

Ian blinzelte.

Alexa stupste mit ihrer Nase an seine. «Ich dachte schon, du wachst heute gar nicht mehr auf.» Sie machte eine kleine Kunstpause. «Mein Verlobter!»

Ihr Atem kitzelte in Ians Nase. Er drehte sich auf den Rücken, rieb sich mit einer Hand den Schlaf aus den Augen und liess ihre Worte sacken. Verlobter. Natürlich! Mit einer Schnelligkeit, die ihn selbst überraschte, drehte Ian sich wieder auf die Seite.

Alexa strahlte ihn an. «Nun sag bloss, du hast vergessen, dass du dich gestern Abend mit mir verlobt hast, dort oben auf dem magischen Felsen.» Sie schob die geblümten Vorhänge des VW-Busses zur Seite und zeigte aus dem Fenster, in die ungefähre Richtung des Preikestolens.

Ian hob den Kopf, als müsste er tatsächlich nachsehen, was sie meinte. Aber natürlich hatte er seinen spontanen Verlobungsantrag nicht vergessen. Mit der Sicherheit des Felsens unter seinen Füssen, der Aussicht über Fjord und Berge vor sich und dem Licht der gemächlich sinkenden norwegischen Sommersonne im Gesicht hatte er gewagt, an die Zukunft zu denken und Alexa zu bitten, diese mit ihm zu teilen. Er hatte sie gebeten, sich mit ihm zu verloben und irgendwann später seine Frau zu werden. Alexa hatte gestrahlt und sich von ihm küssen lassen, ihm aber keine eindeutige Antwort gegeben. Auch das hatte er nicht vergessen.

«Habe ich dir eigentlich gesagt, dass es zu deinen Aufgaben als mein Verlobter gehört, am Morgen die Brötchen zu holen?», fragte Alexa, liess den Vorhang los und klimperte mit den Wimpern.

Ian grinste. «Während du Kaffee kochst, oder?»

Nun drehte sie sich auf den Rücken, verschränkte die Arme unter dem Kopf und schien angestrengt nachzudenken. Schliesslich schielte sie zu ihm hin. «Einverstanden, heute Morgen machen wir es so. Aber dann fahren wir nach Stavanger und gönnen uns eine Nacht im Hotel. Inklusive grandiosem

Frühstücksbuffet!»

«Hast du schon genug vom Campen?»

«Niemals!» Sie setzte sich auf und schrammte wieder einmal haarscharf daran vorbei, sich den Kopf anzuschlagen. Plötzlich sah sie ernst aus. «Aber ich möchte unsere Verlobung angemessen feiern. Nicht, dass das hier nicht angemessen ist ...» Sie streckte die Hand aus und bewegte sie hin und her, wie um das gesamte Chaos, das sie in ihrem Bus veranstaltet hatten, zu umfassen. «Ich liebe unser fahrendes Häuschen, aber den Kaffee wieder einmal serviert zu bekommen, ohne dass man zuerst das Bett aufräumen muss, wäre schon schön.» Sie löste die Haare, die sie für die Nacht zu einem dicken Zopf geflochten hatte, fuhr sich ein paar Mal mit den Fingern durch die Locken und drehte sie zu einem unordentlichen Dutt, um den sie ihr Haargummi schlang. Dann schlüpfte sie aus dem Schlafsack und warf ihn hinter sich.

Auch Ian setzte sich auf und fuhr sich durch die Haare. Er lehnte mit dem Rücken an die eine Wand des Busses, zog die Beine an und beobachtete Alexa, die sich das Schlafshirt über den Kopf zog und mit nacktem Oberkörper anfing, im Kleiderhaufen vor ihren Füssen zu wühlen. Schliesslich fand sie ihren BH und einen Hoodie und zog beides an. Ian spürte dem Kribbeln in seinem Bauch nach. Es kam nur zum Teil von Alexas unbefangener Nacktheit. Zum grössten Teil kam es davon, dass er einfach absurd glücklich war. Das war so, seit sie unterwegs waren und ganz besonders seit gestern Nachmittag. Er hätte nicht gedacht, dass er die Wanderung über die Hochmoore und schliesslich über die Felsen bis zur natürlichen Aussichtsplattform des Preikestolens ohne grössere Probleme schaffen würde, doch weder die

Hüfte noch seine vom Rauchen stammende Atemlosigkeit hatten ihm einen Strich durch die Rechnung machen können. Sogar seine Höhenangst hatte er so weit überwunden, dass er es gewagt hatte, sich dem Abgrund zu nähern und Alexa zu beeindrucken. Ian grinste selbstzufrieden und nahm sich vor, dies als positives Zeichen zu werten und in Zukunft besser auf seine Gesundheit zu achten. Vielleicht würde er sogar anfangen, sich um eine berufliche Perspektive zu kümmern. Alexa fing im August ihre für alle überraschende Lehre auf der Gemeindeverwaltung an, während er sich seit drei Jahren die Zeit mit diversen Praktika vertrieb. Langsam nervte ihn seine Unentschlossenheit selbst. Er schaute zu Alexa, die im Schneidersitz vor ihm sass und unschlüssig von Shorts in der einen Hand zu langen Jeans in der anderen schaute. Das Tattoo, das sie sich vor ein paar Tagen hatte stechen lassen, leuchtete auf ihrer geröteten Wade. Als Alexa die Beine streckte, sah er in das Gesicht des Trollmädchens und schaute dann hoch in Alexas Gesicht. «Willst du das wirklich? Willst du mit mir verlobt sein?»

«Willst du es?», fragte sie zurück, ohne ihn anzuschauen.

Wie konnte sie fragen! Seit fünf Jahren wollte er nichts anderes, als mit ihr zusammen zu sein, und das wusste Alexa genau.

Sie schmiss beide Paar Hosen auf den Boden und schlüpfte in eine orange Pluderhose. Dann rückte sie näher zu ihm, sah ihm tief in die Augen und sagte: «Ja, ich will mit dir verlobt sein, Ian Skogstad.»

«Warum?»

Wieder antwortete sie mit einer Gegenfrage: «Warum willst du es?»

«Weil ich dich liebe.»

«Siehst du?»

«Aber ...»

«Kein Aber, Ian!» Sie rückte wieder ein Stück von ihm weg. «Es ist nicht fair, dass du daran zweifelst, ob ich dich liebe und es ernst meine, aber nie daran, dass du mich liebst und mit mir zusammen sein willst!»

Das war nicht dasselbe. Oder doch? Konnte es sein, dass er für sie so wichtig war wie sie für ihn?

«Bist du sicher?» Er musste es wissen.

«Ob ich dich liebe? Ja, Ian, so sicher, wie diese Berge hier stehen.» Alexa sprach ungewohnt leise. Ihre Worte brauchten keine Lautstärke, keinen Nachdruck.

Ian schaute aus dem Fenster auf die Berge, die den Campingplatz umgaben. Er nickte und wagte ein Lächeln.

Alexa verdrehte die Augen und warf ihm seinen Hoodie an den Kopf. «Und jetzt hol endlich diese Brötchen, oder ich überlege es mir doch noch anders!»

Ian grinste, zog sich den Pullover über, küsste Alexa auf die Wange und öffnete die Tür.

«Hier!» Lachend reichte sie ihm seine Jeans.

Er schlüpfte hinein und machte sich auf den Weg zum kleinen Laden auf dem Campingplatz. Als er sich noch einmal umdrehte, sah er durch die offene Tür, wie Alexa den Bus umbaute, um an die Kaffeekanne und das Geschirr zu kommen. Er grinste, als es schepperte und er sie laut fluchen hörte.

Oktober 1996

Die Umgebung wirkte nicht besonders einladend, als Ian sein Auto auf den Parkplatz stellte. Es nieselte, und vom Bach her zogen leichte Nebelschwaden

Richtung Häuschen. Hochnebel drückte den Rauch, der aus dem Kamin kam, nach unten. Die Bäume im Vorgarten waren nass und kahl. Dennoch gab es keinen Ort, an dem Ian lieber angekommen wäre.

Er hatte seinen ganzen Charme einsetzen müssen, um erst Alexa und dann Ida davon zu überzeugen, dass er zu ihnen ins Häuschen ziehen durfte. Natürlich bekam er sein eigenes Zimmer, und natürlich bezahlte er Miete, sodass Ida sich als Vermieterin fühlen konnte und nicht als Kupplerin, die es einem unverheirateten Paar ermöglichte, unter einem Dach zu leben. Wie sie ihren Freundinnen aus der Kirche erklären wollte, weshalb Ian zu ihr ziehen musste, wo seiner Familie doch die grösste Villa im Dorf gehörte, wusste er nicht, und es kümmerte ihn nicht. Ian war einfach nur dankbar, dass er dem kalten Haus seiner Eltern endlich den Rücken kehren konnte.

Er hob seine Sporttasche vom Rücksitz. Sie war nicht schwer. Sein Zimmer war möbliert, da bis vor Kurzem Cindy, eines von Idas zahlreichen «verlorenen Schäfchen», darin gewohnt hatte. Zu Alexas Erstaunen und Idas Zufriedenheit genügten ihm der Schrank, das Bett, das Büchergestell aus dunklem Holz und der Schreibtisch, der einst Idas Mann gehört hatte. Nur seinen ergonomischen Bürostuhl hatte er von zu Hause mitgenommen, weil seine Hüfte dies verlangte. Er stand bereits im Zimmer und wartete auf Ian, genauso wie sein Computer, seine Bücher und der grösste Teil seiner Kleider.

Heute brachte Ian ein paar letzte Habseligkeiten und sich selbst. Und einen riesigen Blumenstrauss für Ida, den er nun aus dem Kofferraum holte. In seiner Jackentasche steckte zudem ein Ring, den er Alexa noch heute Abend an den Finger stecken wollte. Er hatte ihn in Oslo in einem samischen

Schmuckladen gekauft und wusste, dass er perfekt an Alexas Hand passen würde. Es war ein kunstvoll geschmiedeter Silberring mit einem eingefassten Bernstein, üppig und schön wie die Frau, die Ian liebte.

Ian schloss das Auto ab, schulterte die Tasche und ging auf den Gartenzaun zu. Natürlich warf er einen Blick Richtung Brücke, aber sie lag unsichtbar im Dunst des Herbsttags. Lächelnd wandte er sich um, öffnete das Gartentor und ging durch den Vorgarten, der ein ungewohnt trostloses Bild bot. Ida hatte die grossen Töpfe mit den mehrjährigen Pflanzen bereits in den Keller geschleppt und würde den Garten vor dem Advent nicht dekorieren. Erst als Ian schon beinahe bei der Veranda angekommen war, sah er das Kartonschild. «Herzlich willkommen» stand darauf geschrieben, umrahmt von Herzen in allen Farben. Ian blieb stehen und atmete tief die neblige Luft ein. Er war angekommen.

«Ich machte ernst in den Wochen und Monaten nach unserer Reise. Ich rauchte weniger und begann mit Yoga, was damals ziemlich exotisch war. Ich liess mich vom Enthusiasmus, mit dem Alexa ihre Lehre in Angriff nahm, mitreissen und begann, über eine eigene Ausbildung nachzudenken.» Ian schweigt. Wieder einmal. Als er weiterspricht, schaut er an mir vorbei. «Doch alle Bemühungen änderten nichts an der Macht der schwarzen Welle. Alexa spricht von guten und schlechten Zeiten, doch für mich fühlte es sich an, als balancierte ich immer am Abgrund. Oft konnte ich mich halten, doch viel zu oft strauchelte ich und fiel.»

Ich nicke. «Wenn ich mich richtig erinnere, folgte der erste Absturz nicht lange nach deinem Einzug ins Häuschen.»

Mai 1997

Ida hatte den Esstisch im Wohnzimmer gedeckt, als wäre es Sonntag. Die bestickte weisse Tischdecke floss faltenfrei über die Kanten, die vier Tassen, Untertassen und Teller mit Goldrand standen wie abgemessen auf dem Tisch. Natürlich hatte sie den Gugelhopf, der in der Mitte des Tisches thronte, selbst gebacken.

Nun stand Ida in der Küche und brühte Filterkaffee auf. «Oder mag deine Schwester lieber Tee?», rief sie ins Wohnzimmer.

Ian gab ihr keine Antwort.

Sie fragte nicht weiter nach. Es hatte sich in den letzten Wochen gezeigt, dass Alexas Grossmutter von allen Menschen in seinem Umfeld am besten damit umgehen konnte, wenn er nicht am Leben teilnehmen mochte. Sie nahm es nicht persönlich, wenn er tagelang kaum etwas sagte, stellte ihm weiterhin Fragen und sprach mit ihm, als wäre es normal, dass er meistens nicht oder nur knapp darauf antwortete. Wenn Ida im Häuschen war, schaffte er es, das Bett und sein Zimmer zu verlassen, sich zu ihr ins Wohnzimmer zu setzen und den düsteren Gedanken für eine Weile zu entfliehen. Sie machte sein Bett, wenn er es vergass, und räumte das Geschirr weg, das er irgendwo liegenliess.

Er wusste, dass er das Wohnzimmer verlassen sollte, bevor Alexa von der Arbeit kam und ihm einen hoffnungsvollen oder hoffnungslosen Blick zuwerfen würde, den er erwidern würde, ohne ihr damit etwas mitzuteilen. Es tat ihm leid, dass ihr das wehtun würde, und er wünschte, er könnte etwas dagegen machen. Noch wichtiger wäre es, das Wohnzimmer zu verlassen, bevor Marit ankam. Ian wusste nicht, weshalb sie vorbeikommen wollte. Er schloss die

Augen und merkte, dass er auf dem Sofa bleiben und auch seiner Schwester nicht mehr als einen leeren Blick zuwerfen würde. Sie kannte diese Blicke, es würde ihr nichts ausmachen.

Er wusste nicht, wie lange er an die Decke des Wohnzimmers gestarrt hatte, als er plötzlich Geräusche aus dem Flur hörte. Ein nervöses Lachen von Alexa. Marits freundliches Grüssen. Idas aufgeregte Bitte, doch ins Wohnzimmer zu kommen. Wenn Ian die Augen schloss, musste er Alexa nicht anschauen. Er spürte, wie sie neben ihn trat, ihm kurz die Hand auf die Schulter legte und mit einem abgrundtiefen Seufzer, den nur er hörte, zum Tisch ging.

«Grossmama, du bist die Beste!», rief sie dann, und es klang überdreht. «Zum Glück bist du hier, Marit, für mich backt sie nämlich nie Gugelhopf.» Ian hörte, wie unwohl Alexa sich fühlte, wahrscheinlich weil auch sie nicht wusste, was Marit von ihnen wollte.

Ida schalt Alexa eine Plaudertasche. Von Marit hörte Ian nur leise Schritte, die direkt zum Tisch gingen. Sie kannte ihn gut genug, um gar nicht erst zu versuchen, mit ihm in Kontakt zu treten. Ian war es recht. Er hörte Stühlerücken. Ida schenkte Kaffee ein, Marit bedankte sich, Alexa sagte, sie würde Kuchen schneiden. Ian wünschte sich, er wäre rechtzeitig aufgestanden und nach oben gegangen.

Als er mit halb geschlossenen Augen zum Tisch schaute, traf ihn Idas Blick. «Also, Marit, was führt Sie – dich hierher?» Es fiel Ida immer noch schwer, Ians Familie mit Vornamen und Du anzusprechen. Immerhin war es ihr heute gelungen, noch kein einziges Mal «Fräulein Skogstad» zu sagen. Dieser Gedanke berührte Ians Herz so sehr, dass er die Augen ganz öffnete und sich aufsetzte.

«Hei Ian!» Alexa legte das Kuchenstück, das sie soeben zum Mund führen wollte, zurück auf den Teller, blieb aber sitzen und sah unsicher und gleichzeitig unendlich erleichtert zu ihm hin. Als er ihr zulächelte, entspannte sie sich. «Kuchen?»

Er nickte und stand auf.

Auch Marit erhob sich und küsste ihn zur Begrüssung auf beide Wangen.

«Kaffee?», fragte Ida.

Ian nickte.

Ida vergass ihre Frage, und Alexa begann, vor lauter Erleichterung, dass Ian mit am Tisch sass, Anekdoten aus ihrem Arbeitsalltag zu erzählen. Marit hörte höflich zu, Ida lachte an den richtigen Stellen. Ian rührte in seiner Tasse und schaute dem Kaffee dabei zu, wie er sich langsam um sich selbst drehte.

Ein leises Räuspern von Marit brachte alle dazu, sie anzusehen. Auch Ian hob den Kopf, zu seinem eigenen Erstaunen.

«Danke für die wunderbare Bewirtung», begann sie. Es irritierte Ian, seine Schwester ein perfektes Schweizerdeutsch sprechen zu hören.

Ida winkte ab und versicherte, es wäre ihr eine grosse Freude.

Marit lächelte unverbindlich und wandte sich an Ian. «Erinnerst du dich an Tiziana, meine Freundin aus der International School?»

Er reagierte nicht. Und wenn?

Als er keine Antwort gab, fuhr Marit fort: «Ich habe sie vor einem Monat getroffen und hätte sie fast nicht wiedererkannt. Als ich sie vor zwei Jahren das letzte Mal gesehen hatte, hatte sie entsetzlich viel abgenommen und mir erzählt, sie wäre krank. Jetzt geht es ihr offensichtlich viel besser. Ihre Wangen sind nicht mehr eingefallen, und ihr Lächeln ist fast so offen wie früher.» Marits Blick flackerte über Ian weg und aus dem Fenster.

«Was hatte sie denn?», fragte Alexa.

«Was wohl», sagte Ian leise, und als Marit zu ihm schaute, wusste er, dass er recht hatte.

Sie nickte. «Tiziana war depressiv. Ich habe ihr nicht von dir erzählt, aber sie beschrieb das Gefühl, sich zu nichts aufraffen zu können, und das klang alles sehr ähnlich wie bei dir. Sie hat mir von einer Klinik erzählt, in der sie war. In Italien.»

«Eine Klinik?», fragte Alexa mit dünner Stimme.

«Eine psychiatrische Klinik für Privatpatienten. Sie entspricht so gar nicht dem Bild, das ich bisher von solchen Einrichtungen hatte. Es klang mehr wie ...» Marit schien nach den richtigen Worten zu suchen. Schliesslich fuhr sie fort: «... es klang fast wie ein Kurhotel mit vielen Spezialangeboten. Tiziana war mehrmals dort. Die Aufenthalte haben sie zwar nicht geheilt, aber sie lernte viel über ihre Krankheit, und sie bekam Medikamente. Sie sagte, es sei ein riesiger Unterschied zu vorher. Sie fühle sich gesund.»

In das Schweigen hinein, das Marits Worten folgte, sagte Ida: «Das ist schön für deine Freundin.»

Ian suchte Marits Blick und hob ganz leicht die Augenbraue. Glaubte sie wirklich, ihn mit dieser Erzählung beeindrucken zu können?

Marit lächelte etwas gequält. «Danke, Ida. Aber was ich eigentlich sagen will ...»

Ian intensivierte seinen Blick und schüttelte den Kopf. Es genügte, um seine Schwester zum Schweigen zu bringen. Er war froh, dass sie so schnell aufgab. Es hatte eine Zeit gegeben, da hatte sie darum gekämpft, dass es ihm besser ging, doch das war vorbei. Es war ihm ein Rätsel, warum sie es ausgerechnet jetzt wieder versuchte. Rechnete sie mit der

Unterstützung von Ida? Sein Kopf wurde schwer, und er senkte den Blick. Er wünschte sich, er könnte die Worte finden, um Marit zu sagen, dass sie gehen solle.

Er sah aus den Augenwinkeln, wie sie die Schultern straffte. «Denk darüber nach, Ian. Es gibt andere Möglichkeiten, als sich einfach zurückzuziehen, wenn die Dunkelheit kommt.» Er hörte sie tief einatmen, dann sagte sie leise: «Du bist nicht mehr allein.»

«Aber so eine Klinik wäre doch bestimmt sehr teuer», warf Ida ein.

Als ob Geld ein Problem wäre! Dennoch war Ian ihr dankbar für den Einwand.

Marit sagte nichts. Schliesslich hörte er, wie sie den Stuhl zurückschob und aufstand. «Vielen Dank für eure Gastfreundschaft. Es war mir wichtig, Ian von Tiziana zu erzählen.»

«Warum?», fragte Alexa leise.

«Weil es mir genauso wehtut, ihn so zu sehen, wie es euch wehtut», brach es aus Marit heraus. «Weil es nicht so weitergehen muss. Und weil ich seine grosse Schwester bin.» Sie schluckte. Bei den nächsten Worten klang ihre Stimme so fordernd, dass Ian tatsächlich aufschaute: «Ian? Auf diesem Zettel steht der Name des Medikaments, von dem Tiziana sagt, es würde ihr am meisten helfen»

In Ian flackerte eine vage Erinnerung auf an Tropfen, die Übelkeit verursachten. Er dachte an die bunten Pillen seiner Lehrerin und die Filmrisse, die sie verursacht hatten. Er dachte an die Schmerzmittel nach seinem Unfall, die ihn, gemischt mit Alkohol und Marihuana, beinahe ein halbes Jahr seines Lebens und um ein Haar Alexas Liebe gekostet hatten. Er schauderte. Er wünschte, er hätte die Kraft, seiner Schwester zu sagen, was er von ihrem Vorschlag hielt. Oder wenigstens die Energie, um aufzustehen und das Wohnzimmer zu verlassen. Er schaute Marit an, bis sie den Blick senkte.

«Auf Wiedersehen», sagte sie leise. Dann ging sie. Endlich. Ida begleitete sie aus dem Wohnzimmer.

Ian blieb sitzen und schaute ihnen nach, bis sich sein Blick irgendwo im Wohnzimmer verlor.

«Ich lasse dich nicht weggehen», flüsterte Alexa an seinem Ohr und holte ihn in die Gegenwart zurück. «Du bleibst hier, Grossmama und ich sind für dich da. Wir können das. Wir wollen es.» Sie beugte sich noch etwas näher zu ihm. «Ich will nicht, dass du von mir weggehst, Ian.»

Er hob die Hand und strich ihr über die Wange. Als sie sich an ihn schmiegte, spürte er ihr Lächeln.

August 1997

Ians Herz klopfte schmerzhaft, als er oberhalb der Treppe stehen blieb und Luft holte. Er hätte sich einreden können, dass die drei Etagen daran schuld waren und seine Entscheidung, nicht den Fahrstuhl zu benutzen. Aber in Wirklichkeit war es seine Nervosität, die ihn nach Atem ringen liess. Wenn Ida nicht unten auf dem Parkplatz auf ihn gewartet hätte, wäre er wieder umgekehrt und die Stufen hinuntergegangen. Am Abend hätte er Alexa erzählt, Tobias habe keine Zeit gehabt. Ian wusste, dass Ida genau deshalb darauf bestanden hatte, ihn herzufahren und im Auto auf ihn zu warten. Sie kannte ihn so gut!

Er legte die Hand auf die Türklinke und spürte dem flauen Gefühl in seinem Bauch nach. Ein Teil davon war auch seinem schlechten Gewissen geschuldet. Tobias hatte ihn nach seinem Unfall aus der Lethargie geholt, in die seine Verletzungen ihn geführt hatten. «Ich wette, dein Mädchen hat mehr

Spass mit einem Mann, der seine Hüfte bewegen kann!», waren seine exakten Worte gewesen, denen Ian nicht hatte widerstehen können. Er schmunzelte beim Gedanken an die Wut und Bewunderung, die er in diesem Moment für den Mann empfunden hatte, der es gewagt hatte, ehrlich zu sein mit ihm. Sie hatten hart und erfolgreich trainiert, doch seinen Absturz nach Alexas Abreise hatte auch der Physiotherapeut nicht verhindern können. Es musste Anne gewesen sein, die Tobias damals vor sieben Jahren abgewimmelt hatte, doch Ian war es gewesen, der sich nie mehr bei ihm gemeldet hatte, auch nicht, als Tobias ihm einen Flyer seiner neu eröffneten Praxis zugeschickt hatte. Aber jetzt tat er es. Falls er es schaffte, diese verdammte Tür zu öffnen!

Er dachte an Alexa und die Zweifel in ihren Augen.

Er dachte an Ida, die im Auto auf ihn wartete.

Er dachte an Saskias spöttischen und zugleich besorgten Blick, wenn sie ihn nach seinen nicht vorhandenen Zukunftsplänen fragte.

Er dachte an Magnus, der immer noch selbstverständlich davon ausging, dass Ian irgendwann in die Holding einsteigen würde.

Entschlossen drückte er die Klinke nieder.

Hinter dem Empfangstresen in dem überraschend grosszügigen Eingangsbereich sass eine Frau mittleren Alters mit kurzen, rot gefärbten Haaren und zu viel Make-up für Ians Geschmack. Auch ihr Lächeln schien ihm übertrieben freundlich.

«Herr Skogstad?», fragte sie und scannte ihn mit ihrem Blick von Kopf bis Fuss. Ob das in einer Praxis für Physiotherapie zum professionellen Verhalten gehörte oder ob ihr Interesse ihm galt, konnte Ian nicht erkennen, doch er knipste sein charmantestes Lächeln an.

«Genau, ich bin Ian Skogstad. Ich habe einen Termin bei Herrn Müller.»

«Er erwartet Sie im Pausenraum.» Die Dame stand auf, kam hinter dem Tresen hervor und öffnete die Tür links davon. Sie streckte den Kopf ins Zimmer. «Tobias? Herr Skogstad ist hier.» Sie lauschte, dann öffnete sie die Tür ganz und strahlte Ian an.

Er musste zu nahe an ihr vorbeigehen, liess sich davon aber nicht das Lächeln nehmen. «Vielen Dank, Frau ...»

Sie schaute ihn erstaunt an. «Zurbuchen.»

«Vielen Dank, Frau Zurbuchen.» Er nickte ihr zu, vertiefte sein Lächeln noch einmal und trat in Tobias' Pausenzimmer. Ein bisschen beschämt dachte er an Idas Kopfschütteln, wann immer sie dieses einstudierte Lächeln an ihm beobachtete. Schnösel, war ihr Kommentar dazu, den er schulterzuckend hinnahm. Es hatte auch Vorteile, in einer Welt voller Schein aufgewachsen zu sein. Doch bei seinem ehemaligen Physiotherapeuten würde es ihm nichts nützen, der hatte längst hinter die Fassade gesehen.

Tobias war aufgestanden und empfing Ian mit einem herzlichen Handschlag. «Schön, dich zu sehen. Magst du einen Kaffee?»

«Gern. Danke.»

Tobias lud ihn ein, Platz zu nehmen, und Ian fiel auf, wie er ihn aufmerksam beobachtete, während er zur Sitzgruppe ging.

«Bei jedem anderen Mann würde es mich beunruhigen, wenn er so genau auf meine Körpermitte schaute», sagte Ian leichthin und drehte sich um.

Tobias sah irritiert in sein Gesicht, errötete gar leicht. Dann schien er Ians Schmunzeln wahrzunehmen und lachte. «Entschuldige, mein Interesse ist rein beruflicher Natur! Ist deine Hüfte mittlerweile immer so stabil, oder hast du dir eben Mühe gegeben, dich anständig zu bewegen?»

«Ich bemühe mich immer um Anstand, aber meiner Hüfte geht es gut.»

«Das freut mich.»

Nun lachten sie beide. Ian setzte sich, und Tobias ging zur Kaffeemaschine. Als sie beide vor einer Tasse Kaffee sassen, fragte Tobias: «Also, was willst du von mir?»

Ian hatte es immer geschätzt, dass Tobias auf Smalltalk verzichtete, aber das ging ihm nun doch etwas zu schnell. Er schluckte. Ida kam ihm in den Sinn, die unten auf dem Parkplatz in ihrem kleinen, roten Auto sass und auf ihn wartete. Tobias hatte recht: Es war nicht die Zeit für Smalltalk.

«Ich möchte Physiotherapeut werden», wählte auch er den direkten Weg. «Ich bin eigentlich zu spät, um noch im diesjährigen Lehrgang zu beginnen, aber die Schule würde eine Ausnahme machen.» Er registrierte das feine, ironische Lächeln, das Tobias' Züge streifte. Ja, sein einstiger Therapeut wusste, wie gut Ian darin war zu bekommen, was er wollte. Das machte die Situation nicht einfacher.

Ians Blick schweifte zur Tür, doch er holte ihn zurück und schaute wieder in Tobias' Gesicht. «Ich habe der Schulleitung von meinen Einschränkungen aufgrund des Unfalls erzählt. Was ich nicht erzählt habe, ist ...» Er versuchte ein Lächeln, das Tobias reflexartig erwiderte. «... wie lange ich nicht in Behandlung war. Sie gehen davon aus, dass ich in Therapie bin. Sie wollen mich aufnehmen, wenn ich ihnen die Bestätigung eines Physiotherapeuten zeige, dass die Chancen für eine erfolgreiche Ausbildung gut stehen.» Er atmete tief ein und wagte nicht, Tobias in die Augen zu sehen. «Würdest du mir eine solche ausstellen? Natürlich nachdem du ...» Er senkte den Blick. «Ich würde natürlich wirklich wieder regelmässig zu dir in die Therapie kommen.»

Tobias schwieg lange. Dann fragte er: «Warum interessierst du dich für den Beruf?»

Überrascht schaute Ian auf und setzte sich aufrechter hin. «Sieh mich an», sagte er leise. «Dank deiner Arbeit bin ich zu Fuss und schmerzfrei die drei Etagen bis in deine Praxis hochgekommen.»

«Schmerzfrei?»

«Heute schon, ja. Es gibt viele praktisch schmerzfreie Tage. Und ...» Ian fuhr sich durch die Haare. «... wenn ich nicht aufgehört hätte, zu dir zu kommen, ginge es mir noch besser. Es ist eine wertvolle Arbeit, die du machst.»

«Kann es sein, dass du mit deiner Ausbildung einen kostenlosen Zugang zu Therapien willst?»

Ian hob eine Augenbraue. «Als ob Kosten eine Rolle spielen würden für mich.»

Tobias nickte. «Es geht dir also nicht um einen persönlichen Nutzen?»

Ian sah ihm direkt in die Augen, als er ehrlich antwortete: «Nicht nur.»

Wieder nickte Tobias. «Was war der Grund, dass du damals das Training so plötzlich aufgegeben hast?»

Ian schaute zur Tür. «Eine Depression.» Er atmete zitternd ein. «Es war keine einmalige Sache.»

«Wann zum letzten Mal?»

«Im Frühling.» Noch eine Frage von Tobias und er würde aufstehen, durch diese Tür gehen und nie mehr zurückkommen. Seine Ausbildung war ihm wichtig, aber nicht wichtig genug, um sich noch länger zur schwarzen Welle löchern zu lassen. Ian machte sich bereit, den Stuhl zurückzuschieben, da hob Tobias beschwichtigend eine Hand.

«Ich freue mich, wenn du wieder mein Patient wirst, Ian. Und ich unterstütze dich sehr gern dabei, mein Kollege zu werden.»

«Wow!», entfährt es mir. «So unkompliziert?»

Ian lächelt. «Ich glaube, ich war eine Art Projekt für Tobias. Nachdem er mich als Jugendlicher mit seiner Sturheit auf die Beine gebracht hatte, wollte er mir nun helfen, noch mehr Fuss zu fassen.» Wahrscheinlich sieht er die Zweifel in meinem Blick, auf jeden Fall ergänzt er: «Wir kamen gut miteinander klar.»

Und vielleicht ist das tatsächlich die Erklärung für alles, was Tobias im Lauf der Jahre für ihn getan hat.

«Alexa und ich machten unsere Ausbildungen», lenkt Ian ab. «Sie mit Leichtigkeit, ich mit Unterbrüchen, Zweifeln, Schwierigkeiten, Ausnahmen und schliesslich einem erstaunlich guten Abschluss.»

«Bist du gleich nach der Ausbildung bei Tobias eingestiegen?»

Er nickt.

Ich denke an Alexas Erzählungen und rechne nach. «Bald darauf habt ihr geheiratet.» Der Gedanke an ihre Traumhochzeit in der Stabkirche von Heddal, für die sogar Ida nach Norwegen reiste, lässt mich lächeln. Eine strahlende Braut, ein glücklicher Bräutigam, dankbare Familien – die Geschichte hätte an diesem Punkt enden können. Doch das tat sie nicht. Ich weiss wenig über die Jahre nach der Hochzeit, Alexa hat dazu geschwiegen und nur «Hochs und Tiefs» angedeutet. Ob Ian konkreter werden wird?

Er lehnt sich zurück und starrt an die Decke. «Danach folgte ein verlorenes Jahrzehnt», sagt er schliesslich, viel zu leise.

Stillstand

Die Hitze hatte die Schweiz fest im Griff, als Alexa und Ian vor dem Gemeindehaus aus dem Bus stiegen. Das Dorf lag wie ausgestorben da und verstärkte Ians Gefühl von Unwirklichkeit. Eben noch war der flirrende Strand von Diani Beach vor ihnen gelegen, hatte der hektische Lärm von Mombasa sie umgeben, hatten sie das Vibrieren des Flugzeugs gespürt, und jetzt standen sie in dieser schweizerischen Dorfidylle.

«Wollen wir gleich wieder einsteigen und zurück ins kühle Kenia fliegen?», fragte Alexa.

Ian grinste. «Kühl?»

«Okay, nicht kühl. Aber auch nicht viel wärmer als hier und vor allem mit Meer!» Alexas Augen leuchteten auf. «Ich kann wirklich verstehen, weshalb Bruno keinen Grund sieht, hierher zurückzukommen. Wenn es nach mir ginge ...»

«Komm.» Ian zog den Griff des Rollkoffers aus. «Da der Bus bereits weitergefahren ist, haben wir unsere Chance auf eine sofortige Rückkehr an den Flughafen verpasst. Also lass uns ins Häuschen gehen und Ida eine Überraschung bereiten!»

Alexa schulterte ihren Rucksack und zog ihrerseits den Griff ihres Koffers aus. «Wir können uns ja unterwegs in den Bach legen.»

Ian lächelte in sich hinein. Egal, wie schön es in Kenia gewesen war, egal, wie schwer ihm zuvor der Abschied von Norwegen nach ihrer wunderbaren

Hochzeitsfeier gefallen war – nun waren sie auf dem Weg nach Hause. Ins Häuschen, das sie auch als verheiratetes Paar mit Ida teilen würden, und wo sie selbstverständlich als Erstes hingingen, auch wenn der Weg unweit der Villa seiner Eltern vorbeiführte.

Sie gingen schweigend nebeneinander her, die Hitze, die vom Asphalt aufstieg, lähmte sie. Als sie das Wäldchen am Dorfrand erreicht hatten, atmeten sie auf. Ein Gespräch kam dennoch nicht zustande, zu laut rumpelten die Räder der Rollkoffer auf der Naturstrasse. Alexa war auf der ganzen Heimreise schweigsam gewesen. Ian wusste nicht, ob es der Abschiedsschmerz von ihrem Vater und seiner Partnerin war, der sie verstummen liess, oder ob sie aus anderen Gründen so still war.

Die vier Wochen in Kenia waren grossartig gewesen. Alexa hatte sich täglich zu ihrem Entscheid, ihre Hochzeitsreise von Bruno und Noomi organisieren zu lassen, gratuliert, und Ian hatte ihr täglich recht gegeben. Nun war er sich plötzlich nicht mehr so sicher, ob es eine gute Idee gewesen war, Alexa ihre Reiselust hemmungslos ausleben zu lassen. Gab es in ihrem Leben Platz für Sehnsucht nach ihrem Vater, nach Abenteuer, nach Reisen? Ian wusste nur, dass es dies in seinem Leben nicht gab. Was er brauchte, war eine sichere Burg, das hatte sich nicht geändert und würde sich auch nicht ändern. Er konnte nur hoffen und beten, dass seine Ehefrau dies genauso sah.

Als die Brücke in Sicht kam und Alexas Schritte ausladender wurden, atmete Ian auf. Endlich schien sie nach vorne zu schauen.

«Soll ich deinen Koffer nehmen?», fragte sie, als sie merkte, dass er ihr nicht folgen konnte.

Ian schüttelte den Kopf. «Lauf du nur los zu Grossmama!»

«Nein!» Alexa lachte. «Wir beide gehen schön gemeinsam über die Brücke und bis zum Häuschen. So macht man das als Ehepaar, weisst du.»

Ihre Worte wärmten Ians Herz so stark, dass er die Hitze in der Luft kaum noch wahrnahm. «Dann komm, Frau Skogstad», sagte er und nahm ihre Hand.

Ida stand gebückt im Vorgarten und jätete, als Alexa und Ian am Gartentor ankamen.

«Grossmama, was tust du da? Bei dieser Hitze!»

Ida liess die Hacke mit einem leisen Aufschrei fallen. Strahlend kam sie zum Tor und schloss Ian und Alexa gleichzeitig in die Arme. «Warum habt ihr nicht Bescheid gesagt, dass ihr heute nach Hause kommt? Ich hätte doch etwas gebacken und euch am Bahnhof abgeholt!»

«Ein kühles Bier ist in Ordnung, Grossmama.» Alexa lachte, was Ida mit einem Schnauben quittierte.

«Keine Drogen in diesem Haus, das gilt immer noch, auch für verheiratete Menschen!»

«Ausnahmen nur auf der Veranda», ergänzten Alexa und Ian im Chor, und Ida nahm sie noch einmal in den Arm.

«Ich bin so froh, dass ihr wieder hier seid. Wart ihr schon bei Anne und Magnus?»

Natürlich bestand Ida darauf, sofort in der Villa Bescheid zu geben, und natürlich kamen Anne und Magnus zum Abendessen vorbei. Regina, die in Genf war, hiess Tochter und Schwiegersohn per SMS willkommen.

«Wie hat es euch denn in Kenia gefallen?», wollte Anne wissen, als sie alle am Tisch sassen.

Alexa brauchte nicht zu überlegen. «Es war so toll! Ich verstehe nicht, warum wir das nicht früher gemacht haben, und ich werde auf jeden Fall wieder hinreisen. Vielleicht auch in andere Länder auf dem afrikanischen Kontinent. Noomi sagte, sie könne mir Tipps geben und Kontakte vermitteln. Ich wusste gar nicht, wie vernetzt Papa und sie sind. Ich würde so gern mehr von ihrer Arbeit für die afrikanische Tierwelt erfahren!»

Während die Worte aus ihr heraussprudelten, spürte Ian ein leichtes Pochen in der Schläfe. Er sah, dass sich auf Annes Stirn eine kleine Falte bildet.

Ida aber rief: «Um Himmels willen, Lexi, hör auf! Du hörst dich ja an wie deine Mutter. Dabei schlägst du doch nach mir: Wir beide brauchen das Reisen nicht. Wie hat es denn dir gefallen, Ian?»

Ian lächelte ihr dankbar zu. «Gut. Aber ich bin auch froh, wieder im Häuschen zu sein.» Er zwinkerte Alexa zu, und sie grinste zurück, während Ida sich zurücklehnte und seufzte:

«Ich bin auch froh, dass ihr wieder hier seid. Erst meine Reise nach Norwegen an eure Hochzeit und dann die Wochen ohne euch – das ist ja alles gut und schön, aber jetzt ist es endlich wieder so, wie ich es am liebsten habe.» Tränen glitzerten in Idas Augen.

Alexa sprang auf und umarmte ihre Grossmutter. «Keine Sorge, Grossmama, so schnell wirst du uns nicht wieder los!»

«Das ist gut, Kinder.» Ida stand auf, um in der Küche etwas zu holen und ihre Fassung zurückzugewinnen.

Alexa schaute für ein paar Augenblicke verloren aus dem Fenster.

Da wusste Ian, dass tatsächlich ein Teil ihres Herzens auf Reisen geblieben war. Wie hätte es anders sein können? Sie mochte als Kind unter der Abenteuerlust ihrer Eltern gelitten haben und hing deshalb am Häuschen und an ihrer Grossmutter, aber natürlich steckte in ihr auch der Forscherdrang von

Bruno und Regina. Beunruhigt sah Ian zu, wie seine Frau versuchte, die Sehnsucht nach dem Reisen und der weiten Welt vor sich selbst zu verstecken.

Juli 2006

«Ich finde ja den Sommer in Oslo besonders schön!», meinte Alexa und lehnte sich etwas zu weit über die Balkonbrüstung.

Ian nahm ihre Hand und zog sie sachte in eine Umarmung. «Das sagst du zu jeder Jahreszeit.»

«Ja, weil es in Oslo zu jeder Jahreszeit besonders schön ist!», lachte sie.

Ian schwieg. Dass sie hier waren, hatte einen bestimmten Grund: Das dreissigjährige Firmenjubiläum der Skogstad Holding. Vor fünfzehn Jahren hatte das Jubiläum in der Schweiz stattgefunden, in diesem Jahr war Oslo an der Reihe. Marit und Magnus hatten einen grossen Saal in der Stadt gemietet, in dem heute Abend die Feierlichkeiten stattfinden sollten. Ian wurde übel beim Gedanken an die vielen Leute, die anwesend sein würden, und an die Erwartungen, die sie alle haben würden. «Was denkst du, wie oft ich heute gefragt werde, wann ich endlich ins Unternehmen einsteige?», fragte er und versuchte, es wie einen Scherz klingen zu lassen.

«Die Antwort ist ganz einfach: Sobald die Skogstad Holding Körpertherapie anbietet!»

«Das sage ich lieber nicht, sonst kommt noch jemand auf die Idee.»

Alexa lachte und löste sich von ihm. «Apropos heute Abend: Ich habe noch einen Beauty-Termin mit Saskia in der Sauna. Wir sehen uns in zwei Stunden, blitzblank herausgeputzt, ja?»

Während Alexa im Zimmer verschwand, blieb Ian

auf dem Balkon stehen und schaute hinunter auf die Stadt, die er so liebte, und aus der er sich heute am liebsten weit wegwünschte. Wie konnte es sein, dass es sich heute genauso furchtbar anfühlte, ein paar Stunden mit Magnus' und Marits Geschäftspartnern zu verbringen wie damals, als er achtzehn gewesen war? Jener Abend in einem Restaurant hoch über dem Zürichsee hatte in einem Besäufnis geendet, der nächste Tag hatte seine Hüfte zerschmettert und sein Leben verändert. Aber konnte das wirklich der Grund sein, warum er sich so elend fühlte? Er schaute hinunter auf die Stadt und den Fjord und versuchte sich einzureden, dass er heute Abend mit Alexa und Saskia Spass haben würde.

Zwei Stunden später sass Ian an Alexas Bett und hatte eine Hand auf ihre Stirn gelegt.

«Es tut mir leid», flüsterte sie. «Keine Ahnung, was das war.»

«Ein Kreislaufkollaps in der Sauna», fasste er für sie zusammen. «Eine leichte Gehirnerschütterung, ein übler blauer Fleck auf der linken Pobacke und ein verstauchtes Handgelenk.»

Sie verzog das Gesicht. Dann flossen die Tränen. «Es tut mir so leid! Ich wollte doch heute Abend deine schöne Prinzessin sein. Wir sind doch extra deswegen hierhergeflogen.»

Ian schnaubte und wischte ihr mit dem Zeigefinger sanft die Tränen von den Wangen. Er räusperte sich, dann beugte er sich über Alexa. «Ganz ehrlich, Trollmädchen: Es scheint mir etwas viel Drama zu sein, das du da veranstaltet hast, aber ich bin dir dankbar dafür.»

«Hm?»

Er liebte die Verwirrung in ihren Augen. «Du weisst doch, wie sehr ich diese Partys hasse.»

«Aber ... Es war dir wichtig, dass wir herfliegen.»

«Nicht mir. Meiner Familie.»

Alexa kniff die Augen zusammen, und da fiel Ian ein, was sie meinte. «Oh, weisst du was? Wir klären das morgen. Jetzt ruhst du dich einfach aus, erholst dich gut, und wir führen dein Prinzessinnenkleid ein andermal aus. Einfach du und ich, ja?»

Alexa nickte, und Ian sah erleichtert, wie sich ihr Gesicht entspannte und sie die Augen schloss. Sie schmiegte die Wange an seine Hand, und er blieb ruhig sitzen, bis sie eingeschlafen war. Wenn er Glück hatte, würde sie ihn nicht mehr daran erinnern, dass sie tatsächlich nach Oslo geflogen waren, weil er gesagt hatte, es wäre ihm wichtig. Alexa hätte heute zur Informationsveranstaltung eines Nachdiplomstudiums gehen wollen. Ian schämte sich dafür, dass er sie davon abgehalten hatte, aber die Vorstellung, seine Frau könnte plötzlich viele Abende lang mit Lernen und Studieren beschäftigt sein, hatte ihm solche Kopfschmerzen bereitet, dass er lieber den Flug nach Oslo in Kauf genommen hatte.

Alexa verschlief den Abend, wachte einmal nachts auf und fragte nach einem Schmerzmittel, verschlief danach das Frühstück und kroch gegen Mittag ziemlich erschlagen aus dem Bett.

Ian schaute besorgt zu, wie sie aufstand, doch sie lächelte ermutigend. «Und? Irgendwelche Skandale, die wir verpasst haben? Ausser unserer eigenen Abwesenheit?», wollte sie wissen.

«Keine Ahnung, ich war noch nicht unten.» Als er ihren entsetzten Blick sah, ergänzte er: «Ich habe mir Kaffee heraufbringen lassen.»

«Du Prinz!», neckte sie ihn und verzog gleich darauf das Gesicht. «Verbindest du mir die Hand neu?», bat sie ihn.

Er kontrollierte die Schwellung, stellte das Gelenk ruhig und strich den Fleck auf ihrem Hintern noch einmal dick mit Salbe ein. «Kopfschmerzen, Übelkeit?»

«Nein, Herr Doktor, alles bestens. Kaffee bitte und die News des Tages.»

«Dann lasse ich wohl am besten Saskia aufs Zimmer kommen», meinte Ian schmunzelnd.

«Oh, doch nicht.» Alexa hielt sich mit der gesunden Hand an ihm fest.

Ein Blick in ihr schneeweisses Gesicht bestätigte ihm, dass ihr Körper sich doch noch zu wenig vom Sturz erholt hatte. Behutsam führte er sie zurück zum Bett.

«Das ist alles so doof», jammerte sie.

«Für dich schon, ja. Aber es wird gut, du musst einfach noch etwas liegen bleiben. Ich hole in der Küche etwas, um deinen Kreislauf in Schwung zu bringen, und dann können wir vielleicht gegen Abend einen Ausflug auf den Frognerseter machen.»

«Meinst du?» Alexas Augen leuchteten auf.

Auf dem Weg in die Küche traf Ian auf seinen Schwager Jesper. Saskias Mann erzählte ihm, dass die kleine Tuula die Festivitäten ganz schlecht weggesteckt und die halbe Nacht durchgeweint habe. «Jetzt schlafen Saskia und sie. Was für eine tolle Party, hm?»

Ian verzog den Mund. «Sind wenigstens Magnus und Marit zufrieden?»

Jesper nickte. «Ja, offiziell war alles wunderbar. Ich glaube, Marit hatte besonderen Spass daran zu betonen, dass du wegen deiner Frau fehlst und nicht etwa, weil es dir nicht gut geht. Du kannst davon ausgehen, dass die ganze Osloer High Society denkt, du würdest bald Vater werden.» Grinsend ging Jesper weiter.

Ian blieb wie angewurzelt stehen.

Statt in die Küche lief er zurück ins Zimmer. Alexa schaute ihm erwartungsvoll entgegen. Bevor sie etwas sagen konnte, hatte er sich aufs Bett fallen lassen. Er öffnete den Mund und merkte, dass ihm die Worte fehlten.

«Alles gut?», wollte sie wissen.

«Dein Schwächeanfall ... Alexa, kann es sein ... Bist du schwanger?»

Ihre Augen weiteten sich. «Nein!» Eine zitternde Hand griff nach seiner. Alexa schluckte und fragte leise: «Möchtest du das denn?»

«Nein, ich ... Also, ich weiss nicht. Ich dachte nur ... Bist du sicher?»

«Ja.»

Er liess den Kopf sinken. Das war gut. Zum Glück war da nicht ein winziges Lebewesen, dem etwas hätte passieren können bei ihrem Sturz. Doch noch stärker als die Erleichterung war der brennende Schmerz in Ians Herzen. Jespers Worte hatten einen jähen Wunsch geweckt, von dem er nichts gewusst hatte und von dem er auch nichts wissen wollte. Ian schluckte mühsam. «Gut. Es war nur so ein Gedanke.»

«Hm.»

Sag nicht, wir müssten darüber reden, bat Ian Alexa stumm, und sie gewährte ihm den Wunsch und schlief ein.

November 2006

«Hei!» Ian winkte ins Wohnzimmer, wo Alexa auf dem Sofa sass und telefonierte. Ihr unbeschwertes Lachen verriet ihm, dass Doris am anderen Ende der Leitung sein musste.

Alexa winkte zurück und warf ihm einen Luftkuss zu.

Nachdem er die Einkaufstasche in die Küche gestellt hatte, ging er zurück auf die Veranda, wo Ida mit einer weiteren Tasche voller Einkäufe die Treppenstufen erklomm. Ian wollte ihr die Last abnehmen, doch Ida schüttelte schnaufend den Kopf. «Behandle mich nicht wie eine alte Frau, Ian!», schimpfte sie.

Gehorsam liess er sie mit der Tasche weitergehen. In der Küche bat er sie, Tee zu machen, während er die Einkäufe einräumte. Ida nickte gnädig, und Ian mutete seiner Hüfte zwei Gänge in den Keller und zurück zu. Als er danach wieder an der Wohnzimmertür vorbeikam, hatte sich Alexas Tonfall merklich verändert.

Verärgert sagte sie: «Das kann ich wohl immer noch selbst entscheiden, oder?» Und nach einer kurzen Pause: «Natürlich ist es ein tolles Angebot!» Sie seufzte. «Ich schätze es ja auch, dass Sanna und du mich mitnehmen würdet in den finnischen Winter. Aber du weisst, was im Januar bei uns auf der Verwaltung los ist ...»

Ian blieb stehen, hinter der Tür verborgen, sodass Alexa ihn nicht sehen konnte.

Offenbar hatte Doris eine ganze Menge zu sagen, jedenfalls dauerte es eine Weile, bis Alexa wieder sprach. «Natürlich hätte ich vor ein paar Jahren eine andere Antwort gegeben! Da war ich auch noch jünger und beruflich nicht so eingespannt. Nicht alle Menschen sind so vogelfrei wie Sanna und du, und das ist auch gut so. Ich gönne dir dein Leben, Doris, aber meins ist es nicht.» Schweigen, dann noch lauter: «Komm mir jetzt nicht mit dem Märchen! Trollmädchen mögen in den Norden gehören, und ich werde ja auch Silvester in Oslo verbringen. Doch danach gehe ich zurück zur Arbeit.» Viel leiser fuhr sie fort: «Und zu Grossmama.» Wieder war es eine Weile still, und Ian beschloss gerade, leise zu Ida in die Küche zu gehen, als Alexa scharf sagte: «Wag das nicht noch einmal, Doris! Wag nicht, mir zu sagen, dass Ian mich von etwas abhält. Mein Leben wäre nicht halb so aufregend ohne ihn, und nein, ich passe mich ihm nicht zu sehr an.» Offenbar gab Doris nur eine kurze Antwort, jedenfalls beendete Alexa den Anruf gleich darauf mit wenigen Worten.

Ian stand mit hämmerndem Herz im Flur, einen Augenblick lang unsicher, was er tun sollte. Dann ging er ins Wohnzimmer.

Alexa sass im Schneidersitz auf dem Sofa und starrte auf das Telefon in ihrer Hand.

«Ich habe gelauscht», sagte er rundheraus.

Sie sah auf und seufzte. «Kom hit», lud sie ihn auf Norwegisch ein.

Er setzte sich neben sie, und sie legte den Kopf auf seine Schulter.

«Welches unwiderstehliche Angebot von Doris hast du denn ausgeschlagen?»

«Zwei Wochen Lappland, inklusive Schlittenhundefahrt.»

«Oh – und warum hast du abgelehnt?»

«Hast du doch gehört, oder? Ich kann im Januar keine Ferien nehmen.» Noch einmal entfuhr ihr ein Seufzer. «Doris versteht einfach nicht, dass ich erwachsen geworden bin. Und dass sie sich mit mir absprechen muss, wenn sie etwas mit mir unternehmen will und mich nicht einfach vor vollendete Tatsachen stellen kann.»

«Bist du sicher? Lappland klingt wirklich verlockend, oder?»

«Fängst du jetzt auch noch an, mir zu sagen, wie ich mein Leben zu leben habe?»

«Natürlich nicht.»

«Gut!»

«Und das andere Argument?»

Alexa setzte sich auf. «Dass ich mich dir anpasse? Das hast du auch gehört, ja?»

Er nickte beklommen.

Sie stand auf und trat ans Fenster. Für einen Augenblick schaute sie in den Garten, dann drehte sie sich zu ihm um. «Was denkst du?»

Ian schaute auf die Frau, mit der er seit fünfzehn Jahren zusammen war, und hatte plötzlich das Gefühl, keine Ahnung zu haben, wer sie wirklich war. Bruchstücke von Erinnerungen rasten durch seine Gedanken und zeigten Alexa mal abenteuerlustig und entdeckungsfreudig, mal bodenständig und gewissenhaft, mal geniessend und es sich gemütlich machend. Wie sollte er wissen, was davon ihrer Beziehung und seiner Krankheit geschuldet war? Sie waren gemeinsam erwachsen geworden, er konnte nicht wissen, wie Alexa ohne ihn wäre.

Er sah die Aufforderung in ihrem Blick und antwortete ehrlich: «Ich weiss es nicht.»

Alexa schnaubte. «Das war die falsche Antwort, Ian Skogstad.»

«Und was wäre die richtige Antwort gewesen?»

Sie stellte sich aufrechter hin. «Dass Alexa Skogstad sich nie grundlos irgendwem anpassen würde! Aber ...» Langsam kam sie auf ihn zu. «... dass sie sehr genau weiss, mit welchen Menschen sie zusammen sein will, und dass sie für diese Menschen beinahe alles tun würde.»

«Ist das so?», fragte Ian rau.

Sie setzte sich rittlings auf seinen Schoss und

strich ihm die Haare aus dem Gesicht. «Das ist so», bestätigte sie. «Und weisst du auch weshalb? Weil sie weiss, dass dies die Menschen sind, auf die sie sich verlassen kann.»

Ihr Kuss war weich, und Ians Anspannung schmolz dahin, als er die Hände in ihren Haaren vergrub und sie noch etwas näher an sich zog.

«Tee ist fertig!»

Ian schielte an Alexa vorbei und sah Ida, die mit einem Tablett in den Händen unter der Küchentür erschien. Darauf standen drei dampfende Tassen mit Tee und ein grosser Teller Süssgebäck.

Ida schaute zu dem Pärchen auf dem Sofa und räusperte sich. «Störe ich?»

«Ja, Grossmama!»

Alexa löste sich von Ian und sah ihm in die Augen. In ihrem Blick las er Bedauern, Belustigung und Verlangen und teilte alles. Sie küsste ihn auf die Stirn, dann stand sie auf, nahm Ida das Tablett aus der Hand und stellte es auf den Tisch. «Aber es macht nichts. Fast nichts.» Sie zwinkerte Ian zu. «Und jetzt setzt euch. Wenn Grossmama den neuesten Klatsch aus der Kirche erzählt und Ian eine lustige anonymisierte Patientengeschichte, verrate ich euch, wer aus unserem Team schwanger ist!»

«Ich nehme mal an, nicht Herr Meier», kicherte Ida.

Ian konnte nicht anders, als zu schmunzeln, während er aufstand und sich zu den Frauen an den Tisch setzte. In seinem Bauch breitete sich ein wohligwarmes Gefühl aus: Was hatte er für ein Glück, dass er in dieser grossartigen und aussergewöhnlichen WG lebte!

«Hier!» Alexa drückte Ian einen Flyer in die Hand und einen Kuss auf die Stirn.

Er schaute vom Bildschirm auf, froh um die Ablenkung. Seit Stunden versuchte er, aus dem Infomail des Physiotherapeuten-Verbands schlau zu werden, doch seine Gedanken schweiften immer wieder ab, ohne dass er hätte sagen können, wohin. Er streckte sich. «Was ist das?»

«Tur-ner-vor-stel-lung!», sang Alexa und tanzte durchs Zimmer.

Ian fuhr sich durch die Haare und warf einen Blick auf seine Uhr. Wie konnte es bereits halb zwölf Uhr nachts sein? «Warst du noch im Pub?», fragte er, während er den Flyer in die Hand nahm.

«Yep!» Alexa drehte den Bürostuhl, auf dem Ian sass, und setzte sich auf seinen Schoss. «Aber vorher haben wir hart trainiert, damit wir in vier Wochen fit sind dafür.» Sie zeigte auf den Flyer.

«In 80 Tagen um die Welt mit dem Turnverein», las Ian vor. «Das wird aber eine lange Vorstellung!»

Alexa lachte. «Ja, da müsst ihr euch warm anziehen, ihr Stubenhocker!»

«Was meinst du?» Vorsichtig schob Ian Alexa von seinem Schoss, stand auf und streckte sich. Er war zu lange gesessen, nun fühlte er sich steif, und die Hüfte schmerzte. Seine vorsichtigen Bewegungen standen in starkem Gegensatz zu Alexa, die aufgeregt durchs Büro tänzelte.

Sie war seit dem Sommer Mitglied des Damenturnvereins und kam immer bestens gelaunt von den wöchentlichen Trainings zurück, obwohl Sport eigentlich gar nicht ihr Ding war. Doch sie genoss das Zusammensein mit ehemaligen Schulkolleginnen und neuen Bekannten so sehr, dass der Sport selbst offenbar zur Nebensache wurde. Ian gönnte ihr die unbeschwerten Abende und sah, dass die regelmässige Bewegung ihr an Körper und Seele guttat.

«Was ich meine?» Alexa grinste. «Na, dass es eine echte Herausforderung wird für Grossmama und dich, achtzig Tage lang unterwegs zu sein.»

Auch Ian grinste und legte den Flyer auf einen der Stapel auf seinem Pult.

«Ian?» Alexa stand plötzlich ganz dicht hinter ihm. «Du kommst doch an die Turnervorstellung, oder?»

Er spürte ihre Arme, die sich um seine Taille legten, und ihren Kopf, der sich an seinen Rücken schmiegte. Sein Bauch verkrampfte sich. Er schwieg. Alexa wusste, dass es ihm nicht besonders gut ging. Er brauchte seine Energie für die Arbeit und den Alltag. Die Vorstellung, sich grundlos einer nahezu unbekannten Menschenmenge auszusetzen, nur um Alexa während fünf Minuten auf der Bühne herumhüpfen zu sehen, erschien ihm absurd.

Alexas Finger strichen über seinen Bauch, und er merkte, wie sich seine Bauchmuskeln entspannten. «Es ist ja erst in einem Monat», sagte sie leise. Ihr Atem hinterliess eine Gänsehaut auf seinem Rücken.

Ian drehte sich um und zog Alexa an sich, froh, fürs Erste einer Antwort entkommen zu sein.

Zwei Wochen später konnte er das nicht mehr. Als er von der Arbeit nach Hause kam, sass Ida in ihrem Sessel und strickte. Alexa lag auf dem Sofa, ein Buch vor dem Gesicht.

«Hei!» Als sie ihn sah, sprang sie auf. «Lena hat angerufen und gesagt, die Turnervorstellung sei schon fast ausverkauft. Ich muss dringend reservieren! Es ist okay, wenn ich zusage, oder? Oder?» Sie schaute zwischen Ida und Ian hin und her und wippte ungeduldig mit den Füssen.

Ian hätte sich gern über ihre Aufregung amüsiert, aber er fühlte sich viel zu müde dazu. «Tut mir leid, Alexa.» Er ging an ihr vorbei und liess sich aufs Sofa fallen. Mit den Händen fuhr er sich über die Augen und massierte sich dann mit den Fingern die Stirn.

«Sorry für den Überfall.» Alexa lachte und setzte sich neben ihn. «Aber ich muss Lena noch heute antworten, und ich habe einfach Angst, dass es nachher keinen Platz mehr hat für euch beide.»

Ian sah auf und blickte in Idas Augen.

Sie lächelte.

Er schüttelte stumm den Kopf. Dann legte er eine Hand auf Alexas Oberschenkel und strich sanft mit den Fingern darüber. «Du musst Lena nicht anrufen», sagte er. «Nicht wegen mir.»

Alexa schmiegte sich an ihn. «Ach, komm schon, Ian, das wird bestimmt lustig!»

Damit hatte sie bestimmt recht. Nur glaubte Ian nicht, dass es seine Art Humor sein würde.

Er rückte etwas von Alexa ab, sodass er ihr in die Augen sehen konnte. «Nein, Alexa», sagte er. Die nächsten Worte blieben ihm erst im Hals stecken, aber dann gelang es ihm doch, sie auszusprechen. «Ich habe gerade nicht die Kraft, um einen zu langen Abend in der Turnhalle zu verbringen.» Er schluckte. «Es tut mir leid.»

Er sah, wie Alexas Augenbrauen sich zusammenzogen, aber nie hätte er mit der Reaktion gerechnet, die jetzt kam.

Alexa sprang auf, warf die Hände in die Luft und rief: «Dann sorg dafür, dass du die Kraft bekommst!»

Ian starrte sie an, unfähig, darauf zu reagieren.

Alexa erwartete offenbar auch keine Reaktion von ihm, sondern sagte, plötzlich wieder ganz ruhig:

«Vielleicht ist es an der Zeit, dass du zum Hausarzt gehst und dich an einen Psychiater überweisen lässt.» Fest sah sie ihm in die Augen und ergänzte: «Du solltest dir Antidepressiva verschreiben lassen, Ian. Stell dir vor, was dann alles möglich wäre.» Sie liess seinen Blick los, schnappte sich ihr Buch und legte sich wieder hin. Dabei schob sie ihre Füsse ganz selbstverständlich auf Ians Schoss, als hätte sie ihm mit ihren Worten nicht gerade einen Schlag in die Eingeweide verpasst.

«Tee?» Ida stand auf und schaute Ian an.

Er nickte automatisch, schob Alexas Füsse von sich, stand auf und ging ohne ein weiteres Wort aus dem Wohnzimmer, hinaus auf die Veranda. Seine Hände zitterten zu stark, um eine Zigarette anzuzünden. Sein Kopf war leer, und dort, wo sein Herz hätte sein müssen, war ein grosses, schwarzes Loch.

Ida sass im Wohnzimmer, als Ian am nächsten Tag nach Hause kam. Er hatte sie angerufen, weil er nicht zum Mittagessen da sein würde, doch sie hatte gesagt, sie würde mit dem Essen auf ihn warten. Normalerweise schätzte Ian das ruhige Zusammensein mit Ida am Dienstagmittag, wenn Alexa mit ihrem Team ass, aber heute fürchtete er sich vor Idas untrüglichem Gespür für seine Stimmungen.

Tatsächlich schaute sie ihn über den Rand ihrer Brille hinweg forschend an, als er an der Wohnzimmertür stehen blieb. Als er nichts sagte, meinte sie: «Der Auflauf steht im Ofen. Stell ihn doch bitte auf den Tisch.»

Ian tat wie geheissen und wartete, bis Ida sich auch an den Tisch gesetzt und ein Gebet gesprochen hatte. Sie schloss mit einem: «Guten Appetit!»

«Danke gleichfalls. Und danke, dass du mit dem

Essen auf mich gewartet hast.»

«Ach ...», winkte Ida ab.

Ian stocherte in seinem Teller herum und konnte sich nicht entscheiden, welches Gemüse er zuerst auf die Gabel spiessen sollte. Es war gut, sich mit dieser Art von Problemen zu befassen.

«Hast du über Alexas Idee nachgedacht?», fragte Ida.

Er stocherte weiter und versuchte ein unverbindliches Nicken.

«Und?», bohrte sie nach.

Er schaute auf und begegnete ihrem Blick, der scharf war wie eh und je, auch wenn ihre Augen trüb wurden.

Ian seufzte und legte die Gabel beiseite. «Ida, das ist nicht so einfach.»

Er hoffte, dass sie ihm zustimmen und das Thema fallenlassen würde, doch Ida folgte seinem Beispiel und legte das Besteck auf den Tellerrand. Sie sprach erst, als er ihr in die Augen sah und sie sicher war, dass er ihr zuhörte: «Ich weiss, dass es nicht einfach ist, Ian.»

Die Sanftheit in ihrer Stimme trieb ihm beinahe Tränen in die Augen. Er schluckte und sah an Ida vorbei. «Alexas Idee», wie Ida es nannte, war ein Verrat an allem, woran sie bisher gemeinsam geglaubt hatten. Sie waren sich immer einig gewesen, dass Antidepressiva kein Weg für ihn waren. Zu präsent war ihnen die Zeit nach seinem Unfall, als ihn ein Cocktail aus verschiedenen Medikamenten mehr oder weniger in einen Dauerrausch befördert hatte. Dass Marits Freundin Tiziana vor zwei Jahren Suizid begangen hatte, hatte sie in ihrer Meinung bestärkt. Ian ging auf Tobias' Empfehlung hin seit einigen Jahren zu Frau Bischof, machte regelmässig Yoga und fand, dass Johanniskraut und Vitamin D seinem Immun- und Nervensystem guttaten. Alexa hatte ihn immer auf diesem Weg unterstützt. Und nun sollte er wegen eines Vereinsabends im Dorf den vielleicht nicht optimalen, aber doch bewährten Weg aufgeben? Ian fühlte sich verraten, und es tat unglaublich weh. So sehr, dass er weder fähig war, mit Ida zu sprechen, noch weiter zu essen. Er rückte den Stuhl zurück.

«Warte», sagte Ida. «Ich will dir sagen, weshalb Lexi plötzlich von Medikamenten spricht. Es geht ihr um dich.»

Ian schüttelte den Kopf. «Nein, Ida, es geht um sie. Sie will ein normales Leben und einen normalen Mann. Das hat sie ziemlich deutlich gemacht, auch wenn sie es nicht so gesagt hat.»

Das Verrückte war, dass er Alexas Wunsch teilte. Aber es ging nicht. Er war nicht bereit für Experimente, schon gar nicht, wenn der Abgrund nur wenige Schritte entfernt war.

Ida seufzte und sah mit einem Mal älter aus als sonst. Verletzlicher.

Ian rutschte unbehaglich auf dem Stuhl hin und her. Es schien ihm an der Zeit, das Geschirr abzuräumen.

Aber Ida sprach weiter: «Weisst du, wir sind nicht so gut darin, unsere Wünsche zu äussern, wir Frauen aus dieser Familie. Wir mögen ...» Sie überlegte. «... nicht schlecht darin sein, unseren Willen durchzusetzen ...»

Ian hob eine Augenbraue.

Ida gab sich unbeeindruckt. «... aber wir können nicht gut um etwas bitten. Ich glaube, Alexa bittet dich, dir endlich Hilfe zu holen.»

Hinter Idas Rücken tickte die Wanduhr. Viel zu

laut. Viel zu schnell.

Mit einer mechanischen Bewegung schob Ian den Stuhl nach hinten und stand auf. Er stellte das Geschirr unter unnötig lautem Klappern zusammen und türmte es zu hoch auf, als er es in die Küche trug.

Idas erwarteter Protest blieb aus. Sie blieb einfach sitzen, bis er alles abgeräumt und die Kaffeemaschine in der Küche gestartet hatte.

Er räumte das Geschirr in den Geschirrspüler und versorgte den Rest des Auflaufs im Kühlschrank. Schliesslich fiel ihm nichts mehr ein, was er noch tun könnte, und er trug eine Tasse Milchkaffee und einen Espresso ins Wohnzimmer.

«Endlich?», fragte er, als er wieder am Tisch sass.

«Was meinst du?», fragte Ida. Sie sah aus, als hätte sie in der Zwischenzeit ein Nickerchen gemacht.

«Du hast gesagt, Alexa wolle vielleicht, dass ich mir endlich Hilfe hole. Warum endlich?»

«Weil deine kluge Schwester vielleicht doch recht hat mit dem, was sie seit Jahren sagt: Es gibt noch mehr Wege, um Depressionen zu behandeln als diejenigen, die du bereits ausprobiert hast. Vielleicht ist es an der Zeit.»

«Behandeln?»

«Ach, Ian ...» Ida trank einen Schluck Kaffee. «Versteh mich bitte nicht absichtlich falsch. Hör mir einfach zu, und wenn du danach wütend werden musst, tue es. Ich habe mit dem Pfarrer geredet. Er hat mir viel über deine Krankheit erklärt. Natürlich findet er es gut, dass ich für dich bete, aber er meinte, ich würde ja auch nicht nur beten, wenn ich ...» Sie schaute verschämt an ihm vorbei. «... wenn ich wieder eine Blasenentzündung habe. Ich nehme Antibiotika und trinke Preiselbeersaft. Es gibt auch Therapien für deine Krankheit. Ich wusste viel zu wenig darüber, Ian. Ich glaubte, Marit wolle einfach eine teure, exklusive Lösung, wie sie es für alles will. Aber ...»

«Du hast mit dem Pfarrer über mich geredet?»

«Ich rede mit dem Pfarrer über alles.»

Ian trank seinen Espresso in einem Zug aus und wollte schon aufstehen und aus dem Wohnzimmer gehen, als Ida weitersprach: «Es sind ja nicht nur Marit und der Herr Pfarrer, die das sagen. Tobias findet es auch, oder? Bei ihm dachte ich, er wolle halt lieber einen Mitarbeiter, der weniger häufig ausfällt, und ich weiss, dass er dich gernhat und es nicht erträgt, wenn es dir schlecht geht. Ich dachte, er würde sich irren. Ich dachte, es wäre einfach so, wie es ist. Aber vielleicht habe ich mich geirrt, Ian. Vielleicht haben wir uns alle geirrt, du, Alexa und ich. Vielleicht ist es besser, wenn du dir jetzt Hilfe holst.»

«Ida ...» Ian versuchte, sein galoppierendes Herz zu beruhigen. Ida war neben Alexa der Mensch, der ihn am besten verstand. Er musste sie beruhigen, ihr erklären, was ihm wichtig war. Er schloss kurz die Augen, dann lehnte er sich etwas vor, suchte Idas Blick und sammelte die Worte, die er brauchte. «Es ist nicht dasselbe, während einer Woche Antibiotika gegen eine Blasenentzündung zu nehmen oder auf unbestimmte Zeit ein Antidepressivum. Diese Medikamente haben Nebenwirkungen, Ida.»

«Du hast dir Gedanken gemacht darüber?»

Ian schnaubte. «Was denkst du denn, was ich seit drei Jahren mit meiner Psychologin bespreche! Glaub mir, Ida, ich weiss mehr über meine Krankheit und ihre Behandlungsmöglichkeiten als du, Alexa, Marit und der Pfarrer zusammen. Es ...»

Es nützt nur nichts, wollte er sagen, aber sein Hals war wie zugeschnürt, wie immer, wenn er ausserhalb von Frau Bischofs Praxis über seine Krankheit sprechen sollte. Es spielte keine Rolle, wie viel er wusste, weil die Depression am Ende doch die Kontrolle übernahm und er ihr nichts entgegenzusetzen hatte. Vielleicht war die Gesprächstherapie bei Frau Bischof nicht viel mehr als Idas Preiselbeersaft, aber auf etwas anderes konnte er sich nun einmal nicht einlassen. Auch jetzt nicht.

Er hielt es nicht mehr aus auf dem Stuhl, stand auf und stellte sich ans Fenster. «Ich habe Angst», hörte er sich sagen. «Ich habe Angst, dass am Ende die Medikamente mich im Griff haben und nicht ich sie.»

Ida schwieg, bis er sich umdrehte. Sie sah ihn nachdenklich an. «Ich kann verstehen, dass du Angst hast.» Ihr Lächeln wirkte betont aufmunternd, als sie fortfuhr: «Und ich finde, es geht dir besser, seit du zu Frau Bischof gehst.»

Ian drehte sich wieder zurück und schaute aus dem Fenster. Ida war genauso schlecht wie er, wenn es darum ging, über Gefühle zu reden. Meistens war er froh darüber, aber heute hätte er gern gewusst, was ihr wirklich durch den Kopf ging. Hatte sie auch manchmal Angst? Um ihn, um ihre Enkelin, um das Urgrosskind, auf das sie wartete, auch wenn sie es höchstens ab und zu andeutete? Hatte sie vielleicht manchmal Angst um sich selbst und ihre eigene Zukunft?

Er merkte, wie Ida aufstand, und war doch überrascht, als er ihre Hand auf seinem Arm spürte. «Weisst du, was der Pfarrer auch noch gesagt hat, Ian? Er hat gesagt, ich solle dich daran erinnern, dass es dir gut gehen darf. Ich weiss nicht, was er damit meinte, aber ich finde, es klingt schön.» Sie drückte sachte seinen Arm, bevor sie ihn losliess und leise aus dem Wohnzimmer ging.

Kurz nach siebzehn Uhr an diesem Abend ging Ian nach draussen auf die Veranda, zündete sich eine Zigarette an und setzte sich auf die Bank. Er fröstelte und war froh, dass er die Kälte noch spürte. Als er hörte, dass sich ein Auto dem Häuschen näherte, erwog er einen Moment lang reinzugehen, doch dann entschied er sich, seinem ursprünglichen Plan zu folgen: Er wollte Alexa vor dem Häuschen treffen, allein.

Alexa parkte das Auto wie immer schwungvoll, liess sich dann aber Zeit mit Aussteigen. Ob sie den leuchtenden Punkt der Zigarette auf der Veranda gesehen hatte und absichtlich trödelte? Oder verlängerte sie einfach ein wenig die Zeit zwischen der Arbeit und dem Ankommen zu Hause?

Ian schloss die Augen und wartete.

«Hei!» Als er die Augen wieder öffnete, stand Alexa unter der Verandatreppe.

«Hei.» Ian drückte die Kippe im Aschenbecher aus.

Alexa kam die Treppe hoch und blieb vor ihm stehen. In der Dämmerung konnte Ian ihren Gesichtsausdruck nicht sehen. Unwillkürlich hielt er den Atem an. Alexa setzte sich neben ihn und lehnte mit einem kleinen Seufzer den Kopf an seine Schulter. Zögerlich legte Ian den Arm um sie. Sie sassen engumschlungen nebeneinander, und Ian spürte, wie mit jedem Atemzug die Anspannung aus seinem Körper wich und auch Alexas Schultern sich langsam entspannten.

«Ich habe nachgedacht», sagte sie schliesslich. Dabei nahm sie Ians Hand, die auf ihrer Schulter ruhte, wie um sicherzustellen, dass er sie nicht losliess, und drehte den Kopf zu ihm.

Sein Herz klopfte schmerzhaft, und mit einem Schlag war die Anspannung wieder da.

«Ich weiss, dass dir die Nebenwirkungen der Antidepressiva Angst machen», sagte Alexa.

«Feige, nicht?» Ian schluckte. «Es würde ja nicht wehtun, es zumindest einmal auszuprobieren ...»

Alexas Schultern hoben und senkten sich, als sie tief ein- und ausatmete. «Doch, es könnte wehtun. Ich kann verstehen, dass dir das Risiko zu gross ist.»

Er zögerte, schliesslich lächelte er und sah im fahlen Schein der Verandalampe, dass Alexa es auch tat. «Ich könnte ...», begann er. «Also, wenn dir dieser Abend so wichtig ist ...» Er brach ab, unsicher, ob er Alexa dieses Angebot wirklich machen wollte.

Sie schmiegte sich noch näher an ihn. «Gern», sagte sie leise. «Ich würde mich wirklich sehr freuen, wenn du und Grossmama kommen würdet. Ihr könnt ja früh wieder gehen.»

Ian legte seinen Kopf an Alexas. «Ich weiss nicht, ob ich es schaffe», gab er zu.

Ihren Seufzer spürte er mehr, als dass er ihn hörte.

«Seid ihr hingegangen?», frage ich.

Ian nickt. «Ida und ich gingen hin, schauten Alexa zu und verliessen die Turnhalle bald nach der Vorstellung wieder. Wir hatten beide nicht wirklich Spass an dem Abend, aber als Alexa von der Bühne aus völlig hemmungslos in unsere Richtung winkte, waren wir uns einig, dass es sich gelohnt hatte.» Er lächelt.

«Wärst du froh gewesen, wenn Alexa oder Ida weniger Verständnis gezeigt hätten? Wenn sie vehementer darauf bestanden hätten, dass du aktiver gegen deine Depressionen vorgegangen wärst?», wage ich zu fragen.

Ian antwortet nicht. Stattdessen fragt er: «Können wir in dein Büro zurückgehen?»

«Klar.»

Er geht mit sicheren Schritten voran in den obersten Stock.

Ich folge ihm neugierig.

Oben angekommen stellt er sich erneut vor meine Notizen. «Wir hätten ein solches Vision Board gebraucht für unser Leben. Vielleicht hätten wir dann nicht einfach gewartet.»

Fragend schaue ich ihn an.

«In den folgenden Jahren brauchte Ida immer etwas mehr Betreuung. Wir waren noch mehr ans Häuschen gebunden, bis sie schliesslich ins Seniorenzentrum zog. Danach war unser Lebensmittelpunkt weg. Wir hatten keine Kinder, keine Hobbys und Berufe, die wir mehr aus Bequemlichkeit gewählt hatten als aus Überzeugung. Und doch änderten wir nichts an unserem Leben.»

«Und der Turnverein?», *werfe ich ein.*

Ian schmunzelt. «Es war nicht meine Schuld, dass Alexa bald wieder aufhörte hinzugehen. Das Vereinsleben war doch nicht das Richtige für sie.»

Kann es sein, dass man an der Seite eines depressiven Menschen selbst antriebslos wird, wundere ich mich. Oder wollte Alexa sich bewusst oder unbewusst vor weiteren Enttäuschungen schützen?

Mit seinen nächsten Worten nimmt Ian meine Gedanken auf: «Vielleicht war es ein Fehler, dass ich mich nie auf Medikamente eingelassen habe. Vielleicht hätten sie geholfen, dass ich früher an den Punkt gekommen wäre, an dem ich mich meinen Erinnerungen stellen konnte. Vielleicht hätten sie uns mehr Möglichkeiten verschafft.» *Ein wehmütiges Lächeln streift sein Gesicht.* «Es war Idas Tod, der schliesslich den Beginn einer Veränderung brachte. Und natürlich Yuna, die es satt hatte zu warten und sich aus eigenem Antrieb auf den Weg zu uns machte.»

«So siehst du das?»

«Wie siehst du es?»

Ich deute auf eines der Zitate, die ich aufgehängt habe: «Mit Mut fangen die schönsten Geschichten an.»

«So sehe ich es. Mag sein, dass ihr ein zögerliches Jahrzehnt hinter euch habt, aber ich bin sicher, dass ihr es genutzt habt, um Mut zu fassen für das, was jetzt kommt: Ein Leben in Bunt.»

Erstaunt schaut Ian mich an.

Ich nicke enthusiastisch. «Ja, das Leben hat so viele Facetten, so viele Farben! Ich will, dass ihr mehr davon kennenlernt. Ich will, dass euer Leben bunt und unvorhersehbar wird! Komm schon, Ian, wie habt ihr wieder gelernt zu träumen?»

«Wer sagt, dass wir das haben?»

«Ich!»

Ian lächelt. «Dann blieb uns wohl nichts anderes übrig.»

Veränderungen

März 2017

«Psst, Yuna!» Alexa hält ihrer Tochter die Hand vor den Mund, was diese mit einem Kichern beantwortet. Dann versucht sie, die Hand wegzuschieben, und gibt ein leises Knurren von sich. Alexa bückt sich, um den Kuschelhasen vom Boden aufzuheben, und wendet sich dann wieder dem Computerbildschirm zu. Er teilt sich in vier Rechtecke auf. In einem sind Yuna und sie zu sehen, in den drei anderen Marit, Magnus und Saskia.

«Wie ist das eigentlich, Marit», fragt Saskia aus dem Computer und hebt die Augenbrauen in typischer Skogstad-Manier, «fragst du uns, oder befiehlst du uns etwas?»

«Ich sage, wie es ist», antwortet Marit und ergänzt die familientypischen Gesten, indem sie die Haare aus dem Gesicht streicht.

«Hei!», sagt Ian von der Tür her.

«Oh, hei Ian, komm her. Marit hat Neuigkeiten!» Alexa rollt den Bürostuhl etwas zur Seite, damit Ian den seinen an den Schreibtisch schieben kann.

Yuna quietscht glücklich und wechselt mitsamt Kuscheltier den Schoss. Marit, Magnus und Saskia begrüssen Ian, während dieser die Stirn runzelt und offenbar versucht, sich zu orientieren. Schliesslich schaut er hilfesuchend zu Alexa.

Sie wendet sich dem Bildschirm zu. «Also ... Lasst mich das mal auf gutschweizerische Verwaltungsart zusammenfassen.»

Saskias Augenbrauen klettern wieder in die Höhe, und auf Magnus' Gesicht erscheint ein amüsiertes Lächeln. Marit setzt sich aufrechter hin. Ian wirft Alexa einen dankbaren Blick zu.

«Fakt eins ist: Der Verwaltungsrat der Skogstad Holding ist nicht bereit, Erik in den Rücken zu fallen, wie sie es nennen. Fakt zwei ist, dass Marit ihnen erst ein paar finanzielle Unregelmässigkeiten von Eriks Geschäften vorgelegt hat. Von seinem wahren Verbrechen wissen sie nichts. Fakt drei ist, dass Marit reinen Tisch machen und die Vertrauensfrage stellen könnte, oder – und jetzt bin ich, ehrlich gesagt, nicht ganz mitgekommen – ihr könntet ... was genau tun?»

«Verkaufen», antwortet Magnus ruhig.

«Die Firma?», fragt Alexa nach.

«Unsere Anteile an der Skogstad Immobilien Holding. Und eure Anteile.»

«Und das heisst?», fragt Alexa vorsichtig nach.

«Ziemlich viel Kohle für alle», fasst Saskia zusammen, und ihre Augen blitzen auf.

Alexa wendet sich wieder Magnus zu, der immer noch ruhig und bestimmt in die Kamera blickt, als er sagt: «Das heisst, Marit und ich verlieren unsere Plätze im Verwaltungsrat, und Marit wird zudem ihre Stelle als CEO der Holding kündigen.»

«Es heisst, dass es die Firma für euch nicht mehr geben wird», fasst Alexa erschüttert zusammen. «Was machst du dann, Marit?» Alexa kennt ihre Schwägerin nur als die Frau, die die Geschicke des Familienunternehmens leitet. Der Gedanke, es gäbe keine Firma mehr, übersteigt ihr Vorstellungsvermögen.

«Wahrscheinlich noch etwas öfter in London sein, als sie es jetzt schon ist!» Saskia grinst, und Alexas Stimmung hebt sich, als Marit verlegen zur Seite schaut und vielleicht sogar ein wenig rot wird.

«Ah ... Davon wusste ich nichts.»

«Darum geht es auch nicht.» Marit hat sich wieder gefasst. «Der Punkt ist: Ich habe tatsächlich ein lukratives Jobangebot in London bekommen, das ich sehr gern annehmen würde.»

«Der andere Punkt ist», ergänzt Magnus, «dass die Skogstad Holding im letzten Jahrzehnt unter den Schwierigkeiten im Immobilienmarkt gelitten hat und ihre Zukunft ungewiss ist. Der Zeitpunkt, unsere Anteile abzustossen, ist günstig.»

«Ihr macht also den grösstmöglichen Gewinn, wenn ihr jetzt verkauft», übersetzt Alexa.

Saskia korrigiert sie: «Wir, Alexa, wir alle. Wenn dem so ist, bin ich dafür, dass ihr den Laden verkauft. Das ist einfacher, als wenn wir versuchen, die alten Herren im Verwaltungsrat von etwas zu überzeugen, das wir nicht beweisen können. Wir nehmen das Geld, und Erik kann zusehen, wie er das Ruder herumreisst. Oder eben nicht. Ich würde sagen: Go for it, big sis!»

«Was meinst du, Ian?», fragt Marit.

Alexa dreht den Kopf, darauf vorbereitet, ihren Mann am Rand des Abgrunds zu sehen, wie immer, wenn der Name seines Onkels im Raum steht. Entweder kämpft er längst mit seinen Dämonen, oder er hat aufgehört, der Diskussion zu folgen, und sich irgendwo in sich selbst zurückgezogen.

Doch Ian überrascht sie damit, dass er ruhig in die Bildschirmkamera blickt und gleichzeitig Yuna davon abhält, ihm ihren Stoffhasen ins Gesicht zu drücken. «Falls deine Frage ist, ob ich mir mehr vorgestellt habe unter deiner Racheaktion, Marit – dann lautet die Antwort Ja. In meiner Vorstellung wird Erik geächtet für das, was er getan hat, und verbringt den

Rest seines Lebens irgendwo allein und verzweifelt, während wir alle glücklich sind. Im besten Fall ...» Er wirft einen Blick auf Yuna und beisst sich auf die Lippen. «Nein, lassen wir das. Aber was ihr sagt, klingt sinnvoll und richtig.»

«Ein bisschen langweilig, hm?» Saskia hat das Kinn auf die Hände gestützt und sieht aus, als würde sie zum ersten Mal auch über so etwas wie eine Racheaktion nachdenken.

«Erwachsen halt.» Ian grinst, und Marit lacht kurz auf.

«Aber ...», ergreift Alexa wieder das Wort, «... wenn man etwas verkaufen will, braucht man einen Käufer. Wer kauft denn die Anteile einer Firma, die offenbar nicht besonders gut dasteht?»

«Kann mir jemand sagen, weshalb wir dieses Mädchen nie zu unserer Finanzchefin gemacht haben?», will Saskia wissen.

Tatsächlich schauen Marit und Magnus etwas betreten drein, und als Alexa zu Ian blickt, sieht sie ein stolzes Lächeln. Sie verdreht die Augen. «Weil dieses Mädchen ...», Alexa stockt. «Keine Ahnung, ehrlich gesagt.» Es war nie mehr als ein Running Joke zwischen Ian und ihr, dass sie mit ihrer Ausbildung Teil der Skogstad Immobilien Holding werden könnte. Dass es tatsächlich wahr ist, ist ein verwirrender Gedanke. Alexa lacht etwas gezwungen. «Aber nicht, dass ihr nun auf die Idee kommt, ich könnte den maroden Laden aufkaufen!»

«Maroden Laden?» Von Magnus kommt etwas wie ein Knurren, und Alexa befürchtet schon, zu weit gegangen zu sein, doch dann sieht sie das Funkeln in seinen Augen und entspannt sich.

«Lasst die Frage nach dem Käufer und dem Verkaufspreis ruhig meine Sorge sein.»

Die Kälte in Marits Stimme lässt Alexa schaudern. Sie sieht, dass Saskia etwas fragen möchte, sich aber dagegen entscheidet. Alexa selbst ist allerdings der Meinung, dass es angebracht ist, Klartext zu reden. «Ihr wollt an Erik verkaufen. Er hat ein Interesse am Weiterbestand der Firma.»

«Und Marit hat das eine oder andere überzeugende Argument in der Hand, falls er es nicht tun möchte», ergänzt Saskia und lehnt sich auf ihrem Stuhl zurück.

Über Ians Gesicht zieht ein geisterhaftes Lächeln, das gleich wieder verschwindet. «Mach ihm Angst, Marit. Die Angst ist das Schlimmste.»

Marit nickt, und Alexa glaubt, in ihren Augen Tränen schimmern zu sehen.

«Ian?» Saskias Stimme ist ungewöhnlich ernst, und sie wartet einen Augenblick, bis sie weiterspricht. «Die Zeit der Angst ist vorbei.»

Ian scheint einen Moment zu erstarren, dann nickt er und stellt die zappelnde Yuna auf den Boden, wo sie sich an seinem Bein festhält und dann langsam auf die Knie rutscht.

Marit räuspert sich. «Ihr hört von mir, sobald die nächsten Schritte eingeleitet sind. Aber wenn alles gut geht – und das wird es –, könnt ihr damit rechnen, dass ihr für den Rest eures Lebens finanziell ausgesorgt habt.»

«Wie lange dauert die Aktion?»

«Brauchst du das Geld so dringend, Schwesterchen?» Marit zieht die Augenbrauen hoch.

Saskia schmunzelt nur.

Yuna beginnt zu quengeln, und es ist Ian, der das virtuelle Familientreffen beendet: «Danke, Marit. Bis nächste Woche?»

Nicken auf den Bildschirmen.

«Dann hätte ich übrigens gern ein paar Infos über London, Marit», schiebt Alexa nach.

Marit winkt, ihr Viereck wird dunkel.

«Hat sie dir gerade die Zunge rausgestreckt?», fragt Saskia konsterniert.

Auch Magnus will sich verabschieden, doch Alexa bittet ihn, Anne vor den Bildschirm zu holen, damit Yuna ihr winken kann. Denn während Regina bald wieder in der Schweiz sein wird, sieht es nicht so aus, als würden Yunas andere Grosseltern so bald wieder hierher zurückkommen.

Ian ist aufgestanden und hat sich an den Türrahmen gelehnt. Er schaut Yuna dabei zu, wie sie mit den Händchen auf den Bildschirm patscht. Sie quietscht, als Annes Hand sich langsam darüber bewegt. Er hört das glückliche Auflachen seiner Mutter und lauscht Alexas Kichern. Unbeschwert. Fröhlich. Ist es nicht das, was er sich für seine Familie gewünscht hat? Wo bleibt sein Glücksgefühl? Hinter Annes winkender Hand sucht er nach dem Gesicht von Magnus und findet sich Auge in Auge mit seinem Vater. Er weiss nicht, woran er die wortlose Absprache erkennt, aber als Alexa nach einem letzten Winken den Anruf beenden will, geht er dazwischen. «Ich rede noch mit Magnus», sagt er und stösst sich von der Wand ab. Alexas erstaunten Gesichtsausdruck ignoriert er, registriert aber, wie Anne ihm einen Blick zuwirft, aus dem sowohl Erleichterung als auch Angst sprechen. Er gibt ihr nicht zu erkennen, welches Gefühl ihr recht geben wird.

Leise verlässt Alexa mit Yuna das Büro, und ohne etwas zu sagen, verschwindet Anne aus dem Feld des Bildschirms.

Ian ist mit Magnus allein.

Mit einer Distanz von Hunderten von Kilometern und der Möglichkeit, den Kontakt durch einen Knopfdruck abzubrechen, verursacht Ian dies kein Unbehagen. Der Abgrund scheint weit weg, Yunas Quengeln aus dem Nebenzimmer sichert den Verbleib in der Gegenwart. Ian setzt sich auf seinen Bürostuhl und rollt ihn direkt vor den Computer.

Auch Magnus hat sich so hingesetzt, dass sein Gesicht fast den ganzen Bildschirm ausfüllt.

«Du siehst ...» Ian sucht nach einem diplomatischen Wort, doch dann scheint es ihm sinnvoller, ehrlich zu sein. «Du siehst krank aus», sagt er.

Magnus lächelt dünn. «Wundert es dich?»

«Ja. Du bist nie krank.»

Nun wird das Lächeln seines Vaters eindeutig ironisch. «Denk mal darüber nach, was deine Psychologin dazu sagen würde.»

Ian nickt stumm. Als Magnus nichts mehr sagt, fragt er weiter: «Gibt es eine Diagnose?»

Magnus schüttelt den Kopf.

Ian seufzt. «Warst du wenigstens beim Arzt?»

«Nein. Hör zu, Ian, ich will nicht über meine Gesundheit sprechen.»

Worüber dann, wundert sich Ian, als sein Vater wieder in Schweigen verfällt. Bis ihm aufgeht, dass es an ihm ist, etwas zu sagen. Worauf wartet sein Vater? Darauf, dass Ian über Schuldspruch oder Freispruch entscheidet? Er schaut auf den Mann am Bildschirm und kann nicht anders, als zu denken: gramgebeugt. Nach mehr als vierzig Jahren wurde es Magnus doch zu viel. Ian schluckt, spürt einen Moment dem Gefühl nach, das plötzlich seinen ganzen Brustraum ausfüllt, und sagt:

«Danke.»

Es sieht aus, als wäre Magnus von einem Insekt

gestochen worden. Er zuckt zusammen, setzt sich aufrechter hin, seine Augen weiten sich. «Wofür?», fragt er, in der Stimme ein untypisches Krächzen.

Darüber muss Ian erst nachdenken. Sein Blick geht nach oben links und bleibt an der Deckenlampe hängen, die hier hängt, seit er ins Häuschen gezogen ist. «Ida-Stil» nennt er die Gegenstände, die zwar alt, aber nicht Vintage sind, weder schön noch hässlich, wahrscheinlich von Ida und ihrem Mann Felix beim Einzug ins Häuschen gekauft und seither immer in Gebrauch. Ian lächelt. Nun weiss er, wofür er seinem Vater dankbar ist.

Er schaut zurück zum Bildschirm und versichert sich, Magnus' volle Aufmerksamkeit zu haben. «Ich danke dir dafür, dass du mich hierhergebracht hast.» Tief atmet er durch. Das Gefühl, entwurzelt worden zu sein, alleingelassen und verraten, ist nicht kleiner geworden. Aber es ist ein neues Gefühl dazugekommen. Und das ist tatsächlich Dankbarkeit. Ian versucht gar nicht erst, die Tränen zurückzuhalten, die tief aus seinem Innern zu kommen scheinen. «Danke, dass du mit uns in die Schweiz geflohen bist und mir ...», er lächelt schief, «... eine sichere Burg gebaut hast.» Ein leiser Schluchzer kommt über seine Lippen. «Ohne den Umzug wäre ich nicht in diesem Häuschen und bei diesen Menschen angekommen, wo ich mein wirkliches Zuhause gefunden habe.»

Magnus' Mundwinkel zucken. Er scheint gleichzeitig zu nicken und den Kopf zu schütteln. «Warum so plötzlich?», fragt er rau. «Weil du siehst, dass ich krank bin?»

Ian schüttelt langsam den Kopf. Denkt sein Vater wirklich, solche Worte könnten aus Mitleid entstehen? «Nein, Magnus. Es hätte gut sein können, dass ich an deinem Sterbebett gestanden und kein Wort der Versöhnung für dich gehabt hätte.»

«Wenigstens wärst du an mein Sterbebett gekommen.»

Magnus' plötzlicher Humor löst in Ians Bauch ein hysterisches Kichern aus. Er unterdrückt es. Er will weder sich selbst noch seinen Vater so leicht davonkommen lassen. Also legt er beide Hände an den Bildschirm und zieht ihn noch etwas näher zu sich heran.

«Du gibst die Firma auf», sagt er. «Du gibst die Verbindung zu deinem Bruder auf, an der du all die Jahre festgehalten hast. Du hast dich auf meine Seite gestellt, obwohl du weisst, dass du von mir nichts dafür kriegen wirst.» Er schüttelt den Kopf, erstaunt über die Klarheit, die er plötzlich spürt. «Und seit du auf meiner Seite stehst, merke ich, dass ein Teil von dir immer da war.» Er lässt den Bildschirm los und vergräbt das Gesicht in den Händen. Die Tränen sind versiegt, zurück bleibt ein Gefühl von Schutzlosigkeit und das Wissen, dass sie hier einen Platz hat.

Es dauert lange, bis Ian sich gefasst hat und den Blick wieder zu heben wagt.

Magnus ist immer noch da. Leicht betreten, mit trockenen Augen und einem waidwunden Ausdruck im Gesicht, schaut er seinem Sohn aus dem Bildschirm entgegen. Dann atmet er tief durch. «Danke, Ian.»

Sie schweigen. Es gibt nichts zu sagen. Ausser …

«Pappa? Meine Bemerkung wegen deines Sterbebetts. Ich …»

Magnus schüttelt den Kopf. «So schnell wird es nicht so weit sein.»

«Gehst du zum Arzt? Bitte.»

Magnus nickt, und sie lächeln einander zu. Ian weiss nicht, wer schliesslich den roten Knopf drückt, der das Gespräch beendet, aber die Abwesenheit seines Vaters verursacht eine unerwartete Leere in ihm. Oder ist es Freiheit?

Alexa sitzt in Grossmamas Sessel, Yuna ist im Laufgitter eingeschlafen. Über dem Häuschen liegt eine Stille, wie sie in den letzten Monaten selten geworden ist. Als Alexa hört, dass Ian die Treppe herunterkommt, dreht sie den Kopf.

Unter dem Türrahmen bleibt er stehen. Er schaut Alexa an und schweigt. Er ist noch derselbe Mann wie vor der Videokonferenz, der die Haare etwas zu lang trägt, unauffällig das linke Bein stärker belastet als das rechte und heute mehr hager als schlank wirkt. Doch Alexa sieht zum ersten Mal auch den anderen Mann. Den Mann, der Ian hätte sein können. Sie sieht den Mann, der alles hat, dem die Welt offensteht und der sich mehr davon nimmt, als ihm guttut. Er hätte ein noch skrupelloserer Geschäftsmann werden können als sein Vater, noch rücksichtsloser auf Profit hinarbeiten als seine älteste Schwester, noch gedankenloser Geld ausgeben als seine zweite Schwester. Dieser Mann wäre nie ins Häuschen gekommen, weil er gar nie zur Brücke gefahren wäre. Er wäre überhaupt nie in die Schweiz gekommen, sondern hätte seine Kindheit und Jugend in der riesigen Villa auf Bygdøy verbracht, die Alexa erst einmal von aussen gesehen hat. Er hätte eine schlanke, schöne Jetset-Lady geheiratet und wäre Vater einer Schar Kinder geworden, die von einer Nanny erzogen würden.

Und sie selbst? Wie wäre ihr Leben verlaufen, wenn sie Ian nie begegnet wäre? Wenn sie sich nie in seine blauen Augen, seine dunkle Stimme und sein schönes Lachen verliebt hätte? Wenn sie nie erfahren hätte, wie schmerzhaft es ist, wenn der geliebte Mensch in einer Depression versinkt, und wie normal und schön das Leben ausserhalb dieser dunklen Phasen sein kann?

«Woran denkst du?»

Alexa blinzelt. «Das willst du nicht wissen.»

«Und wenn doch?» Er hebt eine Augenbraue.

Alexa versucht, es ihm gleichzutun. «Dann sage ich es dir. Ich habe daran gedacht, dass wir uns nie kennengelernt hätten, wenn dein Onkel dich nicht missbraucht hätte. So vieles wäre nicht geschehen oder wäre anders gelaufen. Ein furchtbarer Gedanke, nicht? Aber dann habe ich dich angesehen, und du hast die Augenbraue gehoben, und ich wusste: Du wärst sowieso du geworden.»

«Einfach ohne die Depressionen. Wahrscheinlich auch ohne kaputte Hüfte. Ohne Panikattacken, schlaflose Nächte und den ganzen verdammten Müll. Vielleicht hätte das Schicksal, oder wer auch immer über uns wacht, uns beide so oder so zusammengeführt, aber ich wünsche mir so sehr, ich hätte dir ein zuverlässigerer Partner und ein besserer Ehemann sein können.» Ian holt Luft und winkt ab, als wüsste er, dass Alexa bereits tröstende Worte auf den Lippen hat. «Es ist müssig, darüber nachzudenken, was alles anders gelaufen wäre, wenn Erik nicht getan hätte, was er getan hat, wenn Magnus und Anne aufmerksamer oder doch zumindest im Nachhinein mutiger gewesen wären. Aber irgendwann bin ich erwachsen geworden und habe meine eigenen Entscheidungen getroffen. Mich in dich zu verlieben und zu Ida ins Häuschen zu ziehen, waren die besten davon. Aber heute wünsche ich mir, ich hätte ein paar andere Entscheidungen getroffen.»

«Wovon sprichst du?»

Ian beisst sich auf die Lippen und Alexa sieht, wie er wütend Tränen zurückblinzelt. «Ich wünsche mir so sehr, mutiger gewesen zu sein, und ich bin nicht mehr bereit, irgendwem die Schuld zu geben für das, was ich tue und nicht tue. Es ist an mir, Alexa. Es ist schon lange an mir.»

Sie versucht nicht einmal mehr, etwas zu sagen oder gar auf ihn zuzugehen. Zu dick ist die unsichtbare Mauer, die er um sich gebaut hat. Das ist nicht ihr mutiger Trolljunge, das ist nicht der verängstigte kleine Ritter und schon gar nicht der schöne Prinz, der gerettet werden muss. Das hier ist jemand, den Alexa überhaupt noch nicht kennt.

Ian wacht davon auf, dass Yuna versucht, über ihn hinweg zu krabbeln. Ein Blick zum Wecker sagt ihm, dass es gegen zwei Uhr nachts ist.

«Tut mir leid», murmelt Alexa. «Ich habe sie gestillt, und nun ist sie hellwach.»

Ian grummelt etwas und versucht, Yuna mit sanftem Druck dazu zu bringen, sich wieder hinzulegen. Doch er erreicht nur, dass seine Tochter beginnt, fröhlich zu strampeln und zu quietschen.

Alexa setzt sich auf und zündet die Lampe auf dem Nachttisch an. «Wenn wir sowieso nicht schlafen können, können wir die Zeit ja auch dafür nutzen, wieder einmal über unsere Träume zu sprechen. Nun, wo wir bald ...» Unbehaglich schaut sie ihn an.

Ian stützt sich auf dem Ellbogen auf und hindert Yuna mit dem anderen Arm daran, auf seinen Rücken zu klettern. «... unermesslich reich sind.»

«... frei sind zu tun, was immer wir wollen.» Alexa zieht an Yunas Füssen, damit sie nicht ausserhalb der Reichweite ihrer Eltern krabbelt, und fragt: «Hast du denn Ideen für einen neuen, gemeinsamen Traum?»

Ian hat schon seine Träume. Er träumt davon, gesund und stark zu sein, niemandem zur Last zu fallen und seinem Mädchen ein sorgloses Leben zu ermöglichen. Doch wenn ihn die letzten Monate etwas gelehrt haben, dann, dass dieser Traum nicht so schnell wahr werden wird. Und ob er bereit ist, alles dafür zu tun, dass es so werden wird, weiss er nicht. Also schweigt er.

Alexa lässt Yunas Füsse los und akzeptiert mit einem kleinen Seufzer, dass sie an den Rand des Bettes robbt. «Füsse voran, denk daran», sagt sie, bevor ihre Tochter kopfüber vom Bett fällt.

Ian springt aus dem Bett, nimmt Yuna in den Arm, trocknet ihre Tränen und tastet routiniert Kopf und Arme ab. Dann setzt er sie vor ihre Spielkiste und legt sich neben Alexa.

Sie kuschelt sich in seine Armbeuge. Lange schweigen sie, und schliesslich sagt Alexa: «Lassen wir uns doch einfach Zeit, dann finden wir schon heraus, was wir wollen.»

Ian ist selbst überrascht, wie heftig er den Kopf schüttelt. «Ich will mir nicht Zeit lassen, Alexa! Es ist bereits viel zu viel Zeit verstrichen. Lass uns jetzt leben!»

«Aber wir leben doch.»

«Du hörst dich an wie Ida!», tadelt er sie.

«Was meinst du denn mit leben?» Alexa dreht sich auf den Bauch, stützt die Unterarme auf Ians Brust und schaut ihn herausfordernd an.

Er legt einen Arm um sie und schaut an die Decke, als er sagt: «Ich könnte zum Beispiel meine Arbeit kündigen, statt darauf zu warten, dass mich die schwarze Welle oder sonst etwas von den Füssen reisst, wie du einmal so schön gesagt hast.»

Mit einem Ruck schiebt Alexa sich von Ian weg. «Und das nennst du leben?»

«Ja.» Auch Ian setzt sich auf. Er sucht Alexas Blick,

doch sie weicht ihm aus. Unbeirrt wiederholt er: «Ja, das nenne ich selbstbestimmt leben!»

«Hm ...» Alexa schaut hilfesuchend zu Yuna, doch diese spielt friedlich und macht keine Anstalten, ihrer Mutter eine erfolgreiche Ablenkung zu bieten.

«Wovor hast du Angst, Trollmädchen?»

Alexas Schultern sacken sichtbar nach unten. «Vor der Veränderung», sagt sie leise.

«Bist du sicher?», fragt Ian erstaunt. «Ich meine – du lebst seit eineinhalb Jahren mit Veränderungen. Ida, das Wissen um den Missbrauch, Yuna, der Wegzug meiner Eltern, ...»

«Ja!», faucht Alexa. «Und ich habe sie satt!»

«Weil es Veränderungen sind, an denen du nicht mitwirken konntest. Jetzt geht es darum, selbst zu bestimmen, wo es langgeht.»

«Du hörst dich an wie Frau Bischof!»

Ian lacht leise. «Du weisst genau, wie ich es meine, und es tut mir leid, wenn es sich therapeutisch anhört. Und jetzt lass uns schlafen. Komm ins Bett, Yuna.» Zu seiner Verwunderung krabbelt Yuna tatsächlich zu ihm, und auch Alexa kuschelt sich ohne ein weiteres Wort in ihr Kissen. Am Ende ist Ian der Einzige, der noch wach ist und ganz allein darüber nachdenkt, ob er wirklich ernst meint, was er seiner Frau gerade erzählt hat.

Schliesslich gibt er den Versuch, schlafen zu wollen, auf und schleicht sich aus dem Zimmer. Er stellt sich im Wohnzimmer ans Fenster und schaut in die Nacht hinaus. Mehr als je zuvor in den letzten Monaten vermisst er Ida. Sie war in ihren letzten Lebensjahren eine extreme Kurzschläferin, und er konnte sie zu jeder Tages- und Nachtzeit anrufen, wenn ihm danach war. Er versucht sich vorzustellen, was sie zu seiner und Alexas ratloser Suche nach einem neuen

Traum sagen würde, zu dem vielen Geld, das sie bekommen werden, zu seinen Ängsten – doch das geht nicht mehr so einfach. Zu viel ist passiert, von dem Ida nichts gewusst hat, und das sogar sie erschüttert hätte. «Bist du nicht mehr bei uns?», fragt er in die Nacht hinaus. «Schwebt dein Geist etwa nicht mehr durchs Häuschen?»

Geh nach draussen. Es ist Ian, als würde er Idas Stimme hinter sich auf dem Sofa hören. *Schau in die Sterne, erinnere dich daran, dass es etwas Grösseres gibt. Atme.*

«Du hast recht», flüstert Ian und merkt erst jetzt, dass er die Luft angehalten hat und kurz davor ist, der Dunkelheit und dem Grauen Raum zu geben.

Auf dem Weg hinunter zur Brücke schaut er in den Himmel. Es sind nur vereinzelte Sterne zu sehen. Wieder glaubt er, Idas Stimme zu hören: *Denk daran, dass es dir gut gehen darf, Ian.* Er bleibt stehen, überwältigt von dem, was er plötzlich fühlt. Er schaut zurück zum Häuschen, in dem seine Frau und sein Kind schlafen, dann schaut er zur Brücke, auf der er vor so vielen Jahren zufällig gestrandet ist. Er geht auf den Ort zu, an dem sein Leben eine neue Wendung nahm, als er Alexa zurief, sie solle anhalten. Er wollte abchecken, wie sehr er die Clique in Schwierigkeiten gebracht hatte, als er in der Woche zuvor dieses andere Mädchen – Cindy, wie er später erfuhr – in nicht ganz nüchternem Zustand zu Tode erschreckt hatte. Die Jungs und Mädchen waren besorgt gewesen, dass die «alte Lady im kleinen Holzhaus» ihnen Schwierigkeiten machen würde, und er hatte sich bereit erklärt, seinen Fauxpas in Ordnung zu bringen. Er hat sich nicht auf den ersten Blick in Alexa verliebt. Ja, die Wärme in ihren Augen und das ehrliche Interesse, das er glaubte, darin zu sehen, taten ihm unendlich gut, doch er war überrascht, als er in der Nacht darauf von diesen Augen träumte. Dass sein Herz heftig zu klopfen begann, als er Alexa die nächsten Male sah, beobachtete er erst amüsiert, dann etwas beunruhigt, und schliesslich gestand er sich ein, dass er sich rettungslos in das Mädchen von der Brücke verliebt hatte. Es war ein gutes Gefühl. «Der Rest ist Geschichte», murmelt er vor sich hin und stützt die Hände aufs Geländer der Brücke. Sechsundzwanzig Jahre ist es her, seit aus dieser Zufallsbegegnung seine grosse Liebe wurde. Es ist an der Zeit, der Geschichte eine neue Wendung zu geben, und es macht nichts, dass er keine Ahnung hat, wie diese aussehen wird.

Alexa erwacht aus einem unruhigen Halbschlaf. Sie hört Yunas ruhiges Atmen und vergräbt den Kopf tiefer im Kissen, um wieder in den Schlaf zu finden, als ihr der fehlende Atem von Ian auffällt. Sofort ist sie hellwach. Sie tastet über Yuna hinweg und findet bestätigt, was sie schon weiss: Ian liegt nicht im Bett. Alexa lauscht nach Geräuschen im Häuschen, doch sie kann nichts hören. Innerlich seufzend schlägt sie die Bettdecke zur Seite, stoppt dann aber mitten in der Bewegung. Wenn sie nach Ian sucht, muss sie Yuna entweder alleinlassen oder riskieren, sie aufzuwecken, wenn sie sie hochhebt und mitnimmt. Alexa runzelt die Stirn, dann deckt sie sich wieder zu und rollt sich auf die Seite. Ian kommt allein klar. Tief hört sie in sich hinein und findet keine Gegenstimme. Sie streckt den Arm aus, schlingt ihn um Yuna und schläft wieder ein.

Geräuschlos öffnet sich die Tür des Aufzugs.

Erik Skogstad lockert den Schlips und räuspert sich leise. Erst als sich die Tür wieder schliessen will, streckt er die Hand aus, um sie daran zu hindern. Zögernd betritt er den Flur.

Beinahe vierzig Jahre lang ist er diesen Flur mit der selbstsicheren Ausstrahlung des Chefs entlanggeschritten. Auch als der Posten des CEO längst von seiner Nichte besetzt war, blieb er für die Mitarbeiter und Mitarbeiterinnen in der Osloer Niederlassung der Skogstad Immobilien Holding der Boss. Seit nunmehr fast einem Jahr hat er das Gebäude jedoch nicht mehr betreten. Wohlverdienter Unruhestand, liess er verlauten, nachdem Marit ihn von allen operativen Geschäften freigestellt hatte. Persönliche Krise, übersetzte die Gesellschaft, die die unschöne Trennung von seiner Frau und das deutlich abgekühlte Verhältnis zu seinem Bruder und dessen erfolgreicher Tochter mitbekam. Das Ende einer Ära, munkelt die Belegschaft.

Dass Marit ihn mitten am Tag hierher bestellt und ihn den Blicken und dem Getuschel der Mitarbeitenden aussetzt, versetzt Erik in grimmige Bewunderung. Sie weiss, was sie tut.

Mit starr geradeaus gerichtetem Blick und forschem Schritt wollte er im Erdgeschoss durch die Lobby und zum Aufzug eilen, wurde jedoch von dem jungen Mann am Empfang aufgehalten. Zähneknirschend trug Erik sein Anliegen vor, worauf er höflich gebeten wurde, in den vierten Stock zu fahren, wo Marit ihn im grossen Sitzungszimmer erwarten würde.

Erik hat weder mit ihr noch mit Magnus gesprochen, seit er dessen Mail erhalten hatte mit den

Worten: «Ich löse unsere Abmachung auf. Die Geschichte ruht nicht mehr.» Wie kann es sein, dass sein Bruder und dessen Tochter ein Jahr gebraucht haben, bis sie zu einer weiteren Reaktion fähig waren? Was können sie sich in dieser Zeit ausgedacht haben?

Der Flur vor Erik ist leer, die Tür zum Sitzungszimmer steht offen. Erik geht hinein in den grossen, leeren Raum und nimmt auf einem der edlen Lederstühle Platz. Während er am Tisch sitzt, an dem er selbst so manch folgenschwere Entscheidung verkündet hat, wird ihm übel. Er wird heute sein Lebenswerk verlieren, davon ist er jetzt überzeugt. Weil er als junger Mann ein Verbrechen begangen hat, an das er auch in diesem Moment nicht zu denken wagt. Weil er weiss, dass er sich nicht sicher sein kann, ob er es nicht wieder tun würde. Nein, weil er weiss, dass er es wieder tun würde. Seine Ex-Frau hat recht: Er ist ein Schwein. Heute wird er erfahren, was Magnus und Marit planen, um die ganze Welt wissen zu lassen, was Erik Skogstad in Wirklichkeit ist.

«Hei Erik.» Marit ist durch die kaum sichtbare Tür am anderen Ende des Raumes eingetreten. Natürlich. Sie kommt allein, ohne Assistentin, ohne Unterlagen. Die Haare hat sie locker im Nacken zusammengebunden, ihr Anzug ist hell und luftig. Sieht so jemand aus, der seinem Geschäftspartner in den nächsten Minuten das Genick brechen wird?

Erik kann nicht verhindern, dass er die Stirn runzelt und dass seine Stimme rau klingt, als er Marits Gruss erwidert. Was soll's. Sie ist in der stärkeren Position. Oder etwa nicht? Plötzlich ist Erik hellwach. Will Marit verhandeln? Gibt es Aspekte, die Erik in seiner Angst nicht bedacht hat? Vielleicht trägt sein über lange Jahre aufgebautes Netzwerk besser, als er gedacht hat. Möglicherweise stehen Marit und ihr Vater unter Druck, und sie gibt sich betont locker, weil sie etwas von ihm, ihrem Onkel, will. Erik setzt sich aufrecht hin, legt die Hände übereinander vor sich auf den Tisch und schaut seiner Nichte mit einem unverbindlichen Lächeln entgegen.

Marit lächelt zurück. Noch immer hat sie sich nicht gesetzt.

Eriks Bauch verkrampft sich wieder. Als hinter ihm der Beamer zu surren beginnt und der Raum gleichzeitig dunkel wird, zuckt er zusammen.

Auf der Wand vor ihm erscheint die Bilanz der Holding vom letzten Geschäftsjahr. Erik schnaubt. Er kennt die Zahlen. Sie zeigen, dass die Firma eine schwierige Zeit durchmacht, aber stabil geführt wird.

Das Bild wechselt, nun steht die Bilanz des letzten Quartals vor ihm. Diese Zahlen kannte Erik noch nicht!

«Was hast du gemacht?», stösst er hervor.

Wieder wechselt das Bild. Eine Aufstellung der Personen, die Anteile an der Holding besitzen. Magnus und Anne Skogstad. Erik und Ellen Skogstad. Marit Skogstad. Saskia und Jesper Olsson. Ian und Alexandra Skogstad. Die Liste ist noch länger, doch Eriks Blick bleibt an den zuletzt gelesenen Namen hängen. Sein Hals beginnt zu brennen.

«Das ist der aktuelle Stand», sagt Marit aus der Dunkelheit. «Und dies wird der Stand ab dem 1. April 2017 sein.»

Ein neues Bild. Die Anteile von Erik Skogstad sind auf 75 Prozent gestiegen, der Rest der Familie, inklusive seiner baldigen Ex-Frau, ist von der Liste verschwunden.

«Nein!» Erik ist aufgesprungen. Er stützt die Hände auf den Tisch, beugt sich vor. «Nein, Marit, ich zahle euch nicht die Anteile der Holding aus, die du offenbar seit Monaten absichtlich Richtung Abgrund führst!» Er blinzelt, als das Licht wieder angeht.

Marit hat sich nicht von der Stelle bewegt, doch die Lässigkeit ist aus ihrer Haltung verschwunden. Ihre tiefblauen Augen schauen Erik so durchdringend an, dass er beinahe einen Schritt zurückgewichen wäre.

«Ich empfehle dir, deine Entscheidung noch einmal zu überdenken, Erik», sagt sie, ohne den Blick von ihm zu nehmen. «Wenn du den Vorschlag annimmst, wird die Familie Magnus' Abmachung mit dir verlängern und weiterhin zu deinem Verbrechen schweigen. Offiziell werden wir von ‹Differenzen unter den Gründern› sprechen, einem verdienten Ruhestand von Magnus und beruflicher und privater Neuorientierung meinerseits.»

«Und wenn ich ablehne?»

Marit zieht ihr Handy aus der Tasche ihrer Anzugshose. «Presse. Kontakte deiner Ex-Frau. Ehemalige Weggefährten. Ich kenne viele Adressaten, die mir sehr gern zuhören würden.»

Das ist es also, wofür Magnus und seine Kinder ein Jahr Zeit gebraucht haben. Den Mut zu finden, mit der Geschichte ihrer Familie an die Öffentlichkeit zu gehen.

Erik zweifelt nicht daran, dass Marit es ernst meint, und seine Fantasie reicht aus, um sich vorzustellen, was passieren wird, wenn sie ihre Drohung wahr macht. Die attraktive und erfolgreiche Geschäftsfrau, die im letzten Jahr aufgrund ihres Traumas beinahe das Familienunternehmen in den Konkurs getrieben hat. Ihr Vater, der edle Firmengründer, und seine zerbrechlich wirkende Frau, die vor Jahren zum Schutz ihrer Kinder ins Ausland geflohen sind. Ihre Schwester, die Künstlerin und dreifache Mutter, deren Bilder von Sehnsucht und Schmerz sprechen. Und schliesslich ihr Bruder. Der schöne Mann mit den melancholischen Augen, Vater eines bestimmt bezaubernden Babys und Ehemann einer äusserst sympathischen Schweizerin. Der Mann, dem als Kind dieses unverzeihliche Verbrechen angetan wurde. Von ihm, dem alternden Lebemann ... Erik sieht die Schlagzeilen und Bilder vor sich. Hört das Getuschel. Sieht seine Privilegien schwinden. Fühlt die drohende Vereinsamung. «Ihr verliert eure Plätze als Verwaltungsräte», sagt er rau.

«Selbstverständlich.»

Obwohl er Marit schon in vielen Verhandlungen erlebt hat, wird ihm die Kälte, mit der sie diese Sache angeht, unheimlich. Erik kann nicht verhindern, dass er kurz den Blick senkt, bevor er sagt: «Ich nehme an, der Vertag ist zur Unterschrift bereit.»

Marit schaut auf die Uhr. «Er wird dir in diesen Minuten über einen Kurierdienst zugestellt.»

Eriks Kopf ruckt hoch. «Zugestellt?»

«An deine aktuelle Wohnadresse.»

Also an das Hotel, in dem er seit einigen Tagen lebt. Erik kann nicht sagen, das wievielte es ist, seit Ellen ihn aus der gemeinsamen Wohnung gejagt hat. Er weiss nur, dass seine Unterkünfte von Monat zu Monat billiger werden, während seine Liquidität immer weiter sinkt. Der Gedanke, dass Marit diesen Abstieg verfolgt hat, lässt ihn mit den Zähnen knirschen. Bisher hat er darauf gehofft, dass die vierteljährlichen Dividenden der Holding ihm bald wieder Luft verschaffen würden, doch diese Tür wird ihm mit den aktuellen Geschäftszahlen gerade vor der Nase zugeschlagen.

«Lies die Papiere genau durch», mahnt ihn Marit,

«und lass sie gegebenenfalls von einem Anwalt prüfen. Schliesslich wollen wir nicht an einem juristischen Fehler scheitern.»

Er sinkt zurück auf den Stuhl. Juristischer Fehler? Welche Teufelei mag sie damit andeuten? Oder ist es ihr genauso wichtig wie ihm, dass die Sache glatt über die Bühne geht?

Marit schaut erneut auf die Uhr, diesmal als eindeutiges Zeichen, dass das Meeting vorbei ist.

Erik schiebt den Stuhl zurück und steht auf. Eine Hand lässt er auf dem feinen Leder ruhen.

«Ich erwarte die unterschriebenen Dokumente bis Ende des Monats.» Sowohl die Lautstärke als auch der Tonfall von Marits Worten widerspiegeln eins zu eins ihren Vater.

Eriks Eingeweide ziehen sich zusammen. Das Ende des Monats ist in drei Tagen. Drei Tage, dann wird sein Bruder ihm und der Holding, die doch ihr gemeinsames Werk ist, für immer den Rücken kehren. Erik wird nahezu alleiniger Besitzer eines Unternehmens sein, das kaum noch zu retten ist, erst recht nicht, nachdem er die Aktien seiner Familie aus dem Firmenvermögen zurückgekauft hat.

Erik zweifelt nicht daran, dass Marit die Ablösesumme sorgfältig berechnet hat und das Kapital der Firma entsprechend schrumpfen wird. Ob er überhaupt einen CEO finden wird, der für ihn arbeiten will? Er löst die Hand vom Stuhl und schaut zu seiner Nichte. «Wenn ich unterschreibe, habe ich deine Garantie, dass niemand von deiner Familie in der Öffentlichkeit darüber spricht», sagt er mit so fester Stimme wie möglich.

Marit nickt.

Erik forscht in ihrem Gesicht nach Unaufrichtigkeit, findet jedoch keine. Erleichtert erlaubt er sich einen kleinen Seufzer, als er sich umdreht und zur Tür geht. Wenn er seine Kontakte spielen lässt, findet sich vielleicht doch ein fähiger Manager, der Marits unauffällige Misswirtschaft der letzten Monate wieder in Ordnung bringt. Bestimmt gibt es noch Menschen, die Erik Skogstad einen Gefallen schulden und ihm unter die Arme greifen werden. Es ist noch nicht alles verloren.

Erik öffnet die Tür und will mit einem grossen Schritt das Zimmer verlassen, da hört er Marit sagen: «So garantiert man das eben versprechen kann. Diese traumatisierten Menschen sind ja doch eher unberechenbar ...»

Über Eriks Rücken läuft eine Gänsehaut. Er dreht sich nicht um, doch er weiss, dass ihn diese Worte bis ans Ende seines Lebens verfolgen werden und dass sie nur aus diesem Grund gesagt wurden. Seine Schultern sacken nach unten, als er den Raum verlässt und mit schweren Schritten zum Fahrstuhl geht.

«Möchtest du einen Kaffee?» Marits Assistentin tritt neben sie, kaum dass Erik den Raum verlassen hat.

Marit braucht eine Weile, bis die Worte in ihrem Verstand angekommen sind. Dann schüttelt sie den Kopf. «Nein. Champagner, bitte.»

«Oh!» Soumaya lacht. «Hast du etwas zu feiern?» Ihre Augen blitzen vergnügt. Es ist kein Geheimnis, dass Marits Mitarbeiterin wenig Sympathie hegt für Erik.

Marit nickt. Sie hat es an Eriks Bewegung gesehen, als er das Sitzungszimmer verlassen hat: Er wird ihren Vertrag unterschreiben, ihr Poker ist aufgegangen.

Doch sie hat auch das Wechselspiel in seiner Miene und seiner Körperhaltung gesehen, und sie weiss, dass Erik wie sie und ihr Vater nebst Erfahrung und Skrupellosigkeit auch einen untrüglichen Instinkt für gute Geschäfte hat. Es ist nicht ausgeschlossen, dass er die Holding wieder auf die Beine bringt.

Aber das braucht Marit nicht zu kümmern. Sie hat für ihre Familie getan, was sie konnte. «Soumaya?» Sie legt ihrer Assistentin eine Hand auf den Arm. «Berufst du bitte ein Meeting ein für alle, die im Haus sind? Wir feiern gemeinsam!»

April 2017

«Halt mal die Luft an!» Doris hebt die Hand, um Alexas Redeschwall zu unterbrechen.

Sie und Alexa fläzen sich auf der Hollywoodschaukel, während Sanna auf der Veranda sitzt und Türme aus farbigen Bechern baut, die Yuna mit viel Getöse und Gekicher umschmeisst.

Ian lehnt mit dem Rücken an einem der Hochbeete und beobachtet die Szene mit einer Mischung aus Stolz auf seine Familie und Verwunderung über die Selbstverständlichkeit, mit der Doris und Sanna dazugehören.

«Wir hatten Aktien der Skogstad Holding», versucht er, Alexas aufgeregte Erzählung verständlich zu formulieren, «was uns nie gekümmert hat. Nun haben wir sie auf Marits Anraten verkauft und zwar für eine Menge Geld.»

Alexa zieht die Knie an und schlingt die Arme darum. «Erik hat sie gekauft, zusammen mit den Anteilen von Ians Eltern und Schwestern. Magnus hat sein ganzes Lebenswerk aufgegeben. Alles, wofür er immer gekämpft und gelebt hat, gehört nun seinem Bruder.» Sie schüttelt den Kopf. «Ich weiss nicht, ob er es leichten Herzens tut, weil seine Kinder dadurch enorme Summen an Geld bekommen, oder ob es ihn innerlich zerreisst. Er spricht mit uns nicht darüber. Es ist Marit, die uns auf dem Laufenden hält, und das tut sie sehr sachlich.»

«Was macht sie denn jetzt?», will Doris wissen.

Ian lächelt. «Das weiss niemand. Wir wissen nur, dass sie ein lukratives Jobangebot aus London abgelehnt hat und dennoch dorthin zieht.»

«Und ihr beide?», fragt Sanna von der Terrasse her. «Was sind eure Zukunftspläne?»

«Ja, was um Himmels willen macht ihr mit all dem Geld? Du hast gesagt, es sei viel Geld.»

«Sehr viel.» Ian nickt.

Alexa rutscht unbehaglich auf der Hollywood-schaukel hin und her. «Zu viel», gibt sie zu.

«Man kann zu viel Geld haben?», wundert sich Doris.

«Brauchst du welches?»

«Wag es nicht, mir welches anzubieten!»

Alexa zuckt die Schultern. «Dann halt nicht. Lasst uns reingehen, ja? Ich finde, es wird zu kalt hier draussen.» Sie steht auf und hilft Sanna, Yunas Spielsachen einzusammeln.

Doris sieht aus, als wollte sie noch etwas sagen, klappt den Mund aber wieder zu.

Yuna zieht sich an Alexas Knien hoch und geht an den Händen von Sanna und Alexa hinein ins Wohnzimmer.

«Sie läuft früh!», meint Doris anerkennend.

«Etwas zu früh.» Ian zuckt die Schultern. «Aber offenbar haben meine Schwestern und ich das auch so gemacht. Früh aufstehen, früh losgehen.»

Auch Doris steht auf und bleibt vor Ian stehen. «Seid wie eure Tochter, Ian. Steht auf und geht los!

Lasst euch nicht davon lähmen, dass ihr plötzlich unverdient viel Geld zur Verfügung habt.»

«Oh, ich finde nicht, dass es unverdient ist.»

«Umso besser!» Doris dreht sich um und läuft den anderen Frauen nach.

Ian bleibt stehen, den Blick in den Garten gerichtet, im Rücken das Häuschen.

«Ihr habt euch schwergetan, was eure Zukunft anging», stelle ich fest.

Es liegt eine Herausforderung in Ians Blick, als er fragt: «Was hast du denn gedacht? Dass uns ganz plötzlich klar wurde, wie unser Leben weitergehen wird? Dass es diesen einen Punkt gab, an dem alles anders wurde?»

«In anderen Büchern ist das so», gebe ich zu bedenken.

Ich hätte darauf gewettet, dass er eine Augenbraue hebt, aber er lässt es bleiben.

Neue Träume

März 2017

Obwohl Marit angedeutet hat, sie – oder vielmehr ihre geheimnisvolle Londoner Bekanntschaft – könnte ihr einen Privatflug von Oslo nach Zürich organisieren, entschied Anne sich für einen Linienflug. Nun sitzt sie am Flughafen Gardermoen und wartet auf das Boarding. Magnus' Fehlen an ihrer Seite schmerzt.

«Es ist dein Anliegen», sagte er lächelnd, als sie gestern Abend noch einmal versuchte, ihn dazu zu bewegen, sie zu begleiten. «Es ist auch dein Sohn und seine Familie», hielt sie dagegen, doch Magnus schüttelte den Kopf. «Ich warte, bis Ian uns mit seiner Familie in Oslo besucht.» Und wenn es zu lange dauert, fragte Anne sich still, doch sie hat verstanden, dass ihr Mann, ihr Sohn und das Schicksal ihre eigenen Zeitpläne haben, in die sie sich nicht einmischen will.

Neben Anne hat sich eine Familie mit drei lauten, übermüdeten Kindern niedergelassen. Die Eltern versuchen mit einer Mischung aus Nachsicht und Resignation, den Nachwuchs bei Laune zu halten. Anne lächelt unwillkürlich. Sie erinnert sich gut an das Reisen mit drei Kindern, und sie hat in den letzten Jahren mehrmals miterlebt, wie Saskia mit ihrer Familie unterwegs war. Anne ist sich sicher, dass die Menschen neben ihr aus einer anderen Kultur und einer anderen sozialen Schicht stammen als sie selbst, doch sie erkennt sich im Gesicht der Mutter problemlos wieder.

Das jüngste Mädchen wackelt auf Anne zu und hält sich kurz vor dem Sturz an der Hose ihres teuren Anzugs fest.

«Oops», sagt Anne und fängt das Kind auf. Zum Dank erhält sie ein strahlendes Lächeln, das sie erwidert.

«Sorry!» Sofort steht die Mutter neben ihr und nimmt das Kind auf ihren Arm.

«Kein Problem. Ich habe eine Enkelin im selben Alter wie ihre Tochter. Ich bin auf dem Weg zu ihr», hört Anne sich sagen.

Die Frau neben ihr zuckt die Schultern, offenbar reicht ihr Norwegisch nicht so weit. Anne überlegt, ob sie es auf Deutsch oder Englisch versuchen soll, entscheidet sich aber dagegen. Stattdessen schenkt sie Mutter und Tochter noch ein Lächeln, dann wendet sie sich wieder ihrem Strickzeug zu. Magnus hat gelacht, als sie wieder angefangen hat zu stricken, und Saskia fragte scherzhaft, ob sie wirklich glaube, Yuna wolle eine selbstgestrickte Jacke tragen. Es kümmert Anne nicht. Es ist schön zu stricken, und es ist noch schöner, dabei an Ians und Alexas Kind zu denken.

Alexa, Doris und Yuna stehen auf der Besucherterrasse des Flughafens und schauen den Flugzeugen beim Starten und Landen zu.

«Brrrrrr!», kommentiert Yuna begeistert jede Maschine, die an ihnen vorbeidonnert.

Dazwischen versuchen Doris und Alexa, sich zu unterhalten.

«Wie lange wird Tobias noch krankgeschrieben sein?», ruft Doris gerade.

«Voraussichtlich bis nächste Woche», ruft Alexa

zurück. Es war ein Schock, als Tobias sich vor zwei Wochen den Arm brach und Ian daraufhin bat, die Leitung der Praxis zu übernehmen. Ians grossartiger Aufruf zum Träumen und dazu, das Leben selbst in die Hand zu nehmen, ging im Rauschen der täglichen Herausforderungen unter.

«Wie kommt Ian klar?», will Doris wissen.

«Sehr gut! Er findet den Admin-Kram ziemlich unterhaltsam, und wenn er nicht weiterweiss, darf er mich um Hilfe bitten. Ich musste eine Schweige-pflichtserklärung unterschreiben, und nun bin ich offiziell seine helfende Hand. Yuna und ich haben einige unterhaltsame Stunden in der Praxis ver-bracht. Ich habe gar nicht gewusst, welch tolle Frau Jessy ist!»

«Also wird eure Zukunft sein, gemeinsam eine Praxis für Physiotherapie zu führen?»

«Sei nicht albern.»

«Was dann?»

Zum Glück röhrt gerade eine weitere Maschine los und enthebt Alexa einer Antwort. Doch dieses Mal scheint es Yuna zu laut zu sein. Sie beginnt zu weinen, und so gehen sie zurück ins Flughafengebäude.

«Wie geht es Sanna?», will Alexa wissen, nachdem sie für sich und die Freundin einen Coffee to go orga-nisiert hat.

«Sie hat aufgehört, Bücher und Blogs über Regen-bogenfamilien zu lesen.»

«Ist das gut oder schlecht?»

«Gut für mich. Es heisst, dass ich ihr wichtiger bin als ihr Kinderwunsch. Es heisst aber auch, dass wir an einem ähnlichen Punkt stehen wie ihr, nur ohne Geld: Was machen wir jetzt mit unserem Leben?»

«Was würdet ihr tun, wenn ihr Geld hättet?»

Doris' Gesicht verschliesst sich.

«Komm schon», kopiert Alexa Doris. «Erzähl mir mehr!»

«Du zuerst.»

Alexa schüttelt den Kopf, aber nicht über Doris' Sturheit, sondern darüber, dass sich gewisse Dinge nie ändern: Es wird immer Doris sein, zu der Alexa am ehrlichsten sein kann. «Ich möchte studieren!», platzt es aus ihr heraus. «Ich möchte mein uraltes Maturazeugnis in die Waagschale werfen und mich an einer Universität einschreiben.»

«Welches Studienfach?» Doris klingt nicht, als ob sie überrascht wäre.

«Wirtschaft. Oder Jura. Mathematik? Informatik? Weisst du, es ist mir ziemlich egal, Hauptsache, ich brauche meinen Kopf! Und du, was willst du?»

«Ein Haus. Ich habe genug davon, mal hier und mal da zu wohnen. Ich möchte sesshaft sein, wieder als Kindergärtnerin arbeiten und nach und nach alle meine Kinderbuchideen aufschreiben und vielleicht sogar veröffentlichen.»

Bevor Alexa etwas dazu sagen kann, wird die Ankunft von Annes Flugzeug gemeldet. Im selben Moment beginnt Yuna zu quengeln, und der Geruch, der von ihr ausgeht, lässt keine Fragen offen, was der Grund sein könnte.

«Geh du in die Ankunftshalle und umarm deine Schwiegermutter. Mein Gottikind und ich kümmern uns um das kleine Problem hier.»

Erst vor zwei Wochen hat Alexa am Flughafen ihre Mutter in Empfang genommen, und nun wird sie nach mehr als vier Monaten Anne wiedersehen. «Ich fühle mich richtig erwachsen», murmelt sie vor sich hin und stellt überrascht fest, dass dies stimmt. Natürlich hat sie sowohl Regina als auch Anne und Magnus vermisst, aber alles in allem ist das Leben ganz gut weitergelaufen ohne sie.

Doch als sie Anne nun im eleganten Hosenanzug und mit offensichtlich teurem Übernachtungsköfferchen in die Ankunftshalle treten sieht, sammelt sich die ganze Sehnsucht der letzten Wochen in Alexa. Sie läuft ihrer Schwiegermutter entgegen und fällt ihr um den Hals. «Willkommen bei uns!», flüstert sie ihr ins Ohr und geniesst die Umarmung und Annes diskreten Parfümduft.

«Danke. Es tut so gut, dich zu sehen! Bist du allein gekommen?»

«Nein, Doris und Yuna sind auf Frischmach-Mission und werden bald hier sein. Ian arbeitet.»

Anne lächelt. «Es freut mich, dass er das tut.»

Einige Stunden später sitzt Anne auf dem Sofa im Häuschen, das Strickzeug in der Hand. Doch ihr Blick ist nicht auf ihre Arbeit gerichtet, sondern auf ihren Sohn, der mit einem Glas Wein in der Hand am Fenster steht und in den dunklen Garten hinausschaut. Vielleicht schaut er auch auf sein Spiegelbild oder gar auf ihres.

Soeben hat er seine Tochter zu Bett gebracht, und Anne hörte, wie er ihr das norwegische Wiegenlied vorsang, das sie selbst für ihre Kinder gesungen hat. Ian ist kein guter Sänger, aber Anne hätte ihm stundenlang zuhören mögen. Davor haben sie gemeinsam die Küche aufgeräumt, weil Alexa gleich nach dem Abendessen losgefahren ist, um gemeinsam mit Sanna und Doris eine Yogastunde zu besuchen. «Die beiden haben einfach meinen Widerstand gebrochen», jammerte sie, bevor sie ging. Ian schmunzelte nur, und Annes Herz zog sich zusammen vor Zärtlichkeit. Sie hat auf den ersten Blick gesehen, dass es ihm nicht besonders gut geht. Er mag einen grossartigen

Job machen in der Praxis, und er sorgt liebevoll und selbstverständlich für seine Familie, doch in seinem Innern tobt der Kampf gegen die Vergangenheit. Anne sieht es in diesem Augenblick: Die Verlorenheit in Ians Augen, die sich im dunklen Fenster spiegeln. Die leicht vorgebeugten Schultern. Die Art, wie er das Gewicht auf die gesunde Hüfte verlagert. Der trotzige Zug um den Mund. Das alles spricht davon, dass er noch lange nicht da ist, wo er sein möchte.

Ian scheint ihren Blick zu spüren oder im Fenster zu sehen. Er dreht sich um und schaut Anne direkt in die Augen. Ohne ein Wort kommt er zum Sofa, stellt das Weinglas auf den Salontisch und setzt sich neben sie.

Anne hält den Atem an. Sie denkt an den Tag vor über einem Jahr, als sie sich zu Ian auf dieses Sofa gesetzt und ihm endlich die Nähe gegeben hat, die er seit so langer Zeit gebraucht hätte. Als er in ihren Armen zusammenbrach und weinte, heilte auch ein Teil ihres zerbrochenen Mutterherzens.

Seither hält er sie auf Distanz, körperlich und emotional. Und heute?

Heute rückt Ian noch etwas näher an Anne heran und legt einen Arm um ihre Schulter. Sanft zieht er sie zu sich.

Anne lehnt sich an ihn und versucht gar nicht erst, die Tränen zurückzuhalten. Es tut so gut, Ian zu spüren.

«Ich habe gedacht, mit der Zeit würde es weniger wehtun», sagt er leise, und sie hört die Tränen in seiner Stimme.

Anne atmet zitternd ein, doch bevor sie etwas sagen kann, fährt Ian fort: «Vielleicht braucht es mehr Zeit. Weisst du, was ich gelernt habe, Mamma?»

Anne schüttelt den Kopf.

Sie spürt, wie Ian schluckt, dann sagt er mit fester Stimme:

«Wir können die Vergangenheit nicht ändern, nur die Zukunft neu schreiben.»

«Und das tust du.» Anne richtet sich auf, fährt sich mit den Zeigefingern über die Augenwinkel und schaut dann in die Augen ihres Sohnes, über denen der wohlbekannte Schatten liegt.

«Ja. Oder nein.» Ian wagt ein Lächeln, das für einen Augenblick die Sorgenfalten und die Müdigkeit vertreibt. «Wir tun es gemeinsam! Jeder und jede von uns auf die eigene Weise, in unserer Geschwindigkeit, an dem Ort, an dem wir sein wollen. Und doch schreiben wir alle die Zukunft neu.»

Anne nickt. Sie hat gehofft, ihre Familie werde die Zukunft gemeinsam gestalten, aber dafür ist es vielleicht zu spät. Oder aber zu früh, wie Ian gesagt hat. Sie zieht ein Taschentuch aus der Tasche ihres Cardigans und fährt sich damit über die Augen und unter der Nase durch. «Kommst du morgen mit?», fragt sie mit fester Stimme.

«Möchtest du denn, dass ich mitkomme?», fragt Ian zurück.

«Ja», antwortet Anne. «Ich würde mich freuen, wenn wir diesen Schritt gemeinsam gehen könnten.»

Ian nickt. «Dann machen wir es so.»

Sie gehen schliesslich sogar zu viert an Alexas ehemaligen Arbeitsort. Ihre Kolleginnen in der Gemeindekanzlei sind entzückt, Yuna zu sehen, und es braucht ein energisches Hüsteln von Heinz Meier, dem Gemeindeschreiber, um sie an den Grund ihres Kommens zu erinnern. Er bittet Anne, Ian und Alexa in eines der Sitzungszimmer.

«Hatten wir hier drin nicht unsere Ziviltrauung?»,

flüstert Ian Alexa zu.

Sie grinst. «Ja! Eine der absurdesten Situationen meines Lebens.»

Ian sagt nichts darauf, aber er denkt, dass das hier fast so absurd ist.

Während Herr Meier die Kaffeemaschine bedient und Small Talk mit Alexa betreibt, beobachtet Ian seine Mutter. Yuna sitzt auf ihrem Schoss und spielt mit dem Anhänger ihrer Goldkette, der ein stilisiertes Segelschiff zeigt. Ob Anne und Magnus planen, wieder ein Wochenendhaus in den Schären zu kaufen? Nun schaut seine Mutter auf, ihre Blicke begegnen sich. Ian spürt das Band, von dem er viel zu lange geglaubt hat, es wäre nicht da. Yuna spürt es auch. Weshalb sonst sollte sie so ruhig und glücklich auf dem Schoss der Frau sitzen, die sie gar nicht mehr kennen kann?

«Also Frau Skogstad», beginnt der Gemeindeschreiber und setzt sich an den Tisch, «wenn ich Sie richtig verstanden habe, sind Sie hier, um sich bei unserer Gemeinde abzumelden.»

Anne nickt, löst sanft Yunas Hände von ihrer Kette und hebt das Mädchen auf Alexas Schoss. «Mich und meinen Mann. Ich weiss, dass man mit diesem Anliegen normalerweise nicht extra einen Termin beim Gemeindeschreiber verlangt.» Sie winkt ab, als er sie unterbrechen will. «Es war mir ein Anliegen, mich persönlich zu verabschieden.»

«Das freut mich sehr!»

Anne lächelt. «Ich möchte Danke sagen. Unser Umzug, der uns vor vierzig Jahren hierhergeführt hat, geschah unter besonderen Umständen. Wir suchten Sicherheit und fanden sie in diesem Dorf, in seinem ruhigen Villenquartier.»

Ian glaubt, Herrn Meiers Gedanken rattern zu

hören. Was um Himmels willen mag Frau Skogstad zu diesem Termin bewogen haben? Wovon spricht sie? Was will sie von ihm?

Anne lässt sich Zeit. Sie schweigt eine Weile, dann lächelt sie wieder. «Ja, und nun ist es an der Zeit, das Haus, das Dorf, ja sogar das Land zu verlassen, in dem unsere Kinder aufgewachsen sind, und zurück in unsere Heimat ziehen.»

«Das freut mich», versucht sich Herr Meier an einer Antwort, und Anne belohnt ihn mit einem noch strahlenderen Lächeln.

«Mich auch», bestätigt sie.

«Aber ...», wendet sich Heinz Meier nun an Alexa, «... ihr bleibt doch hier, oder?»

Alexa zuckt die Schultern. «Ja, wir haben keine Auswanderungspläne.»

Yuna bestätigt dies mit ein paar fröhlichen Glucks-geräuschen.

Anne nickt Ian aufmunternd zu.

«Also Heinz, es ist so», beginnt Ian, «meine Eltern konnten die Villa, in der sie während der letzten vierzig Jahre lebten, verkaufen.» In Tat und Wahrheit war es natürlich Marit, die mit der ihr eigenen Ziel-strebigkeit einen Käufer fand, der bereits in zwei Monaten einziehen will. «Meine Mutter hat den Wunsch geäussert, den Erlös aus dem Verkauf der Villa der Gemeinde zukommen zu lassen. Die ganze Familie ist mit diesem Vorgehen einverstanden.» Ian wirft einen Blick auf Alexa. Sie sitzt mit geradem Rücken neben Anne und lächelt ihm zu. Yuna sabbert genüsslich den Espressolöffel voll. Absurd trifft es ziemlich gut, denkt Ian und fährt fort: «Wie meine Mutter schon sagte, es waren besondere Umstände, die uns hierhergebracht haben. Auch wenn niemand von uns aktiv am Dorfleben teilgenommen hat, haben wir durch Alexa einen Einblick in die Vielfalt des Zusammenlebens erhalten. Es ist uns allen – und ich glaube, mir im Besonderen – ein Anliegen, dass ...» Die Atemnot erwischt ihn dieses Mal kalt. Er hat es nicht kommen sehen, dachte keinen Moment daran, dass ihn die Erinnerungen hier überfluten könnten. Doch plötzlich sind sie da, die Bilder des gepeinigten kleinen Jungen, heraufbeschworen durch den Gedanken an all die Kinder im Dorf, von denen niemand weiss, wie es ihnen wirklich geht. Beide Füsse im Boden verankern. Atmen. Den Blick auf Alexa und Yuna richten. Und verdammt nochmal akzeptieren, dass es wehtut. Ians Lungen füllen sich mit Luft, die er gierig einzieht, während sich seine Augen mit Tränen füllen. Er wischt sie weg, schenkt Anne und Alexa ein schiefes Lächeln und wendet sich wieder an Heinz. «Wir möchten, dass das Geld in Angebote für Familien fliesst. Ob ihr eine Beratungsstelle sponsert, ein Familienzentrum aufbaut, die Krabbelgruppe unterstützt, einen Spielplatz baut oder was auch immer – da mischen wir uns nicht ein. Die Spende soll für euch keine Last sein, sondern ein Geschenk, das ihr dort einsetzt, wo es Sinn macht.»

«Wir möchten dabei auch nicht namentlich genannt werden», ergänzt Anne.

«Aber ...» Alexas ehemaliger Chef ringt sichtlich nach Worten. «Also erst einmal herzlichen Dank.»

Diskret schiebt Anne ihm den Scheck mit dem Geldbetrag über den Tisch.

«Das ...», beginnt Heinz.

«Das ist der Grund für meinen Besuch», unterbricht ihn Anne und steht auf. «Ich wünsche Ihnen alles Gute. Für das Klären der Details wenden Sie sich bitte an Alexandra.»

Alexas Rücken wird noch ein Stück gerader.

Ian schiebt den Stuhl zurück.

«Bitte.» Heinz scheint sich gefasst zu haben. «Diese Spende kann ich nicht unkommentiert annehmen. Tatsächlich haben wir Pläne für ein Familienzentrum ...» Er wirft einen raschen Blick zu Alexa. «Das weisst du, ja?»

Sie hebt lachend die Arme. Anne setzt sich wieder.

Herr Meier fährt fort: «Ihre Spende kommt zum richtigen Zeitpunkt, und es wird mir eine Ehre und ein Vergnügen sein, dem Gemeinderat davon zu erzählen.» Um seine Augen erscheinen Lachfältchen, die Ian noch nie gesehen hat. «Ich würde mich allerdings sehr freuen, wenn wir Ihren Namen dabei erwähnen dürften. Du magst recht haben, Ian, dass deine Familie nicht aktiv am Dorfleben teilgenommen hat, aber sie wird geschätzt. Ich wünsche mir, dass die Menschen im Dorf wissen, wem wir das, was werden wird, zu verdanken haben.»

Ian wirft einen hilfesuchenden Blick zu den Frauen an seiner Seite. Alexa rümpft die Nase, Anne lächelt unverbindlich und meint: «Melden Sie sich doch bei meinem Sohn, wenn es so weit ist.»

Unter vielen Dankesbekundungen werden sie verabschiedet, und Yuna zelebriert ein ausgiebiges Winken für alle Mitarbeitenden. Bevor sie das Gemeindehaus endgültig verlassen, versichert Alexa ihrem vormaligen Chef, dass sie ihm gern beratend zur Seite stehen wird.

Schliesslich stehen sie auf dem Dorfplatz, und Alexa schaut etwas ratlos zurück. «Womit die gute Tat begangen wäre», sagt sie und seufzt.

Anne lacht ein untypisch übermütiges Lachen, in das Yuna einstimmt.

Aber Ian hat die unausgesprochene Frage in Alexas Worten gehört: Und was machen wir jetzt?

April 2017

Ian begleitet seine Patientin zur Tür. «Auf Wiedersehen, Frau Steinacher», sagt er, geht mit ihr in den Flur hinaus und drückt den Liftknopf.

«Wissen Sie schon, wann Herr Müller zurückkommt?», fragt die alte Dame, während sie auf den Lift warten.

«Nächste Woche wird er wieder in der Praxis sein», antwortet Ian freundlich. «Bis er wieder voll arbeiten kann, dauert es aber noch eine Weile.»

Frau Steinacher seufzt. «Aber Sie sind ja auch nett.»

«Ich gebe mir Mühe!» Ian lacht.

Als er zurück in die Praxis geht, liegt noch immer ein Lächeln auf seinem Gesicht. Er kann Frau Steinacher verstehen. Auch ihm fehlt Tobias. Denn auch wenn ihm die Leitung der Praxis Spass macht, kann er nicht leugnen, dass sie ihm zu viel ist. Es kann noch Tage dauern, vielleicht aber auch nur noch Stunden, bis sich die Spannungskopfschmerzen, die kommen und gehen, hinter seiner Stirn festsetzen und es schwierig werden wird, Entscheidungen zu treffen. Schon jetzt spürt er das Gefühl der Überforderung, als er vor dem Empfangstresen steht und nicht weiss, ob er zuerst sein Behandlungszimmer aufräumen oder den Terminkalender checken soll.

Jessy schaut vom Bildschirm auf. «Frau Steinacher war deine letzte Patientin für heute. Esther ist auch am letzten Termin. Für morgen gibt es keine Absagen. Du kannst nach Hause gehen.»

Dankbar nickt Ian ihr zu.

Es dauert nicht lange, sein Zimmer aufzuräumen und alles für den nächsten Tag bereitzulegen. Nur noch die tägliche Mail an Tobias, in der Ian ihn über den Praxisalltag auf dem Laufenden hält. Waren die ersten Nachrichten noch kurz und sachlich, haben sich mit der Zeit persönliche Gedanken und Anekdoten hineingeschlichen, auf die Tobias in seinen Antworten immer ausführlicher eingeht. Ian wundert sich nicht darüber, dass es ihnen beiden leichter fällt, sich über die Distanz hinweg näherzukommen. Nachdem er die Nachricht, in der er Frau Steinachers Abschiedsworte blumig schildert, abgeschickt hat, bleibt Ian unschlüssig sitzen. Er hat noch eine weitere Mail an Tobias vorbereitet, letzte Woche schon. Doch noch zögert er, Tag für Tag. Jeden Abend kommt er nach Hause und schüttelt auf Alexas fragenden Blick hin den Kopf, und jeden Abend irritiert ihn die Mischung aus Erleichterung und Enttäuschung, die er daraufhin in ihrem Gesicht zu sehen glaubt.

Langsam steht Ian auf. Für ein paar Atemzüge steht er einfach da, atmet den Duft des Desinfektionsmittels ein, mit dem er die Liege gesäubert hat, und schaut sich im Zimmer um.

Es war richtig, im letzten Jahr den Raum mit Tobias zu tauschen, doch Ian hat noch immer das Gefühl, hier nur zu Besuch zu sein. Aber das ist nicht der Grund für die Mail auf seinem Laptop. Die Gründe sind das schmerzhafte Ziehen in seiner Hüfte, der Schmerz hinter der Stirn und das Gefühl, der Boden würde leicht schwanken, als ob sich vor ihm ein Abgrund öffnen würde.

Ian hat im Stress der letzten Wochen nicht vergessen, dass er dem Schicksal dieses Mal aktiv begegnen will. Deshalb wartet auf seinem Laptop die Mail, die Tobias darüber informieren soll, dass ihn bald Ians schriftliche Kündigung erreichen wird.

Ian fährt sich mit der Hand über die Stirn und atmet tief ein. Dann setzt er sich wieder an den

Laptop, klickt auf den Entwurf und dann auf «löschen». Es ist nicht der richtige Weg. Der richtige Weg ist es, Tobias zu besuchen und direkt mit ihm zu reden.

Entschlossen fährt er den Laptop herunter, klappt ihn zu und verstaut ihn in der abschliessbaren Schublade. Dann steht er wieder auf und geht aus dem Behandlungszimmer.

«Feierabend?», fragt Jessy und schaut von ihren Unterlagen auf.

Ian nickt. «Jessy? Hast du einen Moment Zeit?»

«Klar.»

«Es ist ...» Ian versucht ein Lächeln. «Es ist dieses Mal keine administrative Frage.»

«Nein?» Auch Jessy lächelt. «Sondern?»

«Trinkst du mit mir einen Tee im Pausenraum?»

«Jetzt wird es aber richtig spannend!» Lachend steht Jessy auf, doch dann wechselt ihr Gesichtsausdruck und wird ernst. «Ist alles in Ordnung, Ian?»

Ian deutet auf die Tür des Pausenraums. «Bitte.»

Sie schweigen, während Ian Wasser in den Kocher füllt und die Teebeutel in die Tassen gibt. Erst als er die dampfenden Tassen zum Tisch trägt, sagt er: «Nein, es ist nicht alles in Ordnung. Schau nicht so erschrocken! Es geht mir – recht gut. Und es hat nichts mit Panikattacken oder Ähnlichem zu tun.»

Kurz lächelt Jessy erleichtert und zeigt ihm damit, dass sie den Schreck vom letzten Sommer nicht ganz verdaut hat. Dann schüttelt sie den Kopf. «Was ist es dann? Wenn dir die Praxisleitung zu viel wird, kannst du mir gern Aufgaben abgeben. Esther hat bestimmt auch noch Kapazität, und Tobias kommt ja bald zurück. Wir ...»

«Jessy, ich werde kündigen.»

Ian hat noch nie gesehen, wie jemandem die

Kinnlade heruntergefallen ist, aber bei Jessy sieht es tatsächlich so aus.

Mit offenem Mund starrt sie ihn an. Dann füllen sich ihre Augen mit Tränen. «Warum?»

Plötzlich ist Ian ganz ruhig. Sogar die Kopfschmerzen sind verschwunden. Er atmet tief durch und antwortet: «Weil es Zeit ist für einen Neubeginn.»

Jessy nickt und scheint ein Schluchzen zu unterdrücken. «Ich glaube, das ist gut. Oder?»

Ian lächelt. «Das ist sogar sehr gut.» Er steht auf und überrascht Jessy und sich selbst, indem er ihre Hand nimmt, sie vom Stuhl hochzieht und in die Arme schliesst.

Sie hält den Atem an, doch dann entspannt sie sich. «Weiss Tobias es schon?», fragt sie nahe an Ians Ohr.

Er lässt sie los und seufzt. «Nein. Ich habe noch nicht gewagt, es ihm zu sagen. Ich weiss nicht wie», gesteht er.

Jessy lächelt. «Am besten so, wie du es mir gesagt hast: Mit einer Tasse Tee und einer Umarmung. Ich glaube, das fände der Chef gut.»

«Wahrscheinlich hast du recht. So werde ich es machen.»

Es entsteht eine unangenehme Stille, die Jessy schliesslich bricht, indem sie ihren Tee nimmt und meint: «Ich gehe dann mal wieder an meinen Computer. Danke für deine Ehrlichkeit, Ian.»

Ian nickt und folgt ihr schweigend aus dem Pausenraum.

17. Mai 2017

Ganz allein sitzen Alexa und Ian auf der Terrasse der Villa. Yuna wird im Häuschen von Regina gehütet. Es hat eine Weile gedauert, bis sie sich wieder mit ihrer Oma angefreundet hatte, aber mittlerweile sind sie ein Herz und eine Seele.

Alexa hat sich gewünscht, ihren Geburtstag in der Villa zu verbringen und sich ein letztes Mal von Sophia bekochen zu lassen. Ian hat ihr den Wunsch erfüllt, auch wenn er es befremdlich findet, in einem Haus zu sein, das bald jemand anderem gehören wird. Er ist nicht traurig, dass sie beim Kaffee angelangt sind, es kühl wird und die Zeit des Abschieds naht.

«Ich erinnere mich, wie es war, als ich die Villa zum ersten Mal gesehen habe», sagt Alexa verträumt und stützt das Kinn in die Hände. «Ich konnte nicht glauben, dass das dein Zuhause war! Tatsächlich konnte ich es lange Zeit nicht glauben.»

«Tatsächlich war es das auch nie», wirft Ian ein.

Alexa wiegt den Kopf hin und her. «Ach, vielleicht mehr, als du glaubst. Wirst du die Villa vermissen?»

Ian schüttelt ohne nachzudenken den Kopf. Er schaut von der Terrasse hinunter in den Garten, über den stillgelegten Pool, Annes Blumenrabatten und den grossen, majestätischen Nussbaum. Doch, da ist ein Stich in seinem Herzen beim Gedanken daran, dass dies alles bald jemand Unbekanntem gehört, der daraus machen kann, was immer er will. Wird den neuen Besitzern etwas an der Villa und dem Grundstück liegen, oder sehen sie es als blosse Investition?

«Ich werde den Garten vermissen», korrigiert er sich, «und vielleicht diese Terrasse, die einem das Gefühl gibt, über der Welt zu stehen.»

«Ich werde deine Eltern vermissen.» In Alexas Augen sammeln sich Tränen. «Bis jetzt dachte ich immer, dass wir sie ab und zu sehen werden, aber nun ... Sie haben keinen einzigen Grund mehr, in die

Schweiz zu kommen. Der Firmensitz in Zürich wird aufgelöst, Marit zieht nach London, und die Villa gehört ihnen nicht mehr.»

«Wir sind noch da», erinnert Ian sie. «Vielleicht könnte das ein Grund sein für Anne und Magnus, ab und zu in die Schweiz zu kommen?»

Erschrocken schlägt Alexa die Hand vor den Mund. «Natürlich», nuschelt sie.

Ian sieht den Zweifel in ihren Augen. Er steht auf und stellt sich an die Brüstung, die Espressotasse in der Hand. Einem Impuls folgend wirft er sie in hohem Bogen von der Terrasse. Sie zerschellt mit einem fernen Klirren auf den Platten rund um den Pool.

«Bist du bescheuert?» Alexa ist aufgesprungen, bleibt aber neben dem Tisch stehen.

«Gut möglich.» Ian legt den Kopf in den Nacken. Über ihm leuchtet der Abendstern, der Himmel ist in dunkelblaues Licht getaucht. Er fröstelt in der Frühsommernachtluft, und es scheint ihm, als würden flüchtige Nebelschwaden vorbeiziehen und ihn an die Angst erinnern, die die erste Zeit in diesem Haus geprägt hat. Er staunt über die Leichtigkeit, mit denen er sie abschüttelt, als er sich zu Alexa umdreht. «Ich weiss jetzt, weshalb ich dieses Dorf mein ganzes Leben lang nie verlassen habe. Ich weiss, warum ich so nahe an meiner Familie geblieben bin, auch wenn ich sie immer wieder von mir gestossen habe.»

«Weil Grossmama nicht zugelassen hätte, dass du dich von ihnen abwendest?»

Ian schmunzelt. «Nein, obwohl du recht hast. Ida hätte mir schwere Vorwürfe gemacht, wenn ich es versucht hätte. Nein, Alexa, ich habe meine Familie gebraucht, um der Wahrheit auf die Spur zu kommen. Ich werde nie verstehen, weshalb es so verdammt lange gedauert hat, aber immerhin ...» Ein tiefer

Seufzer entrinnt seiner Brust. «Immerhin habe ich es schliesslich geschafft. Und weil das Geheimnis endlich keines mehr ist, weiss ich, dass ich ohne meine Familie leben kann, und sie trauen es mir zu. Deshalb fängt Marit in London ein neues Leben an. Deshalb konnten Anne und Magnus endlich zurück nach Oslo ziehen. Vielleicht gehen sie davon aus, dass wir sie besuchen und nicht unbedingt, dass sie uns besuchen kommen.»

«Und? Werden wir sie besuchen?» Die Sehnsucht in Alexas Augen raubt Ian fast den Atem. Sie gilt nicht Magnus und Anne, jedenfalls nicht nur, sie gilt in erster Linie Oslo und Norwegen. Sein Trollmädchen sehnt sich nach seiner zweiten Heimat.

Ian schaut sie nachdenklich an. «Du googlest Studienfächer, die man an der Universität von Oslo studieren kann.»

Ihr Gesicht liegt im Schatten, aber er sieht, wie sich ihre Schultern straffen. Sie bleibt an den Tisch gelehnt stehen, reckt das Kinn vor und sagt: «Und du googlest Antidepressiva.»

«Das eine schliesst das andere nicht aus», sagt er nach einem kurzen Zögern.

Alexa nimmt ihre Tasse vom Tisch, läuft auf die Brüstung zu und schmeisst sie mit einem lauten Schrei von der Terrasse. Sie fällt auf den Rasen und rollt unbeschadet ein paar Meter weiter, bevor sie liegen bleibt. Alexa prustet im selben Moment wie Ian los, dann wirft sie sich in seine Arme und küsst ihn mit einer Leidenschaft, die er vermisst hat, seit sie die Mutter seiner Tochter ist. «Was meinst du?», flüstert sie atemlos. «Ist das Bett in deinem alten Zimmer noch bezogen?»

Ein Räuspern lässt beide herumfahren. Sophia steht unter der Terrassentür, ein Tablett mit Annes schönsten Tassen und Tellern in der Hand. «Bitte sehr, es wird sowieso nicht mehr gebraucht.»

Sie erinnert Ian in diesem Moment so sehr an ihre Mutter Helena, dass sein Herz einen unerwarteten Hüpfer macht. Er schüttelt den Kopf. «Danke, aber das war es von unserer Seite. Ich geh auch gleich runter und wische die Scherben auf.»

«Das lässt du schön bleiben.» Sophia kommt schmunzelnd auf sie zu. «Ich bin froh um jede Aufgabe, die ich noch erledigen kann für euch.»

«Was machst du jetzt eigentlich?», will Alexa wissen.

Sophia lächelt. «Ich werde mich mehr um meine eigene Familie kümmern.»

«Das ist schön. Oder?», fragt Alexa.

Aus Sophias Lächeln wird ein Lachen. «Ich hoffe es, aber ganz sicher bin ich auch nicht. Und ihr?»

«Wir werden sehen», antwortet Ian.

«Offen wie eh und je!» Sophia schüttelt vorwurfsvoll den Kopf und erinnert Ian wieder schmerzlich an Helena. Auch sie hatte immer recht mit ihren ehrlichen, respektlosen Bemerkungen.

Er lacht. «Tut mir leid, aber wir wissen es wirklich nicht.»

«Wie auch immer: Ich wünsche euch von Herzen alles Gute!» Zum ersten Mal in ihrem Leben überbrückt Sophia die Distanz, die ihre Mutter ihr so erfolgreich eingebläut hat, und umarmt erst Alexa und dann Ian. Er geniesst die Berührung wie einen Gruss aus einem anderen Leben.

Danach lässt Alexa sich von Sophia in die Jacke helfen, macht eine letzte Drehung auf der Terrasse und nimmt Ian an der Hand. Ein letztes Mal gehen sie in die Villa hinein, die grosse Treppe hinunter, durch die Halle und zur Vordertür hinaus.

Nun fällt der Abschied doch schwer. Ian ist froh, dass Alexa ihn sanft vorwärtszieht, durch den Vorgarten, aus dem Tor und nach rechts, Richtung Wald und Häuschen.

«Schau mal!» Bereits bei der nächsten Hauseinfahrt bleibt Alexa wieder stehen. In der Einfahrt steht ein VW-Bus. Er ist grün, sichtbar älteren Jahrgangs, hat ein Klappdach und geblümte Vorhänge, die zugezogen sind. «Er steht zum Verkauf.»

Alexa und Ian wechseln einen Blick und gehen näher. Auf dem Schild, das am Bus angebracht ist, stehen eine Telefonnummer und ein Preis.

«Dafür bräuchten wir nicht einmal das Vermögen deiner Familie», sagt Alexa leise.

Ian schaut sie an, den Bauch plötzlich voller Schmetterlinge. «Träumst du auch davon? Von einem Van? Davon, einfach wegzufahren und unsere Träume unterwegs zu suchen? Obwohl ...» Er schaut an ihr vorbei. «Du hast deinen Traum ja gefunden. Ich finde es toll, dass du endlich ein Studium machen willst, auch wenn wir noch darüber reden müssen, wo und wie genau. Und natürlich wäre ein Leben auf Campingplätzen für meine Hüfte ein Desaster und ...» Er spürt Alexas Hand an seiner Wange.

Sie zwingt ihn, sie wieder anzuschauen. Dann nickt sie ganz langsam. «Ja, ich träume auch davon.»

Ian erstarrt.

«Ich träume von unserer Reise durch Norwegen», flüstert Alexa.

Das tut Ian seit Wochen. Die Reise, als sie jung und unbeschwert durch sein Heimatland gereist sind, gehört zu seinen liebsten Erinnerungen. Er war mutig genug, sich mit Alexa zu verloben und ihr vorzuschlagen, er könnte ins Häuschen ziehen. Sie war glücklich und voll sprudelnder Lebendigkeit. Ist es nicht genau das, was sie suchen? Aber sie sind doch keine zwanzig mehr!

Und?

Mit einer fliessenden Bewegung zieht Ian das Handy aus der Jackentasche, und als Alexa noch einmal nickt, wählt er die Nummer, die auf dem Schild steht. Er lässt Alexas Blick nicht los, während sich am anderen Ende der Leitung eine Frau meldet, der er seinen Namen sagt und sein Anliegen formuliert. Er lächelt über Alexas nervöses von einem Bein aufs andere Hampeln, während er versichert, dass es heute auch für sie zu spät sei und er gern für den nächsten Morgen einen Termin vereinbaren möchte. «Es ist ein Geburtstagsgeschenk, wissen Sie.»

Weder er noch Alexa sagen ein Wort, als sie nach dem Telefonat Hand in Hand durchs Villenviertel gehen, dem Wald entgegen, und sich dem Zauber des Abends hingeben, der ihnen endlich einen Blick in die Zukunft gezeigt hat.

Juni 2017

Ob je ein neues Leben mit einem so lauten Knall begonnen hat, wundert sich Alexa, als sie die Schiebetür des VW-Busses zuschlägt. Yuna, die in ihrem neuen Kindersitz vorne sitzt, zuckt zusammen, verzieht den Mund dann aber zu einem Lächeln und strampelt unternehmungslustig mit den Füssen. Alexa schwingt sich neben sie auf den breiten Beifahrersitz und schliesst auch diese Tür mit einem Knall. Wieder strampelt Yuna begeistert, Ian hingegen schaut sie skeptisch an.

«Der Bus muss ja nicht unbedingt heute schon aus den Fugen fallen», meint er, hebt eine Augenbraue und startet den Motor.

«VW-Türen müssen so rumsen», erwidert Alexa. «Erinnerst du dich nicht an unsere Reise durch Norwegen vor hundert Jahren? Ich habe jede Nacht den ganzen Campingplatz geweckt, wenn wir denn auf einem waren!»

«Daran erinnere ich mich gut, aber das war ein altes Modell, das nicht anders konnte.»

Im Gegensatz dazu ist ihr VW fast neu. Schweren Herzens haben sie sich gegen den grünen Oldtimer aus dem Villenviertel entschieden. Das Klappern des Motors war zu laut, das Schalten ging zu schwer. Stattdessen hat Alexa das Internet nach Camping-bussen durchstöbert. Dann kam eine Mail von Doris mit dem Foto eines rot-weissen VW-Busses mitsamt Campingausbau und Klappdach. «Tausche Häuschen gegen Häuschen», schrieb sie. «Bekannte von uns haben gemerkt, dass sie doch keine Camper sind und wollen das Teil loswerden. Wenn ihr wollt, vermittle ich euch den Kontakt, und Sanna und ich ziehen ins Häuschen und üben uns im Sesshaftsein.»

Zwei Tage später wechselte der Bus die Besitzer und Sanna begann, Idas Gemüsebeete wiederzube-leben.

Nun stehen Doris und Sanna auf der Veranda und winken, was das Zeug hält. Ian hupt, Yuna protestiert, und Alexa weiss nicht, ob sie lacht oder weint. Dann verschwinden das Häuschen und die Freundinnen aus ihrem Blickfeld.

Nur fünf Minuten später halten sie bereits wieder an. Ian ist von der Dorfstrasse abgebogen und durch die Quartiere bis ins Villenviertel gefahren. Er lässt den Motor laufen und stützt die Arme aufs Steuerrad, während sein Blick ausdruckslos auf das Haus gerichtet ist, das er immer als zu kalt bezeichnet hat. Es ist nicht besser geworden, seit niemand mehr darin wohnt.

«Bereit?», fragt Alexa.

Ian löst den Blick von der Villa, und für einen Moment sind seine Augen voll von dieser Verlorenheit, die Alexa nur zu gut kennt. Sie wird mit ihnen auf die Reise kommen. Geld, eine Kündigung, ein VW-Bus und ein bisschen Mut werden nicht ausreichen, um die Vergangenheit hinter sich zu lassen. Aber es geht nicht um die Vergangenheit. Es geht um das Hier und Jetzt, in dem Ians Augen sich aufhellen, er sich mit der Hand über die Stirn fährt und die Haare aus dem Gesicht streicht. Alexa lächelt. Sie ist überzeugt, dass er die Stirnfransen nur deshalb immer noch zu lange trägt, um diese Bewegung machen zu können, und sie hofft, dass sich dies niemals ändern wird.

«Bereit.» Ian setzt sich gerade hin und stellt den Blinker, doch dann stockt er. Er wirft Alexa einen Blick zu, den sie nicht deuten kann, und schaltet den Motor aus.

«Was machst du?»

«Ich will … Warte kurz.» Ohne sie noch einmal anzusehen, löst er den Sicherheitsgurt und steigt aus dem Bus.

Alexa sieht, wie er in seiner Hosentasche wühlt und etwas daraus hervorzieht. Es ist der Sensor, mit dem sich das Tor öffnen lässt. Ob er noch funktioniert?

Ian klickt drauf, und tatsächlich schiebt sich das Eingangstor zur Villa gewohnt lautlos auf.

«Ian!» Alexa beugt sich über Yunas Kindersitz. «Was machst du?»

Doch er ist bereits durch das Tor gegangen.

Alexa ist hin- und hergerissen, ob sie ihm nacheilen soll oder nicht, und entscheidet sich schliesslich dafür, zu warten. «Aber nur fünf Minuten», erklärt sie ihrer Tochter, die die Ansage mit einem ernsthaften «Brrrr» beantwortet.

Es dauert weniger als fünf Minuten, bis Ian zurückkommt, im Arm einen grossen Strauss Pfingstrosen. «Für Ida», erklärt er, steigt in den Bus und drückt Alexa die Blumen in den Arm. Dann startet er den Motor.

Alexa schluckt und vergräbt für einen Augenblick das Gesicht in den Blumen. Tief atmet sie ihren Duft ein und schluckt den Kloss, der sich in ihrem Hals bilden will, hinunter. Es ist nur ein Haus. Sie wird die Menschen, die ihr wichtig sind, mit diesem Abschied nicht verlieren. Alexa hebt den Kopf und richtet ihren Blick auf die Strasse, die vor ihnen liegt.

Ohne einen letzten Blick zurück fährt Ian durch die Quartierstrassen Richtung Dorfzentrum. «Abschied vom Gemeindehaus?», fragt er.

Alexa schüttelt den Kopf.

Ian biegt nach rechts ab und steuert den Bus die leichte Anhöhe zur Kirche hinauf.

Dieses Mal bemüht Alexa sich, die Tür leise zu schliessen. Mit Yuna an der Hand geht sie langsam durchs Friedhofstor.

Ian folgt ihnen. Bei Idas Grab angekommen, legt er die Pfingstrosen auf den Boden und fährt mit der Hand über die Inschrift und den eingravierten Engel auf dem Grabstein.

«Es tut mir leid, Grossmama, aber wir gehen tatsächlich auf Reisen!» In Alexas Stimme schwingen Tränen mit, als sie hinzufügt: «Das Häuschen ist in den besten Händen, und ich bin sicher, Doris und Sanna leben viel mehr so, wie du es für richtig gehalten hast: Mit einem Gemüsegarten und viel Besuch, und vielleicht malen sie die Veranda regenbogenbunt an, das würde dich doch nicht stören, oder? Vielleicht kommen wir zurück, vielleicht finden wir irgendwo unterwegs eine Heimat. Wir wissen es nicht.» Sie kauert sich nieder und legt eine Hand auf die Erde des Grabes. «Weisst du, was wir gemerkt haben, Grossmama? Wir können unser Leben nicht planen, wir können nur annehmen, was wir haben, und etwas daraus machen. Deshalb fahren wir jetzt einfach los und irgendwann ...» Nun sind alle Tränen weg. Sie richtet sich auf und sagt: «Irgendwann im Lauf dieses Sommers werden wir in Oslo sein. Ich werde auf das Dach des Opernhauses steigen und so laut in den Fjord hinausschreien, wie dort oben noch nie jemand geschrien hat, und du wirst mich hören!»

Yuna beginnt zu quengeln.

Ian streicht ihr über den Kopf und fragt Alexa: «Bist du so weit?»

«Natürlich nicht, aber lass uns gehen.» Abrupt wendet sie sich vom Grab ab, hebt Yuna hoch und geht mit festen Schritten zurück zum VW-Bus. Ein weiterer Abschied steht bevor.

Regina wartet auf dem Vorplatz des Wohnblocks, in dessen oberstem Stock ihre Wohnung liegt. Einen Fuss hat sie vor den anderen gestellt, die Hüfte leicht geknickt, die Arme baumeln an den Seiten, ihre Augen sind hinter einer Sonnenbrille mit Spiegelgläsern versteckt. Wer trägt heute noch Spiegelgläser, wundert sich Alexa und stellt fest, wie sehr es sie rührt, ihre Mutter gleichzeitig verletzlich und unverwundbar zu sehen.

Schwungvoll parkt Ian den Bus aufs Trottoir und schmunzelt, als Regina tatsächlich einen Schritt nach hinten macht. Alexa schüttelt grinsend den Kopf, dann hebt sie Yuna aus dem Kindersitz und klettert aus dem Wagen.

«Ich bin wohl die Letzte, die sagen darf, dass sie

euch vermissen wird», wird sie von ihrer Mutter begrüsst.

«Ach, Quatsch, Mama.» Mit einer sanften Bewegung nimmt Alexa Regina die Brille von der Nase.

Regina sagt mit einem schiefen Lächeln: «Ich werde euch vermissen.»

«Das wollen wir doch hoffen!» Ian ist hinzugetreten und nimmt Regina ohne zu zögern in die Arme. «Mach's gut, vermiss uns und vor allem: Vergiss nicht, uns mitzuteilen, wenn du auch auf Reisen gehst!»

Alexa ist sich nicht sicher, ob Regina leise aufgeschluchzt hat, aber ihre Augen sind trocken, als sie Ian einen raschen Kuss auf die Wange gibt und nur sagt: «Pass auf sie auf.»

Er nickt ernst.

Regina beugt sich zu Yuna hinunter, die ihr vertrauensvoll die Händchen um den Hals legt. «Ich habe dich lieb», sagt Regina leise. «Geniess das Abenteuer.» Sie richtet sich auf und drückt ihre Enkelin an sich, während sie Alexa fest in die Augen schaut. «Und du auch, Alexa.»

«Ja, Mama.»

«Bu!» Yuna hat sich in Reginas Armen umgedreht und deutet auf den Bus.

«Sie hat Bus gesagt! Hast du das gehört, Lexi?» Begeistert herzt Regina Yuna noch einmal und schaut Alexa dabei mit leuchtenden Augen an.

«Sie hat Bu gesagt», korrigiert diese sie.

«Ja, aber sie hat damit den Bus gemeint.»

Alexa lächelt. «Natürlich. Unsere Tochter sagt mit elf Monaten ihr erstes Wort, und es ist Bus.»

«Du hast auch früh geredet, Alexa», beharrt Regina.

«Und nie mehr damit aufgehört, ich weiss.» Alexa

lacht und küsst Regina auf die Wange. «Also, dann komm, mein Wunderkind, wir gehen in den Bus! Tschüss, Mama.»

Ian sitzt bereits wieder am Steuer und drückt auf die Hupe.

«Er kann es nicht erwarten.» Regina lächelt und lässt Yuna los.

«Ich auch nicht!» Leichtfüssig läuft Alexa zum VW-Bus und hebt Yuna hinein, während Ian den Motor startet.

«Mama!», ruft Alexa zurück. «Yuna hat ‹bunt› gesagt. Denn das ist es, was jetzt kommt: Unser buntes Leben!» Sie winkt, zieht sich auf den Sitz des Busses und schliesst die Tür mit einem lauten Knall.

Regina hebt beide Arme und winkt, bis sie im Rückspiegel nicht mehr zu sehen ist.

Ian schaut aus den Augenwinkeln zu Alexa. Sie hat die Flipflops von den Füssen gestreift und diese aufs Armaturenbrett gelegt. Die Fussnägel, die sie in zehn verschiedenen Farben lackiert hat, leuchten, und ihre Zehen wackeln unablässig, bereit für das grosse Abenteuer.

Ian lächelt. Bald wird er ihr neues Häuschen auf die Autobahn lenken, doch noch fehlt ein letzter Halt.

Als Ian den Bus auf den Parkplatz stellt und den Motor ausschaltet, zittern seine Hände leicht. Er spürt Alexas Blick auf sich und bemüht sich um ein Lächeln.

«Ich schicke Jessy eine Nachricht.» Alexa nimmt das Handy und tippt etwas. Kurz darauf nickt sie. «Sie hat sie gesehen und ein Okay geschickt. Gleich kommt unser letztes Abschiedskomitee. Bist du nervös?» Ihre Stimme klingt erstaunt.

Ian seufzt. «Ja. Aber nicht wegen des Abschieds.

Mir wird nur gerade etwas bewusst, was ich an meinem letzten Arbeitstag vor einer Woche offenbar verdrängt habe. Es fängt nicht nur etwas Neues an, es geht auch etwas Altes zu Ende. Und es war nicht nur schlecht.»

«Nein, Ian, das war es nicht! Ganz vieles, was die letzten Jahre zu unserem Alltag gehört hat, war schön und gut. Und dein Team gehört da auf jeden Fall dazu!» Alexa beugt sich über den Kindersitz und küsst Ian auf die Wange. «Und nun steig aus und überrasche sie, indem du alle noch einmal in den Arm nimmst!»

Ian grinst, löst erst seinen Gurt und dann Yunas. «Ach, weisst du, ich glaube, ich werde keinen Arm frei haben, weil da schon mein Kind sitzen wird.»

Yuna streckt ihm die Ärmchen entgegen, er hebt sie aus dem Sitz und drückt sie an sich. Dabei schaut er Alexa an und freut sich über das Schmunzeln auf ihrem Gesicht und ihre leuchtenden Augen.

Während sie aus dem Bus steigen, öffnet sich die Haustür des Gebäudes, und Tobias, Esther und Jessy kommen auf den Parkplatz hinaus. Gemeinsam tragen sie eine grosse Schweizer Fahne.

«Damit ihr nicht vergesst, wo euer Heimathafen liegt!», ruft Jessy, lässt die Fahne los und läuft auf Alexa zu, die die Arme ausbreitet. «Gute Reise!», schluchzt Jessy und fällt Alexa um den Hals.

Esther lächelt. «Alles Gute, Ian.» Und dann kommt sie tatsächlich auf ihn zu und umarmt ihn kurz und fest.

«Danke, dir auch.» Ian lächelt und wird im nächsten Moment fast von Jessy umgeworfen, die Alexa losgelassen hat und nun die Arme um Yuna und Ian schlingt.

Nur für einen Moment, dann lässt sie sie wieder

los. «Ich werde dich vermissen», sagt sie mit Tränen in den Augen. «Und wehe, du mich nicht!»

Ian lacht. «Natürlich werde ich dich vermissen, Jessy!», bestätigt er ihr.

Und dann steht er vor Tobias.

Dieser hat Alexa in der Zwischenzeit die Fahne überreicht und steht nun mit hängenden Armen da.

Ian spürt Alexas Hand auf seinem Rücken. Sie schiebt ihn sachte nach vorne. Er dreht sich um und gibt ihr Yuna auf den Arm. Dann geht er auf Tobias zu. «Danke», sagt Ian. «Danke für alles.»

Ihre Umarmung ist länger und fester, als Ian es sich je hätte vorstellen können, und sie fühlt sich gut und richtig an. Als sie sich loslassen, lächeln sie beide.

«Ich danke dir auch, Ian», sagt Tobias leise. «Es war eine gute Zeit. Viel Spass auf der nächsten Etappe!»

«Wir bleiben in Kontakt», verspricht Alexa. «Aber jetzt müssen wir los, der Bus fährt.»

Yuna macht «Brrrr», alle lachen, und Ian wirft einen letzten Blick hoch zu den Fenstern der Praxis.

Noch einmal steigen sie in den VW-Bus und schnallen sich an.

Ian startet den Motor und schaut zu Alexa.

«Moment!» Sie beugt sich nach vorn und schiebt eine CD in den Player, der nebst USB-Anschluss und Bluetooth zum Glück auch zu ihrem topmodernen Bus gehört. «DJane Alexa wird ihrem Ruf gerecht!», Sie lässt das Fenster runter und wedelt mit der schwarzen Kartonhülle. Längst hat sie Tobias' letztjähriges Geburtstagsgeschenk auswendig gelernt, und auch Ian weiss, welches Lied sie abspielen wird. Song Nummer sechs, der die letzten Tage in Endlosschlaufe durchs Häuschen dröhnte, denn nichts könnte besser passen als diese eine Liedzeile, die sagt, dass sie heute frei sind. Zu welchem Ende auch immer.

Alexa nickt Ian zu, und er fährt los.

«Und so hat die Reise begonnen.» Vorsichtig setzt Ian sich wieder auf mein Kissen. Seine versehrte Hüfte hat er auf die Reise mitgenommen, genauso wie die Erinnerungen an den Missbrauch, den drohenden Abgrund der Depressionen und viele offene Fragen. Doch nichts davon konnte ihn daran hindern, mit seiner Frau und seinem Kind loszuziehen.

Der Ritter hat auch diese Burg verlassen.

Der Trolljunge hat sein Abenteuer gefunden.

Der Prinz hat sein Erbe angetreten, wenn auch anders, als seine Familie gedacht hat.

«Seid ihr angekommen?», ist alles, was ich noch wissen will.

Ian hebt eine Augenbraue.

Draussen rumst eine VW-Bus-Tür.

Ich lege den Kopf in den Nacken und atme tief durch.

Natürlich.

Ian, Alexa und ihr Krümelchen werden immer hier sein, und sie werden immer unterwegs sein in einer Welt voller unbegrenzter Möglichkeiten. Dort, wo sie hingehören.

Bevor du gehst

Vielen Dank, liebe*r Leser*in, dass du Ian, Alexa, Yuna und mich bis hierher begleitet hast. Bevor ich dich aus der Geschichte entlasse, möchte ich auf etwas hinweisen, das mir am Herzen liegt.

Es ist okay, sich in belastenden Situationen Hilfe und Unterstützung zu holen (wenn möglich gern etwas entschlossener, als Ian und Alexa dies tun).

Das Internet bietet regionale Adressen und Notrufnummern, sowohl in akuten Krisensituationen wie auch für längerfristige Therapien und Beratungen.

Nutzen wir diese, für uns und für unsere Lieben!

Personen und ihre
Vorgeschichte

Ian Skogstad, geboren 1973, ist in «Die andere Seite von SCHWARZ» auf Erinnerungen aus seiner Kindheit gestossen und hat erfahren, dass er als Kind von seinem Onkel Erik sexuell missbraucht worden war. Die Folge waren schwere Depressionen. Ian ist verheiratet mit

Alexa, geboren 1976, die sich als Teenagerin in ihn verliebt hat und sein Leben mit allen Hochs und Tiefs teilt. Sie hat vor Kurzem ihre Stelle auf der Gemeindeverwaltung gekündigt, weil sie schwanger ist mit

Krümelchen, das in Kapitel 3 zur Welt kommen wird.

Ians Familie

Anne, Ians Mutter, leidet seit bald vierzig Jahren darunter, dass sie ihren Sohn nicht vor ihrem Schwager beschützen konnte. Ihr Leben in der Schweiz ist für sie Zuflucht und gerechte Strafe, denn eigentlich hängt ihr ganzes Herz an Norwegen.

Magnus, Ians Vater, Mitbegründer und ehemaliger Geschäftsführer der international tätigen Skogstad Immobilien Holding. Hat den unfreiwilligen Umzug in die Schweiz dafür genutzt, das Unternehmen noch erfolgreicher zu machen.

Marit, Ians Schwester, ist fünf Jahre älter als er und wahrscheinlich Single, CEO der Skogstad Holding, lebt hauptsächlich in der Schweiz.

Saskia, die mittlere der Geschwister, ist zwei Jahre älter als Ian. Sie ist Malerin und lebt mit ihrem Mann **Jesper** und den Kindern **Tuula**, **Lauri** und **Elin** im Süden von Norwegen.

Erik, Bruder von Magnus, Mitbegründer der Skogstad Immobilien Holding, lebt in Oslo und wurde gerade verlassen von **Ellen**, seiner Frau.

Alexas Familie

Ida, Alexas Grossmama, ist im Herbst 2015 verstorben. Ian und Alexa lebten lange mit ihr zusammen im «Häuschen», ihrem kleinen Haus ausserhalb des Dorfes. Sie war die Mutter von

Regina, Alexas Mama, Biologin mit dem Schwerpunkt Insektenforschung, die seit einigen Jahren wieder in der Nähe von Ian und Alexa wohnt, jedoch gern und oft auf Forschungsreise ist.

Bruno, Alexas Vater, ist ebenfalls Biologe. Er ist seit vielen Jahren von Regina geschieden und lebt mit seiner Partnerin **Noomi** in Kenia.

Freundinnen und Bekannte

Doris, Alexas beste Freundin seit Kindertagen, Schöpferin des Trollmärchens, das Alexa immer wieder durch Ians depressive Phasen half. Lebt abwechselnd in der Schweiz, in Finnland oder irgendwo sonst auf der Welt, zusammen mit ihrer Partnerin

Sanna, die aus Finnland stammt, seit Jahren die Frau an Doris' Seite und eine gute Freundin von Alexa und Ian ist.

Tobias, nach Ians Motorradunfall als Jugendlicher dessen Physiotherapeut, später sein Mentor während der Ausbildung und seit vielen Jahren sein Chef in der Praxis für Physiotherapie.

Frau Bischof, Ians Psychologin, hat die entscheidende Frage gestellt, was sich denn hinter dem Nebel verberge, in den Ian während seiner Depressionen sinkt.

Helena, Haushälterin der Familie, als Ian klein war. Ihre Nachfolgerin in der Gegenwart ist

Sophia, ihre Tochter.

Die Erzählerin, die sich in «Die andere Seite von SCHWARZ» von Alexa ihre Geschichte erzählen liess und im Prolog eine Überraschung erlebt.

Glossar

«Ah, le dos, n'est-ce pas? Comme mon père!»: Französisch für «Ach, der Rücken, nicht wahr? Wie mein Vater!»

«Attendez.»: Französisch für «Warten Sie.»

Babybiscuit: Baby Keks

Badi: Schweizerdeutsch für Freibad

Couvert: Briefumschlag

Dreissigerzone: Tempo-30-Zone

Farmor, Farfar: Norwegisch für «Grossmutter väterlicherseits» und «Grossmutter väterlicherseits»

Gotti: Schweizerdeutsch für Patin

Gottimeitli: Schweizerdeutsch für Patenkind (Mädchen)

Gwundernase: Schweizerdeutsch für eine neugierige Person

«Kom hit»: Norwegisch für «Komm her»

Mamma: Norwegische Schreibweise von Mama

Mormor, Morfar: Norwegisch für «Grossmutter mütterlicherseits» und «Grossvater mütterlicherseits»

Päckli: Schweizerdeutsch für Geschenk, Paket

Pappa: Norwegische Schreibweise von Papa

Takk: Norwegisch für «Danke»

«Pouvez-vous m'aider, s'il vous plaît?»: Französisch
für «Können Sie mir bitte helfen?»

Rüeblitorte: Spezialität aus dem Kanton Aargau,
Karottenkuchen

Trottoir: Gehsteig

«Velkommen til Norge»: Norwegisch für «Willkommen in Norwegen»

Velo: Fahrrad

Zewidecke: Ein Leintuch, in dem das Baby sicher in
einem normalgrossen Bett schlafen kann

Zvieri: Schweizerdeutsch für eine kleine Verpflegung
am Nachmittag

Danke

Hier kommt das grosse Dankeschön an die Menschen, die mich während der Entstehung von «Die Aussicht auf BUNT» begleitet und unterstützt haben!

Danke an meine «Writing Buddys». Die Brainstormers, mit denen ich durch alle Höhen und Tiefen des Autorinnenlebens gehen kann. Keine Ahnung, wo ich wäre ohne Brainypower. Die Story-Troopers, die immer da sind, wenn ich Motivation oder Textkritik brauche. Ihr Mädels seid grossartig. Die Frauen von Schreibtisch und Schriib-Träff. Es kommen wieder Zeiten, in denen wir uns öfter sehen können.

Danke an Heiko, Irene, Marianne, Michèle und Sophia für das Testlesen meines Manuskripts. Eure ermutigenden und kritischen Rückmeldungen haben mir gezeigt, dass ich auf dem richtigen Weg bin und was es noch zu verbessern gibt.

Danke an Sofie, die wusste, wie Alexas und Ians Kind heisst, und es mir auf dem Sessellift in Bergün verraten hat.

Danke an die User*innen im Schreibnachtforum, die auf meinen Thread zum Thema Depressionen und Medikamente geantwortet und mir mit ihrer Offenheit neue Sichtweisen gezeigt haben.

Danke an Johanna Henschel und Martina Stäger für die Antworten auf meine Fragen zu den Themen Aktien und Holdings.

Danke an Susanne Wittpennig für die korrekten norwegischen Ausdrücke. Jubel!

Danke an Jessica Bradley für das Sensitivity Reading. Du hast mich nicht nur auf Stolperfallen und problematische Darstellungen von Depressionen und Traumabewältigung aufmerksam gemacht, sondern den Finger punktgenau auf die Stellen gelegt, an denen ich dem eigentlichen Thema ausweichen wollte. Das Einarbeiten deiner Anmerkungen hat mich auf persönlicher und schriftstellerischer Ebene herausgefordert und bereichert.

Danke an Iris Pfammatter für das Lektorat, das Korrektorat, das spontane Beantworten meiner zahlreichen Rechtschreibefragen, die Korrektur der französischen Sätze und für deine wertvolle Schreibfreundschaft.

Danke an Heiko Hentschel für das wunderbare Cover, das Entwerfen der Lesezeichen und Postkarten zu meinen Büchern und für deine Geduld und Zeit. Ich kann gar nicht sagen, wie sehr ich dein Talent und deine Unterstützung schätze.

Danke an die Bloggerinnen, die mich in den letzten Monaten auf Instagram unterstützt haben. Ich wusste nicht, dass es so schöne Kooperationen gibt auf Social Media! Danke Alice, Alina, Annabel, Aylien, Irina, Nina, Katy, Ronja, Sandra, Saskia, Selina und Tenja.

Danke an euch alle, die ihr Rezensionen zu «Die andere Seite von SCHWARZ» verfasst habt. Diese sind für mich als Selfpublisherin besonders wichtig, und es berührt mich jedes Mal, wenn Leser*innen sich die Zeit nehmen, ihre Gedanken zu meinen Geschichten aufzuschreiben.

Danke an die Buchhandlungen und Geschäfte, die meine Bücher in Kommission nehmen und sichtbar machen, und danke an Diana, Daniela und Nicole von der Bibliothek Niederlenz für die Unterstützung von Anfang an.

Danke an dich, liebe*r Leser*in. Schön, dass du da bist.

Der grösste Dank gehört meiner Familie. Ihr bleibt das Wichtigste.

Die Autorin

Mirjam Wicki, geb. 1976, Autorin und Pädagogin, lebt mit ihrer Familie in der Schweiz. Obwohl sie ihr Leben lang geschrieben hat, entdeckte sie erst mit knapp vierzig Jahren, dass ganze Romane in ihr stecken. Seither lebt sie den Traum vom Bücherschreiben und Veröffentlichen. Vorsicht: Die Romane können Spuren ihrer Reiselust enthalten!

www.mirjam-wicki.com

Weitere Bücher

Die andere Seite von SCHWARZ

BoD, Oktober 2019, ISBN 978-3-7494-6992-5

Seitenlange Briefe, ein Stein in Herzform, Bilder meiner Lieblingsbands und darunter – ein gelber Briefumschlag, den ich sofort wiedererkenne. Mein Roman! Die Geschichte von Alexa und Ian, geschrieben und mit einem Happy End versehen von meinem fünfzehnjährigen Ich. Heute bin ich vierzig. Und meine Romanfiguren?

Hat ihre Liebe die Zeit überdauert? Was haben sie in den letzten fünfundzwanzig Jahren erlebt? Wie geht es ihnen heute? Mein Blick verliert sich im Raum, und ich sehe Alexa vor mir. Ihre haselnussbraunen Augen schauen mitten in mein Herz, als sie fragt: «Willst du es wirklich wissen?»

Ich zögere keinen Moment. Alexa strafft die Schultern und beginnt zu erzählen ...

Ein Roman über die Kraft der Liebe und den Mut, hinter dem SCHWARZ nach dem Glück zu suchen.

Ich melde mich ab

Landtwing Verlag, April 2017, ISBN 978-3-03808-025-1

Ihr Mann hat Linda ans «Zukunftsseminar für wieder ins Berufsleben einsteigen wollende Familienfrauen» angemeldet. Linda bleibt bis zur ersten Kaffeepause, dann meldet sie sich ab und nimmt ihre Zukunft selbst in die Hand.

Kann es gut gehen, wenn eine Mutter und Ehefrau plötzlich beginnt, eigene Pläne für ihr Leben zu machen und diese auch umzusetzen?

Kann Linda zu sich selbst zurückfinden, ohne auf dem Weg dahin ihre Familie zu verlieren?